LES

VEILLÉES DES ENFANTS.

GRAND IN-8° 1re SÉRIE.

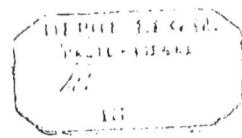

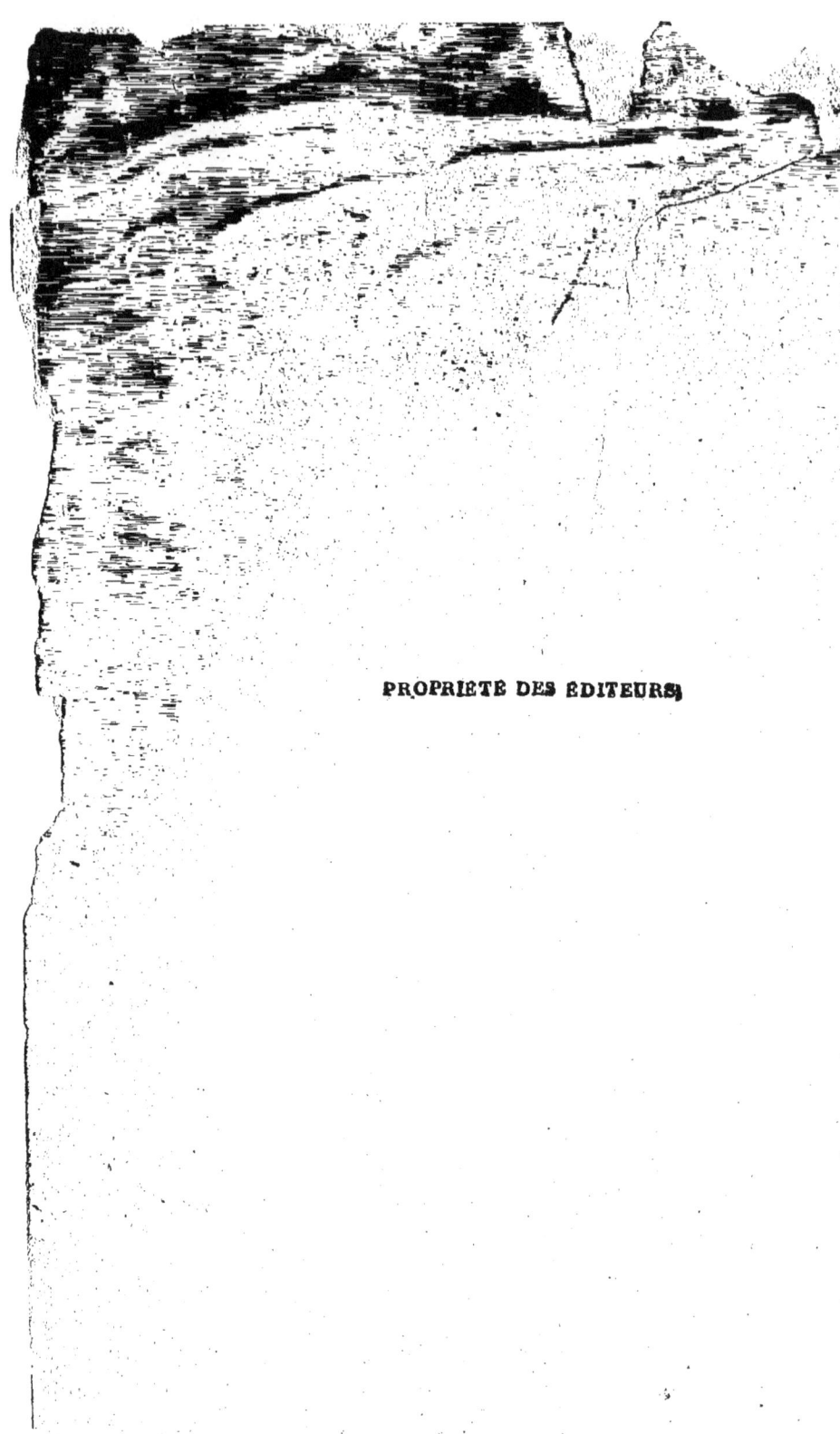

LES VEILLÉES

DES ENFANTS

NOUVEAUX CONTES

MORAUX, INSTRUCTIFS ET AMUSANTS

PAR LE CHANOINE CHR. VON SCHMIDT

TRADUITS ET IMITÉS DE L'ALLEMAND

PAR E. DU CHATENET.

LIMOGES

EUGÈNE ARDANT ET Cie, ÉDITEURS.

LES

VEILLÉES DES ENFANTS.

ROSE DE TANNENBOURG.

I. — ROSE PERD SA MÈRE.

Le midi de la Souabe est une contrée pittoresque où l'on ne rencontre partout que des vallons émaillés de fleurs et des montagnes boisées, derrière lesquelles se montrent à l'horizon les blancs sommets des glaciers de la Suisse. C'est là que sur une roche aiguë et couverte de noirs sapins s'élevait, il y a bien longtemps, le magnifique château de Tannenbourg. Il était déjà détruit depuis des siècles, que ses ruines majestueuses faisaient encore l'admiration du voyageur : quand ses vieilles murailles chargées de mousse et ses tours écroulées se doraient des feux du couchant, mais surtout quand la lune les éclairait de sa blanche lumière, il était impossible de les contempler sans une émotion profonde ; le passant qui s'arrêtait devant elles ne pouvait retenir ses larmes en pensant aux bons seigneurs qui avaient habité ce gothique manoir, et dont le souvenir était demeuré cher à toute la contrée : il avait là sous les yeux un frappant témoi-

gnage de l'instabilité des choses humaines, et il poursuivait tristement sa route, plein de pensées graves et sérieuses.

Ce château, maintenant ruiné, était autrefois habité par Edelbert et son épouse Mathilde : Edelbert était un vaillant chevalier;
l'habitude de manier la lance et l'épée n'avait pu altérer la douceur et la bonté naturelle de son caractère. Un cœur généreux et
plein d'humanité battait sous sa cotte de mailles. C'était le type
accompli du chevalier allemand au moyen-âge, pieux, loyal et
plein de bienveillance pour ses vassaux. Le duc de Souabe l'honorait comme son ami; l'empereur même le distinguait parmi
les autres chevaliers. Mathilde, son épouse, était renommée pour
son esprit, sa piété, sa vertu, sa bienfaisance envers les pauvres,
et les charmes de son visage relevaient encore l'éclat de ces belles
qualités.

Les guerres de cette époque orageuse permettaient rarement à
Edelbert de faire un long séjour dans son château; il accompagnait l'empereur sur les champs de bataille, et il lui arrivait de
rester des années entières en campagne. Pendant ces longues
absences, Mathilde n'avait de bonheur que dans la société de Rose,
unique et chère enfant, qui était en tout le portrait de sa mère.
Elle n'avait qu'un désir, celui de bien élever cette fille si pleine
d'espérance, et de faire germer dans son cœur les semences précieuses de la vertu et de la piété. Dieu bénit ses soins. Rose avait
à peine atteint sa quatorzième année que ses qualités heureuses
et les charmes de sa figure étaient déjà célèbres. On disait en la
voyant : Les filles de la Souabe sont belles, mais il n'y en a point
dans tout le pays d'aussi belles que Rose de Tannenbourg, quoique ses vertus la rendent encore plus aimable que la beauté.

Mathilde était la plus heureuse des mères, lorsqu'elle tomba
tout-à-coup dangereusement malade. Elle comprit qu'elle allait
mourir, et ne le cacha même pas à sa fille.

— Chère enfant, lui dit-elle, expédie à l'instant même un mes-
sager à cheval vers ton père : je voudrais le voir encore une fois
dans ce monde. Fais venir aussi le pieux abbé Norbert. C'est lui

qui m'a donné le saint baptême, et qui m'a consacrée à Dieu, à mon entrée dans la vie; il ne me refusera pas son assistance au moment où je vais en sortir; il m'ouvrira les portes du royaume céleste, où j'espère entrer. Je n'ai point attendu jusqu'ici pour penser à ma dernière heure; car je sais que toute notre vie ne doit être qu'une longue préparation à bien mourir. Mais c'est le devoir d'un chrétien de consacrer à Dieu ses derniers moments, de se réconcilier avec lui par un sincère aveu de ses moindres fautes, d'en obtenir le pardon, et de s'unir à son Sauveur, selon le commandement de l'Eglise.

Le pieux abbé ne tarda pas à se rendre auprès de la malade qui, après une confession pleine et entière de ses péchés, reçut de ses mains le pain de vie. Rose assistait à cette cérémonie triste et solennelle. Ses larmes coulaient avec abondance; mais les prières du vieux prêtre, la foi vive et la sainte chaleur avec lesquelles il parlait de la vie future et d'une résurrection bienheureuse, adoucirent un peu l'amertume de sa douleur.

Rose ne quitta pas un seul instant le lit de sa mère. Au bout de quelques jours Edelbert arriva au château; c'était au milieu de la nuit. La jeune demoiselle courut au-devant de son père et se jeta dans ses bras en pleurant, puis elle le conduisit auprès de la malade. Il frémit en voyant sa chère Mathilde si pâle et si changée. Elle lui tendit aussitôt une de ses mains déjà glacées par le froid de la mort :

— Cher époux, dit-elle d'une voix qu'il entendait à peine, mon heure est venue; je ne verrai pas le soleil se lever demain. Soyez calme et surtout ne pleurez pas sur moi : nous ne serons point séparés à jamais; il y a plusieurs demeures dans la maison de notre Père céleste : je ne puis rester avec vous plus longtemps sur la terre; mais là où je vais, vous y viendrez aussi, et nous serons réunis pour une éternité bienheureuse.

Sa faiblesse était si grande qu'elle fut obligée de s'arrêter.

— Edelbert, dit-elle après un moment de silence, voici notre fille; je jure devant Dieu que je n'ai rien négligé pour en faire une.

femme vertueuse et chrétienne; maintenant il ne me reste plus qu'à la remettre entre vos mains, en vous priant d'achever l'ouvrage que j'ai commencé. Reportez sur elle toute la tendresse que vous avez eue pour moi; qu'elle vous console après ma mort, comme elle me consolait pendant vos absences; aimez-la parce qu'elle est votre fille, aimez-la parce qu'elle est l'image et le portrait de sa mère que vous avez tant aimée.

— Et toi, chère enfant, continua-t-elle, tu m'as donné bien de la joie et tu ne m'as jamais causé la moindre peine depuis que tu es au monde; c'est un témoignage que je me plais à te rendre à l'heure de ma mort. Demeure toujours innocente et pure comme tu l'as été jusqu'ici; aime Dieu par-dessus toute chose, fais le bien et garde-toi du mal. Honore et chéris ton noble père. Exposé, comme il est, à tous les hasards de la guerre, il a besoin d'une femme aimante et dévouée qui lui prodigue ses soins au retour des batailles. Si jamais on le ramène au château blessé, tu me remplaceras, auprès de lui, n'est-ce pas? tu veilleras tendrement sur sa vieillesse, tu l'entoureras de respect et d'amour.

— Seigneur, ajouta-t-elle en joignant les mains et en levant ses regards vers le ciel, écoutez les dernières paroles qui s'échappent du cœur d'une mère; je vous confie cette chère enfant, prenez-la sous votre sainte garde, et préservez-la du mal, afin que je la revoie un jour dans votre royaume céleste.

Le père et la fille fondaient en larmes. La mourante joignit leurs mains dans les siennes qui étaient déjà glacées par la mort, et dit:

— Ici-bas nous ne formions tous les trois qu'un cœur et qu'une âme; il en sera de même dans l'autre monde, s'il plaît à Dieu. La mort ne peut briser le lien qui nous unit. Une vie éternelle et un éternel amour nous attendent dans le ciel.

Elle fixa sur son époux et sur sa fille un regard où se peignaient le calme et la sérénité des esprits bienheureux; les premiers rayons de la gloire céleste brillaient déjà sur son visage.

— Dieu, dit-elle, me remplit de joie et d'espérance pour cette heure suprême, et je l'en remercie de toute mon âme. Je suis heureuse, ô ma fille, de te donner l'exemple d'une mort chrétienne : tu le vois, ce moment si redoutable pour les impies s'embellit pour moi de toutes les joies de la vie future; il est la fin des peines, et le commencement d'une félicité sans bornes.

En face de son lit de douleur était suspendu un beau tableau gothique représentant la mort du Sauveur. Elle y attacha ses yeux et dit d'une voix mourante :

— Seigneur, comme vous avez remis votre âme entre les mains de votre père céleste, je remets la mienne entre les vôtres et je supplie votre sainte mère, qui est celle de tous les chrétiens, de veiller sur cette enfant que je laisse après moi.

Ce furent ses dernières paroles. L'ombre de la mort se répandit sur tous ses traits, et ses yeux éteints devinrent immobiles. Il serait impossible d'exprimer la douleur de Rose; elle paraissait anéantie. Edelbert, profondément ému du spectacle qu'il avait sous les yeux, s'écria :

— C'est la mort d'une sainte! que Dieu, ô ma fille, nous fasse la grâce de vivre et de mourir comme elle !

Le lendemain la pieuse châtelaine fut conduite au champ de repos. Toute la contrée se leva en quelque sorte pour accompagner sa dépouille mortelle. Des larmes coulaient de tous les yeux, comme si chacun avait eu à regretter en Mathilde une épouse, une mère ou une sœur. Le pieux abbé Norbert voulut parler à la foule immense qui s'était réunie autour de la tombe; mais les sanglots qui éclataient avec force couvrirent bientôt sa voix, et lui-même se trouva trop ému pour continuer son discours.

— Quand la douleur parle, dit-il, je dois me taire ; vivons comme celle que nous pleurons tous, afin de mériter un jour d'être pleurés comme elle.

II. — ROSE SOIGNE SON PÈRE BLESSÉ.

Quelques mois après, Edelbert, qui avait rejoint l'armée, rentra au château avec une blessure dangereuse au bras droit ; c'était pendant l'automne. Rose le soigna tout l'hiver sans s'éloigner un seul moment de son lit; mais la guérison fut lente et difficile.

Aux premiers jours du printemps, un chevalier vint de la part du duc de Souabe le sommer de se mettre en campagne. Mais son bras était trop faible encore pour porter le poids de la lance; il assembla donc ses vassaux et les fit partir sous le commandement du chevalier qui s'était rendu au château pour le chercher lui-même.

Lorsqu'il les vit s'éloigner au galop de leurs chevaux, et que le bruit de leur marche rapide eut cessé de résonner à son oreille, Edelbert devint triste et rêveur; seul et séparé de ses fidèles compagnons d'armes, le silence de son château jetait dans son âme une vague inquiétude; rien ne put le distraire pendant toute cette journée. Le soir, après souper, il s'assit devant le large foyer de son manoir gothique, et resta longtemps muet à regarder la flamme qui pétillait avec force. La soirée était froide et sombre; une tempête affreuse mugissait autour des murailles massives du château, et la pluie faisait crier les vitres. Rose mit plus de bois dans le foyer et remplit un gobelet d'argent dans lequel son père buvait le coup du soir, suivant l'usage de ce temps-là; puis, pour le tirer de son silence, elle le pria de lui dire ce qu'un vieux charbonnier de la forêt voisine était venu faire au château dans la journée.

— Ce n'est pas sans de bonnes raisons, ma fille, dit Edelbert, qu'il m'a fait aujourd'hui cette visite. Ce brave homme sait combien il m'est pénible de rester ainsi seul dans mon château; il le sait par expérience, car il a été lui-même autrefois un vaillant guerrier et m'a suivi dans plusieurs campagnes.

Mais avant de te dire ce qu'il est venu faire ici, il faut que je te parle du chevalier Cuneric de Fichtenbourg. Son magnifique château ne t'est pas inconnu; des fenêtres de notre grande salle on en voit les tours qui se dressent à l'horizon au-dessus d'une sombre forêt de sapins. Mais, pour ce qui est de Cuneric lui-même, tu ne l'as jamais vu, car la haine qu'il me porte ne lui permet pas

de me visiter. Cette haine remonte à une époque déjà fort ancienne : dans notre jeunesse, nous arrivâmes tous deux en même
temps à la cour du duc pour y remplir l'office de pages. Cuneric
se montra dès lors ce qu'il fut toujours, c'est-à-dire violent,
téméraire, plein d'orgueil et d'emportement. Il se rendit peu
agréable au duc par ses défauts, et bientôt il se prit contre moi
d'une haine et d'une jalousie profondes, à cause de la préférence
que j'obtenais sur lui.

Le jour vint où nous devions être armés chevaliers. Le duc
donna un tournois dans lequel tous les jeunes chevaliers de mon
âge devaient montrer, pour la première fois, leur adresse à manier
la lance et l'épée. Je remportai le premier prix, un glaive à poignée
d'or que ta mère, qui était la plus belle et la plus vertueuse
demoiselle de la cour ducale me remit en présence de tous les
chevaliers de la Souabe. Cuneric ne gagna que le dernier prix,
et reçut une paire d'éperons d'argent. Depuis ce temps sa haine
et sa jalousie ne firent que s'enflammer davantage; il ne pouvait
plus souffrir ma présence. Une autre circonstance mit le comble à
son inimitié; ce fut lorsque l'empereur, après une grande bataille, mit à mon cou la chaîne glorieuse que je porte encore,
tandis que le chevalier Cuneric, dont l'imprudence et l'étourderie avaient failli nous empêcher de vaincre, ne reçut de lui que
de justes reproches.

Un honnête charbonnier, nommé Waldmann, possédait alors,
à titre de service militaire, un petit bien situé sur la limite
de mes domaines et touchant aux bois de Cuneric. C'était un fâcheux voisinage; car, à tout moment, le gibier de ses forêts en
sortait pour dévaster les champs et les prairies de mon vassal.
J'autorisai Waldmann à tirer hardiment sur toutes les bêtes de
chasse qu'il trouverait sur mes terres, et à les apporter au château, parce qu'elles m'appartenaient de droit. Il exécuta mes ordres à cet égard.

Un soir, comme je revenais de la chasse, à la tête de mes hommes d'armes, je vis la femme de ce brave homme accourir au-

devant de moi et se jeter à mes pieds tout en larmes. Elle me dit
que pendant qu'elle était tranquillement avec son mari et sa
fille Agnès sous les châtaigniers qui ombrageaient leur cabane,
Cuneric était survenu à la tête d'une partie de ses gens, et que
pour se venger de Waldmann, qui venait de tuer et de porter à
Tannenbourg un cerf de ses bois, il l'avait fait saisir et lier sur
une charrette, en jurant qu'il le ferait pourrir parmi les couleu-
vres dans le plus affreux de ses cachots.

Mes entrailles s'émurent en entendant ces paroles.

— Ne craignez rien, dis-je à cette malheureuse femme, je vous
rendrai votre mari sain et sauf; quand il me faudrait démolir
pierre à pierre les hauts donjons de ce brigand, je tiendrai ma
promesse. En attendant, allez vous réfugier dans mon château
avec votre enfant.

Je ne voulus pas perdre un moment, et, pour savoir s'il n'était
pas possible de surprendre Cuneric avant qu'il se fût renfermé
dans sa forteresse, j'envoyai deux ou trois cavaliers sur ses tra-
ces, en marchant moi-même vers Fichtenbourg. J'appris bientôt
qu'il était arrêté dans un moulin pour se rafraîchir avec sa troupe,
et que le pauvre Waldmann était devant la porte, étendu sur la
charrette. Alors je fis mettre mes gens en embuscade sur le chemin par où Cuneric devait passer pour se rendre à son château.
Bientôt sa troupe s'avança vers nous, joyeuse et sans défiance.
Nous nous levons alors, et nous tombons sur eux avec l'impétuosité de la foudre; ce fut l'affaire d'un moment : vaincus par la
surprise autant que par la force, les gens de Cuneric se mettent
à fuir; lui-même, plus effrayé que tous les autres, ivre d'ailleurs, abandonne le combat. Il m'eût été facile de le faire prisonnier, mais la pitié me retint; j'avais sauvé mon vassal injuste-
ment opprimé; c'était tout ce que je voulais, et ma satisfaction
était complète.

Je rendis un mari à sa femme, un père à son enfant; leur joie
ne peut se décrire. Pour les mettre à couvert des entreprises de
Cuneric, je leur donnai un logement dans l'intérieur du château,

et Waldmann continua de me servir à la guerre : mais bientôt il reçut une blessure qui le rendit incapable de manier la lance. Depuis ce temps, ne voulant pas rester oisif, il habite une maisonnette que je lui ai fait bâtir dans la vallée la plus sauvage et la moins fréquentée de mes forêts, où il ne risque pas d'être rencontré par Cuneric ; d'ailleurs il s'occupe à faire du charbon, et la fumée le rend tout-à-fait méconnaissable.

Edelbert ajouta d'autres détails à l'histoire du bon Waldmann, de sorte que son récit dura longtemps. La nuit était déjà fort avancée : Rose, en écoutant son père, oubliait de remplir son gobelet d'argent, et de mettre du bois dans le foyer. Tout-à-coup un cliquetis d'armes et un bruit de pas se font entendre sous les voûtes des longs corridors.

Pendant qu'Edelbert s'élance pour prendre son épée, Rose court vers la porte et la ferme au verrou : vaine précaution ! Un choc épouvantable la jette hors des gonds, et un chevalier bardé de fer s'avance escorté de plusieurs hommes d'armes.

— Edelbert, cria-t-il d'une voix terrible et moqueuse à la fois, l'heure de la vengeance est enfin venue ! Je suis ce Cuneric que tu as si longtemps humilié. Tu vas payer tes outrages.

— Chargez-le de chaînes, ajouta-t-il en se tournant vers les gens de sa suite, et gardez-le de près jusqu'au moment du départ. Le plus affreux cachot de Fichtenbourg lui servira de palais. Ce château m'appartient par le droit de la guerre ; je vais choisir ce qu'il renferme de plus précieux en provisions, en armures, en vêtements, en pierreries, et je vous en laisserai le pillage pendant que je boirai, pour me reposer, une bouteille de noble vin. Hâtez-vous ! je ne vous donne que trois heures à passer ici.

Rose se jeta aux genoux du terrible chevalier et lui demanda grâce pour son père. Cuneric la repoussa du pied et sortit aussitôt sans vouloir l'écouter. Edelbert fut chargé de chaînes et gardé à vue par deux sentinelles.

Cuneric, voyant Edelbert incapable de se défendre lui-même à cause de sa blessure et destitué de tout autre secours par le départ de ses hommes d'armes, avait profité de cette occasion pour exécuter ses projets de vengeance. Dans le petit nombre de soldats restés à Tannenbourg, il se trouvait un misérable sans courage et sans force que le maître du château ne gardait chez lui que par pitié. Il se laissa gagner à prix d'argent, et ouvrit à Cuneric une porte secrète qui conduisait au château par une galerie souterraine.

Les défenseurs du château, surpris par une attaque imprévue, résistèrent avec plus de courage que de succès; et voilà comment le noble Edelbert tomba au pouvoir de son ennemi.

III.— ROSE EST SÉPARÉE DE SON PÈRE.

Edelbert, chargé de chaînes, était tristement assis devant le foyer, qui ne jetait plus qu'une lueur mourante. Sa fille priait et sanglotait à ses côtés; son visage était baigné de pleurs, et les longues boucles de ses cheveux blonds tombaient en désordre sur ses épaules. Ils restèrent ainsi longtemps comme abattus sous le poids de la douleur.

Le chevalier rompit enfin ce triste silence.

—Calme-toi, mon enfant, dit-il, essuie tes larmes; c'est une douloureuse épreuve que Dieu nous envoie, mais il nous donnera la force de la supporter. Jamais je n'ai mieux senti qu'en ce moment le besoin de son assistance, et je l'ai remercié de m'avoir mis dans une situation telle que je ne puis plus espérer qu'en lui seul. Jusqu'ici j'ai trop compté sur la bienveillance du duc; je mettais ma confiance dans la vigueur de mon bras, dans le courage et dans le nombre de mes fidèles hommes d'armes, dans l'épaisseur de mes tours et dans la solidité de mes portes. Maintenant mes bras sont affaiblis et enchaînés, mes serviteurs sont trop loin pour me défendre, mon château est envahi, l'empereur et le duc ont trop d'affaires pour songer à moi : que la volonté de Dieu soit faite! puisqu'il me retire ces appuis, c'est qu'il ne veut plus que j'attende rien des hommes : j'y consens volontiers.

Ils vont bientôt nous séparer, mon enfant, continua-t-il après un moment de silence....

— Oh ! mon père ! s'écria Rose en se jetant à son cou, ne parlez pas de séparation, cela est impossible ; ils ne m'arracheront jamais de vos bras ; je vous suivrai partout ; je veux m'enfermer dans votre cachot, je veux mourir avec vous !

— Tu t'abuses, ma fille, reprit Edelbert, le féroce Cuneric ne me laissera pas la consolation de t'avoir auprès de moi ; je connais trop la haine qu'il me porte. Je te le répète donc, nous allons être séparés. Voici le conseil que je te donne : tu es trop jeune pour que mon ennemi fasse beaucoup d'attention à toi ; profite de cette circonstance pour t'échapper à l'instant même du château ; par là tu éviteras peut-être une vie d'humiliante servitude : quelqu'un de mes vassaux pourra favoriser ta fuite.

Ce château et tout ce qu'il renferme devient aujourd'hui la proie de Cuneric. Toi qui étais il n'y a qu'un moment une noble et riche héritière, te voilà devenue une pauvre fille, plus misérable que la dernière paysanne de mes domaines ; on va te chasser de la maison paternelle ; tous les biens de ta mère, tes bijoux et tes brillantes parures sont perdus pour toi ; il ne te reste rien : mais prends courage ; la promptitude même avec laquelle on t'a ravi ces biens doit t'apprendre qu'ils ne méritent pas tes regrets ; ce sont des biens extérieurs et périssables qui ne nous appartiennent que pour un temps, jusqu'à ce que la ruse ou la force nous en dépouillent, et que la mort nous les enlève pour toujours ; mais il est d'autres richesses plus sûres et des trésors plus durables, au prix desquels tout l'or et toutes les pierreries du monde ne sont rien ; c'est la piété, le travail, la charité, la douceur. Ces vertus et d'autres encore faisaient la plus grande richesse et le plus bel ornement de ton excellente mère ; conserve cet héritage, et tu seras toujours assez riche.

Si tu réussis à te sauver du château, va trouver tout de suite le bon charbonnier : lui et sa pieuse femme prendront soin de toi. Tu resteras cachée dans son humble cabane jusqu'à ce qu'il puisse te conduire dans le château de quelqu'un de mes amis. Et quand tu devrais passer chez lui des années entières ou même toute ta vie, ne regarde point cette nécessité comme un grand malheur. On trouve souvent plus de félicité sous une modeste chaumière que dans le plus riche palais : on est sûr d'y vivre et d'y mourir en paix.

Ne rougis point du travail des champs; si tu dois tenir la faucille, ne t'en afflige pas, fais avec joie ce que tu auras à faire : j'estime plus une main rude et laborieuse que la main oisive et chargée de pierreries. Ton excellente mère te l'a répété souvent, la pensée de Dieu ennoblit les occupations les plus viles et les travaux les plus vulgaires. Quelle que soit ta position, pense que tu peux te rendre agréable au Seigneur en t'y soumettant pour l'amour de lui, et rien ne te paraîtra plus ni honteux ni pénible.

Joins la prière au travail; demande au Ciel qu'il t'inspire toujours de bonnes pensées, qu'il te fortifie dans le bien et te préserve du mal.

Sois sans inquiétude sur mon sort; j'ai la ferme espérance que Dieu ne m'abandonnera pas dans ce malheur, et fera briller sur nous de meilleurs jours. Cependant il sait mieux que nous ce qui nous est bon. Si je devais mourir dans les cachots, ce serait une douce consolation pour moi de savoir que je laisse au monde une fille honnête et vertueuse; que c'en soit une pour toi de penser que j'ai brisé les liens d'une existence misérable pour me réunir avec ta mère.

Avant de nous séparer, continua-t-il, détache de mon cou cette chaîne d'or que j'ai reçue de l'empereur Maximilien pour prix de mes services; cet ornement glorieux forme un singulier contraste avec les chaînes dont on m'accable aujourd'hui, comme un vil malfaiteur.

Prends-la bien vite, avant que mon ennemi ne revienne, car si la rage n'avait pas troublé sa vue, il se serait déjà fait une barbare joie de m'enlever ce qui m'a valu sa jalousie et sa haine. Conserve toujours avec soin ce témoignage honorable; quelle que puisse être ta misère, ne le vends pas. Si je viens à mourir, il te servira du moins à prouver que tu es sortie de la noble et ancienne maison de Tannenbourg. En attendant, les paroles écrites des deux côtés de la médaille pendue à cette chaîne te consoleront dans tes malheurs. D'un côté, c'est l'œil de la Providence entouré de rayons avec cette devise : *Si Dieu est pour nous, qui sera contre nous?* de l'autre, la croix dans une gloire, et cette légende : *Tu vaincras par ce signe.*

Oui, nous vaincrons, ma fille, ajouta le chevalier en levant les yeux au ciel, nous vaincrons par le signe du salut. Maintenant il faut nous séparer, mets-toi à genoux devant moi pour que je te bénisse.

Rose, tout en pleurs, joignit les mains et inclina doucement sa jolie tête sous les mains paternelles chargées de chaînes.

— Que la bénédiction du Seigneur se répande sur toi, ma fille, dit Edelbert; que la bienheureuse Vierge Marie, les saints et les anges veillent sur ta jeunesse et te gardent de toute action mauvaise!

Alors il lui réitéra ses premières instructions, et lui fit promettre qu'elle les suivrait exactement.

— O mon père, s'écria Rose, je ferai tout ce que vous m'ordonnez, tout, hors une seule chose qui m'est impossible et que vous ne devez pas exiger de moi; je ne consentirai pas à me séparer de vous. Laissez-moi attendre votre ennemi; je me jetterai à ses pieds : peut-être que mes pleurs attendriront ce cœur féroce, peut-être qu'il me permettra de partager votre sort et de vous servir au fond du cachot qu'il prépare.

Comme elle disait ces mots, un grand bruit se fit entendre. C'était Cuneric et ses hommes d'armes qui se préparaient à partir. Quelques-uns d'entre eux vinrent pour saisir Edelbert, Rose s'attacha aussitôt à son père et les supplia de l'emmener avec lui, mais ce fut en vain; ils l'arrachèrent violemment des bras du chevalier, qu'ils conduisirent dans la cour du château, où un grand nombre de torches allumées jetaient une lueur sinistre et effrayante; toutes les portes étaient ouvertes, mais gardées. Il y avait plusieurs voitures chargées des dépouilles du malheureux

2

châtelain : attaché sur une mauvaise charrette, il vit ses beaux chevaux de guerre tirés des écuries et montés par les gens de Cuneric. Malade encore des suites de sa blessure, exposé sans mouvement à un froid glacial et à l'humidité de la nuit, le noble Edelbert tremblait de tout son corps. Enfin le chef de ces brigands parut; il s'élança sur son cheval, et donna le signal du départ. Quelques cavaliers entourèrent la charrette du prisonnier, le cortége se mit en marche, et traversa le pont-levis avec des cris de joie et un bruit terrible qui faisait retentir les échos d'alentour.

Bientôt la rapidité de la descente les força de ralentir leurs pas et donna le temps à Rose de les rejoindre. Elle se jeta aux pieds de Cuneric et le supplia en pleurant de la laisser monter à côté de son père. Le cruel ne lui répondit pas et fit même semblant de ne pas la voir. Arrivé au bas de la montagne, il cria d'une voix forte : En avant ! tous les chevaux se mirent au galop. Rose suivit longtemps le cortége, en courant de toutes ses forces malgré la pluie et le vent ; mais la fatigue et l'épuisement la forcèrent enfin de s'arrêter. Elle s'assit à terre, hors d'haleine, les pieds déchirés par les pierres de la route, resta quelque temps à écouter la marche des ravisseurs, jusqu'à ce que leurs cris de triomphe et le bruit de leurs pas se fussent éteints dans la profondeur des bois et dans l'ombre de la nuit.

IV. — ROSE CHEZ LE PAUVRE CHARBONNIER.

Rose était rarement sortie du château de son père, et surtout elle n'en était jamais sortie sans être accompagnée. Qu'on juge de son trouble quand elle se vit seule au milieu des bois, par une nuit sombre, sans défense contre la pluie et l'orage. Elle ne sut d'abord de quel côté se tourner.

Après avoir cherché longtemps un abri, elle trouva une espèce de voûte formée par de jeunes sapins, et s'y assit pour attendre le jour. Cette jeune fille timide ne sentit aucune terreur dans ce lieu solitaire et sauvage, le malheur de son père occupait toute son âme et n'y laissait point de place pour toute autre idée. Elle passa la nuit dans les pleurs et dans la prière.

Quand les lueurs grisâtres du matin commencèrent à blanchir l'horizon, elle sortit de sa retraite et regarda de tous côtés. Elle vit les tours du château de ses pères, faiblement éclairées par les pemiers traits du jour, se dresser au-dessus des hauts sapins qui couvraient la montagne. Cette vue fit couler ses larmes.

— Hélas! dit-elle, si je pouvais rentrer dans cette demeure paternelle, j'y trouverais peut-être quelque fidèle serviteur qui prendrait en pitié la fille de ses anciens maîtres et me conduirait à la cabane de l'honnête charbonnier; mais non, elle m'est fermée pour toujours. Ils en ont barricadé les portes et levé les ponts-levis. Le château de mon père n'est plus pour moi qu'une forteresse ennemie et le lieu le moins sûr que je puisse trouver sur la terre.

L'infortunée résolut alors de chercher la demeure du pauvre Waldmann. Mais elle savait à peine dans quelle partie des bois elle était située, et n'avait là-dessus que de vagues indications.

Bien loin, dans la forêt profonde, se dressaient deux montagnes ombragées de noirs sapins; l'habitation du charbonnier se trouvait au fond de la vallée qui les séparait, à plus de trois lieues de Tannenbourg. Rose fixa ses regards sur les cimes de ces deux montagnes, et se mit à marcher droit devant elle, comme si elle avait voulu les traverser. Mais il n'y avait dans la forêt ni chemin ni sentier. Tantôt il lui fallait s'ouvrir un passage à travers d'épaisses broussailles, tantôt c'était un marais à tourner ou un ruisseau rapide à franchir, tantôt la hauteur des arbres lui cachait les deux montagnes, de sorte qu'elle ne savait plus se diriger; elle perdit ainsi beaucoup de temps. Il était déjà midi, et le but vers lequel se dirigeaient ses pas ne se montrait point encore. Cependant elle marchait toujours sans perdre courage, quand tout-à-coup elle entendit un bruit assez fort dans les taillis; elle regarda et vit un grand cerf qui, après avoir fixé sur elle ses yeux noirs et ardents, se mit à fuir en brisant les menues branches qui lui fermaient le passage. Rose continuait sa route ; mais bientôt le grognement d'un sanglier vint la glacer de terreur ; elle tourna les yeux du côté de ce dangereux animal et vit ses terribles défenses. La pauvre enfant se crut perdue, et se mit à fuir de toutes ses forces à travers les épais taillis et les buissons épineux qui lui déchiraient les mains et le visage. Elle s'arrêta enfin au pied d'un arbre et reprit haleine, tout en prêtant une oreille inquiète pour savoir si le sanglier la poursuivait. Elle n'entendit rien : mais au moment de continuer sa route, elle vit qu'elle s'était égarée. Le soleil était près de se coucher. La pauvre fille soupira en pensant qu'elle allait sans doute passer la nuit dans cette forêt affreuse au milieu des bêtes sauvages.

Depuis la veille, son inquiétude et sa douleur l'avaient en quelque sorte préservée de la faim : mais à ce moment elle se fit sentir avec tant de violence que la malheureuse craignit sérieusement de périr faute de nourriture ; elle eut à peine la force nécessaire pour se traîner au sommet d'une colline qui dominait la partie des bois où elle se trouvait. Quand elle y arriva, le soleil était caché derrière d'épais nuages, la campagne était sombre, morne, silencieuse, et la vue ne pouvait s'étendre fort loin. Rose, désespérée, se mit à genoux et fit une fervente prière à la très sainte Vierge Marie.

Elle priait encore, lorsqu'un rayon de soleil, se dégageant des nuages, tomba sur une colonne de fumée noire qui montait du fond d'une vallée, à l'horizon.

Consolée par cette vue, Rose rassembla le peu de force qu'elle avait encore et marcha de ce côté. Elle vit bientôt qu'elle ne s'était pas trompée ; à mesure qu'elle avançait, les taillis devenaient moins épais ; enfin elle aperçut le vieux Waldmann assis sur un tronc d'arbre qui lui servait de siége, devant une petite table sur laquelle il venait de mettre pour son souper frugal un morceau de pain, du beurre et une cruche d'eau. Ses instruments de travail étaient posés sur l'herbe à ses côtés. Ce pieux vieillard contemplait avec des yeux attendris le coucher du soleil et chantait le cantique du soir. Rose tressaillit en entendant sa voix forte et sonore qui retentissait au loin dans le silence des bois.

Bientôt Waldmann la vit comme elle descendait la dernière colline; il fut saisi d'étonnement, et se frotta les yeux pour s'assurer que c'était bien elle. Quand il n'en put plus douter, il s'élança de son siége et courut au-devant de sa jeune maîtresse.

— Soyez la bienvenue, lui dit-il, ma noble demoiselle; mais, au nom du ciel, comment vous trouvez-vous dans ces bois, seule et à pareille heure? il faut que vous vous soyez égarée. Je vois que vous avez marché longtemps, vous êtes pâle : asseyez-vous et reprenez des forces, car il faut que ce soir même je vous reconduise à Tannenbourg, où votre noble père vous attend sans doute avec inquiétude.

— Mon père! s'écria Rose d'une voix entrecoupée de sanglots; quoi! vous ne connaissez pas encore son malheur?

La poussière du charbon qui couvrait la figure du vieillard ne permit pas à la jeune fille de voir la pâleur et l'effroi qui se peignirent sur ses traits.

— Un malheur! s'écria-t-il, parlez; au nom du ciel, qu'est-il arrivé au noble Edelbert?

— Il est maintenant dans les cachots de Fichtenbourg, répondit Rose; Cuneric l'a emméné prisonnier la nuit dernière.

Le vieux charbonnier saisit sa hache avec un mouvement convulsif, puis il la laissa retomber aussitôt en disant :

— C'est un affreux malheur! mais je ne comprends pas comment il a pu arriver si vite; hier encore, j'étais auprès du chevalier, tout paraissait calme et tranquille.

La jeune demoiselle voulut raconter à Waldmann comment tout s'était passé, mais la fatigue et la faim ne lui en laissant pas la force, le vieux charbonnier la supplia de prendre une partie de son modeste repas. Elle y consentit sans peine et mangea de bon appétit.

Quand elle eut fini de prendre un peu de nourriture, elle raconta en détail les événements de la dernière nuit. Waldmann l'écoutait avec une émotion vive, laissant échapper tantôt des plaintes sur le sort de son malheureux maître, tantôt des imprécations contre le cruel Cuneric. Plus d'une fois, pendant ce récit, il passa sa main sur ses yeux; mais lorsqu'il apprit qu'Edelbert lui avait adressé et recommandé sa fille, le pauvre homme fut si touché de cette marque de confiance qu'il éclata en pleurs et en sanglots.

— Le bon seigneur, s'écria-t-il, Dieu ne l'abandonnera pas, il a permis qu'il tombât dans le piége, mais il saura l'en tirer. Quant à moi, ma noble demoiselle, vous pouvez compter sur tout mon dévouement; ma vie même vous appartient; dites un mot et je me précipite dans cet amas de charbons enflammés; c'est mon devoir de mourir pour vous et pour votre noble père. En attendant, vous avez besoin de repos, ma demeure est trop loin d'ici pour que vous puissiez vous y rendre ce soir. Vous passerez la nuit dans cette cabane que vous apercevez à la lueur des flammes. Ce n'est qu'une hutte formée de pieux enfouis dans la terre, et recouverts de feuillage; mais vous pouvez y dormir en paix sur un lit de mousse et de feuilles sèches; moi je veillerai toute la nuit à mon ouvrage.

Quoique accoutumée à dormir entre des rideaux de soie et sous de riches lambris, Rose ne laissa pas de reposer doucement sur cette couche nouvelle, tant la fatigue et la douleur avaient brisé son corps! Le bruit des vents impétueux qui soufflèrent toute la nuit ne troubla point son sommeil; la pluie même ne la mouilla pas sous son frêle abri de feuillage.

Le vieillard demeura toute la nuit assis sur son banc, triste et rêveur : la lueur de son brasier dessinait de larges ombres sur son front sillonné de rides. Il pensait au malheur de son maître et à son devoir en pareille circonstance. Ce qu'il y avait de plus clair pour lui, c'est qu'il se devait tout entier à Edelbert et à sa vertueuse fille.

V. — ROSE DANS LA VALLÉE DES BOIS.

Quand le jour parut, le vent tomba, les nuages se dissipèrent ; le calme régnait partout dans la nature, et les cimes des hauts sapins se doraient des rayons du soleil levant. Le vieux charbonnier allait de temps en temps écouter à la porte de la cabane si la jeune demoiselle ne se levait pas.

— Qu'elle dorme longtemps, disait ce bon vieillard, qu'elle se repose de ses fatigues et de ses peines. Le sommeil est le réparateur des maux de l'âme aussi bien que de ceux du corps ; c'est le repos nécessaire après l'agitation de nos tristes journées ; c'est le plus beau présent que le ciel ait fait à la terre. Dieu n'a pas voulu que l'homme portât continuellement le poids du travail et les chaînes de la vie ; il a fait la nuit pour être le repos du jour ; il nous a donné de déposer chaque soir sur notre couche le fardeau de nos joies et de nos douleurs, et d'y prendre des forces nouvelles pour les douleurs et les joies du lendemain. La mort aussi est un sommeil, ô mon Dieu ; elle est la nuit de ce jour inquiet et agité qu'on nomme la vie ; elle nous délivre à jamais de nos peines terrestres, et, suivant qu'on s'est endormi après de bonnes ou de mauvaises œuvres, elle est suivie d'un réveil joyeux ou terrible ; il ne faut donc pas la craindre si l'on a assez bien vécu pour n'en pas craindre les suites ; il faut la désirer, si l'on a vécu de manière à mériter les biens qu'elle amène après elle.

Pendant que Waldmann faisait ces pieuses réflexions, il vit arriver Agnès, sa bonne et aimable fille, qui apportait dans un panier la nourriture de son père. Elle vit d'abord à son visage qu'il avait du chagrin, et lui en demanda le sujet. Waldmann l'emmena à quelque distance de la hutte, pour ne point réveiller la demoiselle endormie, et lui conta en peu de mots le malheur d'Edelbert. Les larmes d'Agnès coulèrent en apprenant ces tristes nouvelles.

Pendant ce récit, Rose s'était éveillée après un sommeil réparateur ; mais en reconnaissant le lieu où elle se trouvait, ses yeux s'étaient aussitôt mouillés de pleurs. Le charbonnier et sa fille s'en aperçurent lorsqu'ils vinrent pour la saluer.

— Pourquoi vous livrer ainsi à la douleur, ma noble demoiselle, lui dit Waldmann, quand la nature vous invite à l'espérance et à la joie? Voyez le ciel, il est sans nuage ; pourtant Dieu sait quel temps il a fait cette nuit! mais l'orage a fait place à un beau soleil. C'est ainsi qu'à la tempête qui vient de fondre sur votre noble père et sur vous succèdera bientôt un calme heureux. Ayez confiance au Seigneur et jetez dans son sein vos tristes inquiétudes. Vous savez que s'il nous apprend à nous défier des biens de la vie, il nous ordonne aussi d'espérer dans les disgrâces, parce que c'est lui qui distribue à son gré le soleil et la pluie, le bonheur et le malheur.

Rose et Agnès se saluèrent d'une manière tendre et affectueuse, comme d'anciennes amies qui ne s'étaient pas vues depuis longtemps.

La jeune charbonnière tira de son panier une cruche de lait, du pain et du beurre qu'elle avait apportés pour le déjeuner de son père. Rose et Waldmann s'assirent devant la petite table et prirent le repas du matin.

— Maintenant, ma noble demoiselle, dit le père, vous allez vous rendre avec Agnès à notre demeure, qui sera la vôtre jusqu'à ce qu'il plaise au Seigneur de vous ramener à Tannenbourg ainsi que le noble Edelbert. En attendant, soyez calme et patiente. Pour moi, je dois rester ici, jusqu'à ce que mon ouvrage soit achevé ; mais je ne perdrai pas mon temps, et, s'il plaît à Dieu, je n'irai pas vous rejoindre sans savoir ce que je dois faire dans la circonstance. Adieu, ma chère demoiselle ; encore une fois, soyez moins triste ; entendez-vous ces petits oiseaux qui chantent dans le feuillage et qui vous disent d'espérer dans le Seigneur? Puisque le Père céleste a soin d'eux, combien plus n'aura-t-il pas soin de vous et du noble Edelbert?

— Quant à toi, ma fille, veille attentivement à ce que notre jeune maîtresse ne tombe pas dans les rudes sentiers de la mon-

tagne. Marche à côté d'elle et sois toujours prête à la soutenir.
Partez, et que Dieu soit avec vous.

Les deux jeunes filles se mirent en route à travers une forêt
sauvage où il n'y avait point de chemin tracé ; longtemps il leur
fallut monter et descendre avant d'arriver à l'entrée d'un vallon
étroit au haut duquel s'élevait la chaumière de l'honnête charbonnier. A ce moment Rose, qui n'avait pu se défendre d'une impression pénible à la vue des précipices et des montagnes
menaçantes qu'elle venait de parcourir, sentit son cœur soulagé
d'un grand poids.

— Je n'aurais jamais pensé, dit-elle à sa compagne, que ce
triste pays pût cacher une vallée si riante et si pittoresque. Derrière nous c'est une solitude effrayante, d'un aspect sinistre et
hideux, maintenant c'est un fertile jardin paré de toutes les grâces du printemps.

— Mon père a souvent fait la même réflexion, répondit Agnès.
Frappé comme vous du contraste que présentent la forêt d'où
nous sortons, et notre vallée, il nous disait : C'est l'image de la
vie, il faut y chercher le bonheur parmi les maux, comme ce petit coin de terre au milieu de ces bois immenses. La première fois
que nous arrivâmes dans ce lieu après avoir marché longtemps, il
nous disait encore : Il y avait de quoi nous faire perdre vingt fois
courage si nous n'avions pas su que ce délicieux vallon devait se
trouver au terme de notre route ; c'est ce qui arrive aux hommes
dans le malheur ; ceux qui se troublent dès l'entrée se privent
eux-mêmes du fruit de leurs souffrances ; mais ceux qui ne se
laissent point abattre finissent par trouver la fin de leurs maux et
le repos de leur âme.

La maison du vieux charbonnier était en bois et fort agréable.
De noirs sapins l'ombrageaient par derrière, et les collines qui
s'élevaient en amphithéâtre l'abritaient contre la violence des
vents ; aussi les arbres fruitiers qui formaient à l'entour un jardin
fertile étaient déjà couverts de fleurs blanches et roses. A peu de
distance coulait un petit ruisseau vif et rapide, quelques vaches

paissaient au fond de la vallée, tandis que des chèvres agiles grimpaient sur les crêtes des rochers. Sous les fenêtres mêmes de la cabane se trouvait un parterre plein de fleurs sur lesquelles des abeilles venaient se poser en bourdonnant ; quelques poulets grattaient la terre devant la porte.

Il était midi quand les deux jeunes filles arrivèrent à l'habitation. Rose, qui avait les pieds meurtris par la route pénible qu'elle venait de faire, se jeta sur un petit banc de bois fort élégant : elle remarqua d'abord que la plus grande propreté régnait dans ce modeste asile, et admira la belle vue qui s'étendait sous les fenêtres. La femme du charbonnier, qui travaillait dans sa cuisine, accourut à la voix d'Agnès et salua la noble demoiselle en la remerciant mille fois de l'honneur de sa visite, car elle croyait que Rose n'était venue que pour se promener. Quand elle sut le malheur qui venait d'arriver à Tannenbourg, elle témoigna d'abord sa douleur par des larmes et des sanglots, puis elle essaya de consoler sa jeune maîtresse.

— Soyez la bienvenue, lui dit-elle, dans notre pauvre vallée. Cette maisonnette où nous sommes, c'est votre noble père qui l'a fait bâtir : hélas! il ne songeait pas alors que vous auriez besoin un jour d'y chercher un asile ; mais n'importe, elle est à vous dès ce moment : Dieu veuille que vous y soyez heureuse jusqu'à ce qu'il vous rende le château de vos pères! En attendant, nous y resterons pour vous servir, et vous disposerez de nous, comme du peu que nous possédons.

Rose fut attendrie jusqu'aux larmes en voyant le zèle et la bonne volonté de ces braves gens. Elle remercia le ciel de lui avoir ménagé dans le malheur des amis fidèles et aussi dévoués. La charbonnière craignit d'abord que cette jeune personne élevée dans la richesse et dans le luxe ne s'accoutumât difficilement à la nourriture simple et même grossière qu'elle avait à lui servir. Mais cette crainte fut bientôt dissipée. Rose était naturellement sobre et savait se contenter de peu. Au bout de quelques jours on eût dit qu'elle n'avait jamais connu de vie plus heureuse que celle du charbonnier et de sa famille, tant il lui en coûtait peu de partager en tout leurs goûts simples et modestes.

VI. — ROSE DÉGUISÉE EN JEUNE CHARBONNIÈRE.

Le lendemain du jour où les deux jeunes filles étaient venues ensemble dans la vallée, l'honnête charbonnier avait dit à Agnès, qui lui apportait sa nourriture dans la forêt, qu'elle n'avait pas besoin de revenir, parce qu'il se rendrait lui-même à sa demeure après avoir vendu son charbon à la ville. Plusieurs jours s'étaient déjà passés et sa famille commençait à concevoir des inquiétudes sur son absence, lorsqu'un soir il entra dans la maisonnette un arc et des flèches dans sa main gauche, et sur son épaule un gros chevreuil. Il déposa son fardeau et salua très affectueusement les trois femmes, qui l'attendaient avec impatience.

— Eh bien ! mon ami, lui dit Gertrude, as-tu bien vendu ton charbon ?

— Ce n'est pas là ce qui m'occupe, répondit-il ; ce commerce va toujours bien : mais j'ai d'autres affaires qui ne me donnent pas la même satisfaction ; par exemple, celle de notre cher et malheureux seigneur. C'est pour lui que je suis resté si longtemps à la ville, où j'ai fait bien des pas et des démarches. Je suis allé trouver des seigneurs qui ont reçu du noble Edelbert les plus signalés services : je leur ai parlé de son malheur et de leur devoir ; je leur ai dit qu'ils pouvaient le délivrer soit en entrant de force dans le château de Fichtenbourg, soit en prenant Cuneric lui-même à la chasse et en le retenant prisonnier jusqu'à ce qu'il rendît à Edelbert ses biens et sa liberté. Mes efforts ont été vains : ils m'ont objecté la puissance de Cuneric, le danger de l'entreprise et les malheurs qui pourraient en résulter. Il faut attendre, ont-ils dit, que les amis et les vassaux d'Edelbert soient revenus de l'armée, alors on pourra tenter quelque chose. Voilà comme ces cœurs ingrats ont répondu à mes vives instances, j'en ai versé des larmes de sang. Ce qui m'a le plus indigné, ma noble demoiselle, c'est qu'aucun d'eux n'a songé même à s'informer de vous : alors je ne leur ai point demandé s'ils voudraient vous recevoir dans leurs châteaux ; j'ai pensé qu'il vous serait plus doux de partager notre indigence que de réclamer les secours de leur richesse.

— Oui, répondit Rose, j'aime cent fois mieux demeurer avec vous, si vous êtes assez bons pour me garder; c'est chez vous que mon père m'a dit de me rendre.

— Pour vous garder! s'écria le vieux charbonnier tout ému : pensez donc que nous devons à votre noble père et à vous non-seulement tout ce que nous avons, mais encore tout ce que nous sommes : nos biens, nos personnes et nos vies sont à vous. Avez-vous oublié que, sans le noble Edelbert, je serais encore dans les cachots de Fichtenbourg? que c'est lui qui m'en a délivré, qu'il a recueilli ma femme et ma fille dans son château pendant qu'il courait après ce brigand ravisseur? n'est-il pas mon seigneur de-vant Dieu et devant les hommes, et ne suis-je pas son vassal? N'est-ce pas d'ailleurs la protection qu'il m'a donnée qui a attiré sur lui la haine et la vengeance de Cuneric? Lorsque nous avons tant de motifs de nous dévouer tout entiers à votre service, il faudrait que nous fussions les plus ingrats de tous les hommes pour ne pas le faire : malheureusement nos moyens ne sont point aussi grands que notre zèle; mais Dieu peut nous aider, et avec lui rien n'est impossible. En attendant, ma noble demoiselle, ne dites point que nous vous gardons chez nous ; car vous nous feriez croire que vous n'avez pas une idée juste de nos devoirs envers la fille de notre maître et du bonheur que nous trouvons à les remplir.

Le zèle sincère de ces braves gens fut une grande consolation pour Rose. Chaque jour elle recevait des marques nouvelles de leur affection : elle se fût trouvée heureuse avec eux et se fût ré-signée sans peine à partager leur vie pauvre et obscure, si le mal-heur de son père n'eût sans cesse occupé son esprit et déchiré son cœur. L'infortunée ne goûtait aucun repos. La sérénité de son visage et les brillantes couleurs de ses joues avaient disparu. Dès qu'on la laissait un moment seule, on la retrouvait les yeux bai-

gnés de larmes : souvent elle s'échappait de la maison pour aller
prier au pied d'un arbre dans la forêt. Sa douleur devint d'abord
une sombre mélancolie, puis une langueur maladive qui lui laissait à peine l'usage de ses facultés, et dont elle ne sortait que
lorsque le bon Waldmann s'entretenait avec elle des moyens propres à adoucir la misère du pauvre captif ou le tirer de sa prison.

Un jour, c'était un dimanche, ils étaient tous les trois à table et
la conversation roulait comme à l'ordinaire sur la délivrance du
noble Edelbert : le repas touchait à sa fin ; il ne restait plus à servir qu'une assiette de champignons.

— C'est un plat qu'on a préparé pour vous, Mademoiselle, dit
le vieux charbonnier, j'espère que vous lui ferez honneur. Nous
autres habitants des bois, nous faisons peu de cas de ces morilles,
mais c'est une friandise de grands seigneurs. Autrefois j'en por-
tais souvent à votre château, quand votre noble mère vivait encore. On les aime aussi beaucoup à Fichtenbourg, mais je crains
qu'on n'y en porte pas de longtemps, car un de mes confrères,
établi dans les forês de Cuneric, et qui se chargeait de fournir sa
table de champignons, m'a juré ce matin qu'il n'en enverrait plus
jamais au château, quand même on l'en prierait à genoux. Ce
brave homme est furieux de ce que sa fille, qui était en service
chez le concierge de Fichtenbourg, vient d'être congédiée brutalement par la femme de ce dernier.

Cette parole que le vieux charbonnier avait dite sans y attacher
aucune importance, fut un coup de lumière pour la demoiselle.

— Voilà enfin l'occasion que je cherchais, s'écria-t-elle aussitôt. Dès demain je veux me déguiser en charbonnière et porter
des champignons à Fichtenbourg. Peut-être parviendrai-je à gagner les bonnes grâces de la femme du concierge ; je lui propo-
serai d'entrer à son service, et si elle y consent, je trouverai sans
doute le moyen de voir mon père, de le soulager dans sa misère,
peut-être même de le délivrer. Sainte Vierge Marie, ajouta-t-elle
en joignant les mains, faites que ce projet réussisse ! Dans tous
les cas, je dois essayer.

Le vieux Waldmann ne parut pas d'abord approuver l'idée de Rose, il trouvait son dessein dangereux et d'une exécution difficile; mais elle réfuta victorieusement toutes les objections qu'il put lui faire, et sortit à l'instant même pour changer de costume. Quelques minutes après elle rentra vêtue comme une fille de charbonnier. Elle avait le corset rouge, la jaquette noire, la robe verte et le tablier blanc. Toutes ces hardes allaient parfaitement à sa taille et semblaient faites pour elle : un grand chapeau de paille jaune complétait son déguisement.

Gertrude et Agnès poussèrent un cri de surprise et de joie en la voyant vêtue comme elles Il semblait que ce nouveau costume eût diminué la distance qui les séparait. Elles battirent des mains et félicitèrent Rose de sa gentillesse.

— Il n'y a qu'une chose à craindre, dit la femme du charbonnier, c'est que la noblesse de vos manières et la blancheur de votre teint ne vous fassent reconnaître. Ces mains fines et délicates, cette gracieuse pâleur, cette voix pure, ce regard noble et doux, se trouvent plus souvent dans les châteaux que dans les chaumières.

Rose fut obligée, malgré sa modestie, de convenir que la charbonnière avait raison; mais Waldmann connaissait le moyen de brunir la figure et les mains avec une infusion de certaines herbes; il en fit l'essai sur la jeune demoiselle. L'opération réussit parfaitement.

Rose voulut partir dès le lendemain matin, craignant d'être prévenue par quelque autre jeune fille. Le vieux charbonnier ne s'y opposa point : il alla le soir même chercher une quantité suffisante de champignons pour en remplir une corbeille.

— Vous partirez donc demain au point du jour, dit-il à Rose. Ma fille vous accompagnera jusqu'à la lisière du bois, au sommet d'une petite colline sur laquelle sont dressées trois croix de pierre. Arrivée là vous verrez devant vous Fichtenbourg et vous ne pourrez plus vous tromper de chemin. Agnès attendra votre retour.

Le jour suivant, Rose était prête à partir au lever du soleil. Elle prit à son bras le panier plein de champignons. Agnès en portait un autre qui renfermait des vivres pour le voyage. Le charbonnier et sa femme les accompagnèrent à quelque distance de la maisonnette et ne les quittèrent qu'après leur avoir donné quelques sages conseils et les avoir recommandées à la protection du Tout-Puissant.

— La bonne et vertueuse demoiselle! se disaient-ils l'un à l'autre en la suivant des yeux; elle réussira sans doute dans sa courageuse entreprise, car Dieu lui doit la récompense qu'il a lui-même attachée au quatrième de ses commandements.

VII. — ROSE AU CHATEAU DE FICHTENBOURG.

Les deux jeunes filles arrivèrent heureusement jusqu'à l'extrémité de la forêt, et gravirent la colline où se trouvaient les trois croix de pierre. Parvenue au sommet, Rose vit se dresser devant elle au-dessus des pins la tour élevée de Cuneric; à cet aspect son âme fut saisie d'une douleur amère.

— C'est peut-être sous le fondement de ce noir donjon, dit-elle, que languit mon malheureux père; que fait-il à cette heure? se porte-t-il bien? vit-il encore? ô mon Dieu, faites qu'il vive et que je parvienne jusqu'à lui!

Les deux amies se jetèrent à genoux devant une des croix qui dominaient la colline, et prièrent avec ferveur. Elles s'assirent ensuite sur l'herbe pour faire le repas du matin, après quoi Rose prit congé d'Agnès et continua sa route. Arrivée à la porte du château qui était ouverte, elle franchit le seuil, et la première personne qu'elle aperçut dans la vaste cour ce fut Cuneric lui-même en costume de chasse et prêt à partir à la tête d'une nombreuse troupe d'écuyers et de veneurs. A l'aspect du cruel ennemi de son père, la pauvre demoiselle tressaillit; elle sentit ses genoux se dérober sous elle et fut forcée de s'appuyer sur le banc de pierre qui se trouvait sous la porte. Bientôt les cors se firent entendre et donnèrent le signal du départ. Toute la troupe défila devant la pauvre Rose, qui se leva toute tremblante : mais l'orgueilleux chevalier ne daigna pas même jeter la vue sur elle et descendit la montagne au galop de son cheval.

La jeune demoiselle se laissa retomber sur son banc, pleine de trouble et d'inquiétude ; elle résolut de rester là jusqu'à ce qu'on vînt lui adresser la parole. Deux enfants qui jouaient dans la cour finirent par l'apercevoir, et par s'approcher d'elle, mais en se tenant toutefois à quelque distance. Rose, voyant qu'ils la regardaient, leur demanda leurs noms et engagea avec eux une petite conversation. Au bout de quelques instants ils vinrent s'asseoir auprès d'elle, sans plus de crainte. Ottmar, le petit garçon, ouvrit hardiment son panier pour voir ce qu'il contenait, et Berthe, la petite fille, lui demanda les bluets qui ornaient son chapeau de paille ; Rose s'empressa de les lui donner, ainsi que des poires hâtives qu'elle avait apportées, et bientôt les deux enfants devinrent pour elle deux amis.

C'étaient les enfants du concierge. Cet homme, regardant par son guichet, pour savoir ce qu'ils étaient devenus, fut touché de les voir tranquillement assis à côté d'une inconnue, qui leur prodiguait ses caresses. La beauté de la jeune paysanne, la pureté de son langage, la douceur de sa voix, la propreté de sa mise et ses manières distinguées l'intéressèrent vivement.

Pensant que cette jeune fille était assise sur le banc de pierre pour s'y reposer, il sortit et lui proposa d'entrer un moment dans sa loge.

— Que portes-tu, mon enfant ? lui dit-il ensuite avec bonté.

— Ce sont des champignons que je voudrais vendre. Ce brave homme ouvrit son panier et demanda le prix de sa marchandise.

— Prenez-les, répondit Rose, pour ce qu'il vous plaira de m'en donner ; je m'en rapporte à vous et je suis sûre que vous n'êtes pas capable de faire tort à une pauvre fille.

— C'est bien parlé, mon enfant, reprit le concierge ; attends un moment, je ferai moi-même le marché avec l'intendant, qui en fait demander partout depuis quelques jours; tu peux être sûre d'en avoir un bon prix.

Il prit le panier et courut aux cuisines : à peine était-il sorti que sa femme entra dans la loge.

— Quelle est cette fille effrontée qui n'a pas craint d'entrer chez nous sans permission? cria cette femme; parle, que veux-tu? Mais tu ne peux dire pourquoi tu es entrée; sors donc vite, si tu ne veux pas que je lâche après toi le gros chien qui garde la cour.

La pauvre demoiselle ne savait que répondre à cette brusque apostrophe; mais les deux enfants intercédèrent pour elle et firent voir à leur mère les fruits et les fleurs que la jeune étrangère leur avait donnés.

— Doucement, chère femme, dit au même instant le concierge qui rentrait dans la loge avec le prix des champignons et le panier vide, ne fais donc pas de peine à cette aimable enfant : elle me paraît fort honnête et je crois que nous ferions bien de lui demander si elle ne voudrait pas entrer à notre service, puisque nous avons besoin de quelqu'un. Tu lui fais une querelle injuste, car sans moi elle n'aurait pas mis le pied dans notre loge.

— C'est autre chose, dit la femme du concierge, mais je ne le savais pas. Il faut que tu me pardonnes cette vivacité, jeune fille, car notre devoir est de veiller sur tous ceux qui peuvent entrer ou sortir.

— Vous avez raison, Madame, répondit Rose; je ne suis point entrée de moi-même dans votre loge, mais je sens que j'ai eu tort d'y rester, et je vous prie de m'excuser.

Ces paroles plurent à la femme du concierge, qui s'apaisait facilement, pourvu qu'on ne lui donnât pas tort.

— Eh bien! ma fille, lui dit-elle, puisque mes enfants ont mangé de tes fruits, il faut que tu partages notre dîner.

Rose accepta : les deux enfants étaient si charmés de l'avoir avec eux à table, qu'ils lui laissaient à peine le temps de porter les morceaux à sa bouche; ils faisaient mille questions et elle y répondait avec une douceur et une sagesse qui firent le plus grand plaisir à leur mère.

Lorsqu'elle prit son panier vide pour s'en aller, les deux enfants lui crièrent à la fois :

— Ne t'en va pas, reste avec nous.

— Vraiment je ne demande pas mieux, dit la concierge ; veux-tu entrer à mon service ?

— Volontiers, Madame, reprit Rose ; je vous promets de vous servir avec zèle et fidélité.

— Eh bien ! mon enfant, ajouta cette femme, retourne auprès de tes parents et consulte-les à cet égard ; si tu obtiens leur consentement, tu pourras venir ici dès demain.

Rose remercia cette femme et sortit pleine de joie pour aller retrouver Agnès qui l'attendait à l'entrée de la forêt, sous l'une des trois croix de pierre.

— Eh bien ! Mademoiselle, cria cette jeune fille en courant vers la fille d'Edelbert du plus loin qu'elle l'aperçut, que vous est-il arrivé ? tout va-t-il bien ? vous paraissez contente.

— Oui, ma bonne Agnès, répondit Rose ; tout va bien, je suis au comble de mes vœux !

— Que le ciel en soit béni ! reprit Agnès. Mais il est déjà tard et vous devez avoir faim ; asseyons-nous ici sous ce noisetier : nous avons du pain, du lait, du beurre pour notre repas ; dînons, et vous me raconterez ensuite ce qui s'est passé.

— Quoi ! tu m'as attendue jusqu'à ce moment pour dîner ! s'écria Rose, je t'en remercie mille fois ; mais j'ai dîné chez le concierge de Fichtenbourg. Dépêche-toi donc de prendre un peu de nourriture, afin que la nuit ne nous surprenne pas en route.

Dès qu'Agnès eut achevé son frugal repas, les deux amies reprirent le chemin de la maisonnette ; le soleil était près de se coucher quand elles rencontrèrent dans la forêt le charbonnier et sa femme qui, pleins d'inquiétude, étaient venus au-devant d'elles. Ces braves gens apprirent avec joie l'heureux succès de Rose ; seulement le regret de la voir s'éloigner d'eux les affligea.

Quand ils descendirent dans l'étroit vallon, la lune venait de se lever à l'orient et blanchissait de sa douce clarté la maisonnette des bois. Rose, fatiguée mais heureuse, salua ses hôtes qu'elle devait quitter le lendemain, et se retira dans sa chambre, où elle reposa tranquillement après avoir prié Dieu de bénir son entreprise.

VIII. — ROSE EN SERVICE A FICHTENBOURG.

Le jour suivant fut triste pour Rose ; au moment de quitter la famille qui lui était si sincèrement attachée, pour aller vivre, dans une condition misérable, au château du cruel ennemi de son père, elle ne put se défendre d'un sentiment pénible, et ce ne fut pas sans un grand serrement de cœur qu'elle accomplit son généreux sacrifice. Mais l'amour filial et la confiance en Dieu fortifièrent son âme et lui donnèrent le courage de faire ce qu'elle avait résolu.

Le vieux charbonnier et sa femme l'accompagnèrent jusqu'à l'extrémité de la forêt, où ils lui dirent adieu en versant beaucoup de larmes, auxquelles Rose mêlait les siennes. Agnès, portant son petit sac de voyage, la conduisit jusqu'à Fichtenbourg.

La concierge les reçut de la manière la plus aimable.

— Voilà ce qui s'appelle tenir sa parole, dit-elle à Rose ; asseyez-vous, jeune fille, et prenez quelques rafraîchissements.

Rose ouvrit le panier qu'elle avait au bras et en tira quelques poupées du plus beau lin que la charbonnière lui avait remises pour les offrir à la concierge, en la saluant de sa part. Celle-ci les reçut avec un grand plaisir. Ses enfants parurent aussi très contents des fruits de toute sorte que la jeune servante leur distribua.

Au moment de partir, Agnès embrassa Rose avec beaucoup d'émotion.

— Pourquoi pleurer ainsi, dit la concierge ; crois-tu ton amie perdue parce qu'elle reste avec nous ? Tu viendras la voir quand tu voudras, et si tu veux m'apporter à chaque visite un panier de champignons, tu gagneras bien ton voyage.

Agnès promit de revenir souvent et reprit le chemin de la forêt.

Après son départ, la bonne Rose se voyant seule dans le château de Cuneric, tomba dans une grande tristesse. La concierge s'en aperçut et la fit asseoir à côté d'elle pour la distraire par une conversation très longue et très ennuyeuse, dont les huit ou dix servantes qu'elle avait successivement renvoyées firent les frais. Tout le fruit que Rose put tirer de son bavardage, ce fut d'apprendre que sa maîtresse était une femme très vive et très difficile à contenter ; elle lui promit de faire tous ses efforts pour ne point mériter les reproches qu'elle adressait à celles qui l'avaient servie jusque-là.

Effectivement, elle se rendit le modèle d'une bonne servante. Elle prenait pour règle de sa conduite les préceptes du Seigneur Jésus et de ses Apôtres, qui commandent aux serviteurs d'honorer leurs maîtres, non-seulement quand ils sont doux et bons, mais lors même qu'ils sont rudes et fâcheux ; de leur être soumis en toute chose, de leur obéir avec zèle, quand ils sont présents et quand ils ne le sont pas, cherchant plus à plaire à Dieu qu'à plaire aux hommes.

Rose était infatigable ; c'était un plaisir de voir avec quelle ardeur elle se mettait à l'ouvrage et sa promptitude à faire toute chose. Il ne fallait jamais lui donner deux fois le même ordre ; elle reprenait, chaque jour, à la même heure, les travaux du ménage, et n'attendait pas qu'on vînt l'avertir. Elle-même voyait ce qu'il y avait à faire, et plus d'une corvée se trouvait finie avant qu'on y eût songé. Sa propreté, son dévouement aux intérêts de ses maîtres, sa discrétion, sa tempérance, son humeur égale et enjouée malgré ses chagrins, sa franchise à avouer ses fautes quand elle en avait commis quelqu'une par mégarde, sa douceur angélique et sa patience à souffrir les injustes reproches qu'on lui adressait quelquefois, la rendirent extrêmement chère au concierge et à sa femme ; ce fut au point que cette dernière perdit peu à peu ses habitudes de violence et d'emportement.

Cependant la pauvre demoiselle avait un service pénible, et le soir, lorsqu'après une longue journée remplie de travaux rudes et qui ne convenaient ni à son éducation ni à sa naissance, elle se retirait triste et fatiguée dans sa petite chambre, elle avait besoin de prier pour obtenir du courage, et de se rappeler le motif de son entrée au château pour trouver la force d'y rester plus longtemps.

IX. — ROSE DANS LE CACHOT DE SON PÈRE.

De longues et tristes journées avaient déjà passé pour Rose, sans qu'elle eût trouvé une seule occasion de pénétrer dans la prison de son père. C'était pour elle une amère douleur de se sentir si près de lui et de ne pas le voir. Toutefois, dès son arrivée au château, un rayon d'espérance avait lui à ses yeux ; elle avait appris que le concierge était en même temps le geôlier de la prison : de temps en temps elle lui faisait des questions sur les prisonniers ; de cette manière elle eut au moins la consolation d'apprendre que son père vivait toujours et que même il se portait bien. Plus d'une fois elle avait prié le concierge de lui faire voir les captifs commis à sa garde ; mais à chaque demande il avait répondu, en secouant la tête, qu'il ne fallait pas être si curieuse. Souvent elle ne pouvait retenir ses larmes en voyant la petite écuelle remplie d'une mauvaise soupe, la portion de pain noir et la cruche d'eau qu'il portait au malheureux Edelbert.

— Ah ! disait-elle avec un soupir étouffé, ce que je souffre n'est rien en comparaison de ce que souffre mon père ; je veux apprendre par son exemple à supporter mes maux sans me plaindre.

Un soir, au moment de porter aux prisonniers leur nourriture, le concierge appela Rose.

— Allons, mon enfant, lui dit-il, viens avec moi ; je dois faire demain un petit voyage pour les affaires du maître, il faudra que tu me remplaces dans le service de la prison ; ma femme n'en a pas le temps et ne s'en soucie guère.

Il prit d'une main le panier où se trouvaient les écuelles à soupe, et de l'autre son paquet de clés, puis il se rendit à la prison par un long corridor sombre.

Rose ne s'attendait pas en ce moment à voir sitôt son père ; elle fut comme effrayée de son bonheur, et elle sentait son cœur battre avec force en marchant derrière le concierge. Cependant elle se remit de son trouble et parvint à vaincre son émotion : elle ne voulait pas que son père la reconnût, persuadée que, si on venait à découvrir qu'elle était la fille d'Edelbert, on ne lui confierait pas pour le lendemain les clés de la prison.

Le concierge s'arrêta d'abord devant une étroite ouverture pratiquée dans l'épaisseur de la muraille et fermée par une plaque de fer : dès qu'il l'eut tirée, la jeune fille, tremblante et inquiète, jeta un regard dans l'intérieur ; elle vit un homme à la physionomie féroce, à la barbe épaisse et aux cheveux en désordre, assis dans le coin le plus obscur du cachot.

— Ce prisonnier, dit le concierge en refermant la petite ouverture, a été jadis un vaillant homme de guerre ; mais l'ivrognerie et la passion du jeu l'ont jeté dans le crime ; il a quitté la noble profession des armes pour se faire voleur de grands chemins. Son affaire n'est pas belle.

Il ouvrit un autre guichet, et Rose vit sous la voûte sombre une femme chargée de fers. Ses cheveux étaient épars, et un affreux désespoir se peignait dans ses yeux.

— Cette malheureuse, lui dit le concierge, était autrefois une jeune fille belle et pure comme les anges ; mais elle s'est livrée au mal, et maintenant elle gémit dans les cachots sous une affreuse prévention d'infanticide. Si elle est convaincue de ce crime, elle le paiera de sa tête. Il y a des moments où le désespoir la prive de sa raison ; garde-toi bien d'ouvrir sa porte ; car elle pourrait, dans un accès de rage, se jeter sur toi et te déchirer.

Voici le seul cachot où nous puissions entrer, dit-il ensuite ; le prisonnier qu'il renferme n'a commis aucun crime ; c'est un homme doux, pieux et résigné, le chevalier Edelbert de Tannenbourg.

Rose ne l'eût pas reconnu; il était pâle et maigre; une barbe épaisse couvrait son visage, et ses vêtements tombaient en lambeaux. Il était assis sur un banc de pierre auquel l'attachait une chaîne assez longue pour qu'il pût faire le tour de son cachot : sur une table également en pierre, qui se trouvait devant lui, était posée une cruche d'eau avec un morceau de pain noir. On voyait à côté un bois de lit vermoulu, garni d'un peu de paille et d'une sale couverture. Ce cachot, destiné à renfermer des prisonniers d'un certain rang, était assez vaste, mais sa grandeur même ne le rendait que plus affreux. Sa forme circulaire, sa voûte élevée, ses murailles noircies lui donnaient un aspect singulier et effrayant. Le jour, n'y entrait que par une étroite lucarne à fleur de terre, dont les vitres rondes, obscurcies par des décombres et des herbes grimpantes, ne laissaient arriver qu'une lumière verdâtre et décomposée.

Le vieux chevalier avait le coude appuyé sur la table de pierre, et sa main soutenait le poids de sa tête inclinée. Quand le guichet s'ouvrit, il avança tristement un bras pour prendre la nourriture que le concierge lui apportait.

—Chevalier, dit celui-ci, vous ne me verrez pas demain ; je suis forcé de faire un petit voyage pour affaires; ce sera ma servante qui viendra à ma place.

Edelbert jeta les yeux sur Rose en pensant à sa fille, mais sans la reconnaître.

— Hélas ! s'écria-t-il avec un soupir, voilà bien la taille et l'air de ma fille, c'est aussi son âge. Quel tourment pour moi de ne point recevoir de ses nouvelles, de ne savoir ni où elle est ni quel est son sort, d'ignorer même si elle est encore au monde! Je vous ai prié cent fois de prendre des informations sur elle, mais toujours en vain.

— A mon grand regret, chevalier, reprit le concierge ; cependant il ne faut désespérer de rien ; d'un jour à l'autre je puis être plus heureux dans mes recherches.

— Est-il possible, ajouta le pauvre captif, que parmi tant de chevaliers qui se disaient mes amis quand j'étais libre et heureux, il ne s'en soit pas trouvé un seul qui ait voulu recueillir dans son château ma pauvre orpheline !

Edelbert se tut alors en pensant à l'honnête charbonnier : il avait presque la certitude que Rose s'était retirée chez lui ; mais il ne voulait pas parler de ce brave homme, de peur d'éveiller la haine de Cuneric ; il ajouta simplement :

—J'espère du moins qu'elle a trouvé asile chez quelques pauvres gens qui ont soin d'elle ; la seule grâce que je vous demande, ô mon Dieu ! c'est de ne pas mourir dans ce cachot avant d'en avoir acquis la certitude ! Mes yeux alors se fermeront en paix, quand même je ne reverrais plus son visage. Vous ne savez pas, mon ami, combien elle est bonne, sage et vertueuse, cette fille que je regrette : si vous le saviez, ma douleur ne vous paraîtrait point trop grande, ou plutôt vous vous étonneriez de me voir supporter avec tant de courage une perte aussi cruelle.

L'honnête concierge était si sensible aux plaintes du chevalier qu'il versait lui-même d'abondantes larmes ; cela fit qu'il s'aperçut à peine de l'émotion de Rose. La pauvre enfant avait d'abord contemplé avec une espèce de terreur l'affreux cachot de son père, la pâleur de ses traits et les rides profondes que le malheur avait creusées sur son visage : sa douleur était restée muette ; mais quand elle entendit ses tristes plaintes, son cœur éclata malgré elle en cris et en sanglots. Une force irrésistible l'entraînait vers son père ; elle eut besoin des plus grands efforts pour se contraindre. Edelbert fut frappé de cette douleur si vive.

— Est-ce que tu aurais perdu depuis peu ton père ou ta mère, mon enfant ? dit-il à Rose.

La jeune fille put à peine répondre à cause des sanglots qui étouffaient sa voix.

—Il y a déjà longtemps que je n'ai plus de mère, dit-elle enfin ; mon père vit encore, mais il est bien malheureux.

— Que Dieu ait pitié de lui ! reprit Edelbert, et de toi aussi, mon enfant ; car je vois que tu es une bonne et tendre fille.

— Vous avez raison, chevalier : c'est une bonne et excellente fille, tendre et pieuse, dévouée, telle enfin qu'on ne trouverait pas sa pareille à dix lieues à la ronde ; seulement elle se montre par trop sensible aux peines des autres, et, si je n'étais moi-même attendri comme elle, je dirais qu'elle n'est pas propre à visiter les prisonniers.

— Que Dieu te bénisse, mon enfant, dit le prisonnier, pour l'intérêt que tu prends à mes peines en pensant à celles de ton père : sois toujours sage et vertueuse, et ne cesse point de prier le Seigneur et d'espérer en sa providence ; il répandra ses biens sur ton père et sur toi.

En disant ces mots il tendit à la jeune fille sa main chargée de chaînes ; Rose la prit avec vivacité et la couvrit de ses larmes.

Par bonheur le concierge ferma le cachot dans ce moment, car il eût été impossible à la jeune fille de se contenir davantage. Elle sortit de la prison sans rien voir autour d'elle, et, en traversant la longue galerie, elle eut besoin de se tenir à la muraille pour ne pas tomber.

X. — ROSE SE FAIT CONNAITRE A SON PÈRE.

Rose passa le reste de la soirée sous l'impression des tristes images et des sentiments pénibles qui l'avaient affectée dans la prison. Le visage pâle de son père, son cachot affreux, ses chaînes pesantes étaient encore devant ses yeux, et déchiraient son âme. Il n'y avait que l'espérance de revoir bientôt le noble Edelbert, de se faire connaître à lui, d'adoucir sa misère, qui pût lui donner un peu de consolation et de calme.

Le travail de la journée fini, elle se retira dans sa chambre où elle pria longtemps avec beaucoup de larmes. Elle demanda au Seigneur de bénir ses projets et d'éloigner tous les dangers qu'elle pouvait craindre, puis elle se mit au lit. Mais il lui fut impossible de fermer les yeux tant son esprit était préoccupé de son père et de la visite qu'elle devait lui faire le lendemain.

A une heure de la nuit, la concierge vint lui dire de se lever et de descendre afin de préparer le repas du matin pour son mari, qui devait partir avant le jour.

En déjeunant, le concierge lui donna ses dernières instructions sur le service des prisonniers et lui remit les clés de la prison. Il monta ensuite sur son cheval qu'on venait de seller et partit au galop. Le pont-levis fut remonté et la clé de la grande porte du château remise à Cuneric, qui la gardait toujours la nuit sous son chevet.

Le jour n'était pas encore près de paraître, et toutes les personnes qui s'étaient levées pour le départ du concierge avaient regagné leurs lits. Rose prit le trousseau de clés et remonta dans sa chambre en emportant, pour s'éclairer, la vieille lanterne qui servait à son maître quand il visitait la nuit ses prisonniers. Elle hésita quelque temps ; mais, voyant que tout était redevenu calme et silencieux dans le château, elle résolut de descendre à l'instant même au cachot de son père. Elle ôta ses souliers, pour marcher avec moins de bruit, et, enveloppant la lanterne dans son tablier, elle se glissa doucement le long du corridor sombre qui menait aux cachots.

Arrivée devant la porte de celui de son père, elle s'arrêta un moment pour regarder autour d'elle et pour écouter : n'entendant et ne voyant rien, elle ouvrit avec précaution.

A la faible lumière de sa lanterne dont le verre était tout noirci par la fumée, elle aperçut Edelbert assis sur son siége de pierre, les bras croisés sur sa poitrine. L'impression de cette clarté soudaine lui fit ouvrir les yeux, et en les fixant sur Rose il crut reconnaître la servante du concierge.

— Est-ce toi, mon enfant ? lui dit-il ; que viens-tu faire dans mon cachot si tard, ou plutôt si matin ? car il n'y a pas longtemps que le veilleur de la tour a crié deux heures.

— Pardon si je trouble ainsi votre sommeil, répondit Rose à voix basse, je voudrais m'entretenir avec vous sans témoins, et voilà pourquoi je suis venue à cette heure avancée de la nuit.

— Pour ce qui est de mon sommeil, il n'y a point de mal, mon enfant, reprit Edelbert ; les prisonniers dorment peu, malgré la solitude, le silence et l'ombre qui les environnent. Mais ta démarche me paraît imprudente, et je crains qu'elle ne t'attire de fâcheuses affaires. Une fille ne doit point d'ailleurs sortir de sa chambre pendant la nuit.

— Soyez tranquille à cet égard, dit Rose ; excepté le coq matinal et le veilleur de la tour, tout dort dans le château d'un profond sommeil. Ce n'est pas légèrement et sans avoir invoqué le secours du Ciel que je me suis décidée à cette démarche. Les tristes inquiétudes que vous avez témoignées devant moi sur le sort de votre fille ne m'ont pas laissé dormir, et j'ai saisi l'occasion favorable pour venir vous donner d'heureuses nouvelles.

— Des nouvelles de ma chère enfant ! s'écria le prisonnier ; oh ! tu es un ange envoyé du Ciel dans cet affreux cachot ! Parle, que sais-tu de ma fille ? tu la connais, tu l'as vue, tu lui as parlé, elle se porte bien, elle est heureuse ? Oh ! dis-moi bien vite ce que tu sais.

— Je puis vous en donner des nouvelles très certaines, répondit Rose. Connaissez-vous cette chaîne et cette médaille d'or ?

— Dieu ! s'écria le prisonnier en les saisissant d'une main tremblante, c'est la chaîne et la médaille que j'ai remises à ma fille au moment de notre séparation, comme un souvenir de son père. Je lui recommandai expressément de ne jamais s'en dessaisir. Il faut que tu lui sois bien chère pour qu'elle t'ait confié cet objet précieux ; elle te l'a remis sans doute pour donner plus de poids à tes paroles et me faire croire plus sûrement à ce que tu aurais à me dire de sa part.

— Elle ne s'en est point dessaisie, ô mon père ! elle l'a gardé entre ses mains, comme vous le lui aviez ordonné ; je suis Rose, je suis votre fille.

Ainsi que nous l'avons déjà dit, la lanterne ne jetait dans le cachot qu'une faible lumière ; il n'est pas étonnant qu'Edelbert n'eût pas d'abord reconnu sa fille, d'autant plus que, depuis son entrée en service, elle avait pris l'habitude de laver son visage avec une eau qui dissimulait la blancheur naturelle de son teint; d'ailleurs il ne s'attendait pas à la voir sous l'humble vêtement d'une servante.

— Quoi! ma fille, c'est toi! s'écria-t-il en la pressant dans ses bras et en l'arrosant de ses larmes, toi dans ces lieux, toi dans le cachot de ton père! Oh! je puis mourir maintenant! ces voûtes effrayantes peuvent s'écrouler sur ma tête, je ne crains plus rien, j'ai ma fille dans mes bras!

— Mon père! mon père! disait Rose, que ce moment est doux pour moi!

Elle n'en put dire davantage, car le saisissement et l'ivresse du bonheur étouffaient sa voix.

Edelbert prit la lanterne, et, dirigeant sa faible lueur sur le visage de Rose, il reconnut ses traits fins et délicats, sous la teinte brune qui les déguisait, ses yeux bleus si pleins de douceur et de mélancolie, ses beaux cheveux bruns qui flottaient autour de sa tête et tombaient en boucles sur ses épaules.

— Oui, c'est toi, mon enfant, lui disait-il avec un sourire, c'est toi que je tiens dans mes bras; je te reconnais, ou plutôt je reconnais ta mère, qui sans doute du séjour de paix qu'elle habite, abaisse en ce moment ses regards sur cet affreux cachot, pour prendre part à notre bonheur. Mais, dis-moi, Rose, comment te trouves-tu dans ce château? par quel malheur es-tu réduite à la condition d'une servante à gages dans l'habitation du dernier des serviteurs de Cuneric?

Rose raconta au chevalier toute son histoire; elle lui dit l'accueil bienveillant qu'elle avait reçu de l'honnête charbonnier, ses tristes inquiétudes sur le sort de son père, l'idée qui lui était venue de s'habiller en paysanne et d'entrer au service du concierge, afin de se rapprocher ainsi d'Edelbert et de trouver peut-être une occasion de pénétrer dans son cachot.

— Maintenant, continua-t-elle, Dieu a béni mon entreprise et comblé tous mes vœux. Après une longue attente, j'ai eu le bonheur de vous voir, ô mon père ; je pourrai vous visiter souvent à l'avenir, soulager vos maux et adoucir la rigueur de votre position. Que ne dois-je pas à Dieu pour la grâce qu'il m'a faite? Oh ! je me trouve aujourd'hui la plus heureuse des filles.

— Tu n'es pas la plus heureuse des filles, mon enfant, reprit Edelbert en levant au ciel ses yeux chargés de pleurs ; mais c'est moi qui suis le plus heureux des pères. Bien souvent je me suis irrité contre ma position, j'ai pleuré sur moi-même en contemplant ces tristes chaînes qui chargent mes bras : mais aujourd'hui, Seigneur, je reconnais la sagesse de vos voies, et je bénis les rigueurs salutaires de votre main ; sans elles je n'aurais jamais connu, comme je le connais maintenant, le cœur de ma fille, je n'aurais pas apprécié dignement le trésor que vous m'avez donné. Le jour où je reçus de l'empereur cette chaîne d'or qui brillait sur ma poitrine comme un rayon de la faveur impériale, mon bonheur fut grand, je l'avoue ; mais il n'était rien en comparaison de la joie que j'éprouve aujourd'hui dans cet affreux cachot, et sous le poids de ces chaînes de fer si dures à mes bras meurtris et déchirés. Si le superbe ennemi qui me tient ici prisonnier pouvait se faire une idée de la félicité que je goûte en ce moment et qu'il m'a préparée lui-même, il serait jaloux de son captif. Sans doute que dans la débauche de ses nuits, quand il est à boire et à danser aux sons d'une musique bruyante, il se croit heureux et me regarde, moi, comme le plus infortuné des hommes ; mais, je le jure par ce Dieu dont les regards percent les plus épaisses murailles, et dont la lumière me console dans l'ombre des cachots, alors que les éclats de sa joie et le bruit lointain de ses concerts viennent troubler le silence effrayant qui m'environne, je sens profondément que je ne voudrais pas changer ma position contre la sienne. Avec le pain et l'eau que je reçois dans ma prison, je suis plus heureux que lui dans ces salles splendides où il se fait servir les mets les plus rares dans des plats d'argent, et boit les vins les plus exquis dans des coupes d'or ; car les fers qui enchaînent le corps n'empêchent point l'âme de s'éle-

ver librement vers Dieu, mais ce sont nos passions et nos vices
qui, comme un brouillard épais, nous dérobent sa lumière, et
nous privent des véritables biens qui ne se trouvent qu'en lui
seul. Je te dis ces choses, mon enfant, pour te faire comprendre
les consolations que le Seigneur réserve à ceux qui l'aiment. Les
maux sont terribles quand celui qui nous les envoie ne nous
donne pas la force nécessaire pour les supporter ; mais, avec sa
grâce, il n'y a point de position si triste où l'on ne puisse être
heureux. C'est donc cette grâce qu'il faut implorer, c'est cette
force qu'il faut obtenir ; la prière et l'innocence, voilà les deux
grandes sources de la bénédiction divine. Puissent-elles ne jamais
tarir pour toi, ma fille ! continue toujours de préférer le cachot
de ton père aux trompeuses félicités de Cuneric, et que le bonheur des méchants ne soit jamais pour toi une occasion de scan-
dale et de péché ; car les joies de ce monde sont vaines et fragiles, souvent même coupables, tandis que l'Esprit-Saint appelle
bienheureux les justes qui souffrent avec patience.

L'entretien de Rose et de son père dura quelque temps encore ;
mais bientôt le souffle du matin se fit sentir, et une lueur grisâtre
parut à la lucarne du cachot. Rose éteignit la lanterne qu'elle
portait et dit adieu à son père. Au moment où elle refermait la
porte, elle entendit la voix du veilleur de la tour qui annonçait le
lever de l'aurore.

XI. — ROSE ADOUCIT LE SORT DE SON PÈRE.

Le lendemain matin, Rose était à déjeuner avec la concierge et
ses deux enfants, lorsque le chevalier Cuneric entra précipitamment dans la chambre. La jeune fille fut saisie de terreur ; c'était
la première fois depuis son arrivée au château qu'elle le voyait
mettre le pied dans la loge ; à son air brusque et agité, la pauvre enfant jugea d'abord qu'elle était trahie.

— Dorénavant, dit Cuneric d'une voix dure et impérieuse,
vous ne garderez plus la porte du château ; je vais charger de ce

soin quatre de mes hommes d'armes ; pour vous, il faut vous rendre à l'instant même aux cuisines pour les besoins du service ; car
aujourd'hui et demain j'ai beaucoup d'hôtes à recevoir.

A ces paroles, Rose sentit son cœur soulagé d'un grand poids.
Cuneric s'était bien aperçu de son effroi subit, mais l'avait attribué
au respect que sa vue inspirait à une fille timide ; cette idée flatta
son orgueil ; il sourit comme un homme content de lui-même, et
pour la première fois depuis son entrée au château, Rose reçut de
lui un regard moins dédaigneux, car le plus grand bonheur pour
ce maître superbe était de voir tout fléchir et trembler devant lui.

La jeune fille se rendit aux cuisines avec la concierge, pour
faire le travail qu'on venait de leur assigner. Dès le milieu du
jour, un chevalier du voisinage entra dans le château, avec une
suite imposante. Le lendemain, il en vint un autre suivi d'un cortége nombreux de cavaliers. A tous moments c'étaient de nouvelles troupes d'hommes, soit à pied, soit à cheval, qui arrivaient
à Fichtenbourg ; de sorte que, non-seulement la partie du château
habitée par le chevalier, mais encore les bâtiments qui bordaient
la vaste cour, étaient encombrés de monde. Sur le soir ils allu-
mèrent un grand feu en plein air pour faire cuire les aliments, et
soupèrent avec un grand vacarme. Rose comprit sans peine le
but de ce rassemblement d'hommes, et reconnut bientôt qu'elle ne
s'était pas trompée. Tandis qu'elle faisait souper les enfants de la
concierge, cette femme entra dans la chambre pâle comme une
morte, et s'écria aussitôt avec l'accent d'une vive douleur :

— Priez le bon Dieu, mes enfants, nous avons la guerre : votre
père, qui avait été chargé de réunir ces troupes que vous voyez
au château, vient d'arriver à l'instant même et doit aussi partir :
demain, avant le jour, on se met en marche.

Le jour suivant, le soleil n'était pas encore sur l'horizon que
déjà le signal du départ avait été donné. Le concierge, qui était un
des plus vaillants soldats de Cuneric, avait endossé son armure.
Couvert d'une cuirasse d'airain, l'épée au côté, le casque en tête
et la lance à la main, il dit adieu à sa femme et à ses enfants

éplorés. Rose partageait leur douleur et pleurait comme si cet homme eût été son père. Le concierge engagea sa femme à avoir bonne espérance et à prier Dieu pour lui; lorsqu'il eut embrassé l'un après l'autre ses deux enfants, il dit à Rose :

— Et toi, ma chère enfant, m'oublieras-tu dans tes prières à la sainte Vierge Marie? ne demanderas-tu pas au Seigneur qu'il me ramène auprès de mes enfants?

Les chevaliers étrangers couverts de magnifiques armures, les cavaliers et les fantassins portant de longues piques passèrent en bon ordre sous les portes du château et sur le pont-levis. Cuneric venait le dernier. Quand tout le cortége eut défilé, il remit ses clés à son vieil intendant, et lui dit :

— Bon et fidèle serviteur, je te confie ces clés : garde-les nuit et jour entre tes mains. Tu ne laisseras entrer ni sortir personne sans être présent toi-même avec deux au moins des hommes d'armes qui restent pour la garde du château. Souviens-toi d'exécuter cet ordre ; tu m'en réponds sur ta tête.

Puis il enfonça l'éperon dans les flancs de son cheval, et partit au galop. Au même instant les pont-levis sont levés, et toutes les portes fermées avec soin.

Rose et la femme du concierge furent encore très occupées aux cuisines pendant le reste du jour; il fallait nettoyer toute la vaisselle et réparer le désordre que tant de convives avaient nécessairement causé. Quand le soir fut venu, la concierge dit à Rose :

— Demain, de très bonne heure, je partirai avec mes deux enfants pour aller voir ma vieille mère ; ce bruit d'armes et de chevaux m'a brisé la tête, et le départ de mon mari m'a laissé pleine de tristesse ; j'ai besoin de me distraire et de me calmer. Je ne rentrerai pas avant le soir, car la route est longue pour les enfants. Toi, tu pourras te reposer tout le jour, le soin de la porte ne te regarde plus; mais n'oublie pas de porter la nourriture aux prisonniers et de tenir un bon souper prêt pour le moment de notre arrivée.

Le lendemain elle se mit en route avec ses enfants, au lever du soleil.

Qu'on se figure maintenant le bonheur de Rose : les jours précédents elle n'avait pu voir son père qu'à la dérobée, à cause du travail extraordinaire dont elle était accablée ; maintenant elle avait une journée tout entière à lui consacrer. C'était plus qu'elle n'eût jamais demandé à Dieu. Elle ne songea donc pas à se reposer. Depuis longtemps cette pieuse fille travaillait à procurer quelque soulagement à son père. Ses moments de loisir et ceux qu'elle avait pu prendre sur son sommeil avaient été employés à coudre quelques chemises et à tricoter quelques paires de bas ; elle prit ces objets et d'autres encore, puis se rendit auprès d'Edelbert. Le chevalier se sentit renaître à la vie en se débarrassant des sales haillons dont il était couvert depuis si longtemps. Rose avait aussi la clé qui servait à attacher les fers des prisonniers ; elle fit tomber les chaînes de son père, et lui dit :

— Venez, maintenant, cher père, vous avez besoin de respirer un air pur après en avoir été privé si longtemps.

Edelbert la suivit et arriva par une porte secrète dans un petit jardin dont le concierge avait la jouissance et que Rose elle-même se plaisait à cultiver quand elle en avait le temps.

En entrant dans ce jardin, Edelbert se sentit tout ému. C'était par une belle et riante matinée d'automne : le soleil répandait une bienfaisante chaleur, et un vent tiède agitait doucement les feuilles des arbres chargés de fruits mûrs et colorés. Le pauvre prisonnier resta quelque temps ébloui de cette lumière, et enivré de cet air pur, il lui sembla qu'il était sorti de son obscur et humide cachot pour entrer dans la splendeur et dans la joie d'un autre monde.

— Seigneur, s'écria-t-il, si le même bonheur m'attend au sortir de cette vie, je suis prêt à mourir aujourd'hui même !

Sous un grand noyer qui se trouvait dans un coin du jardin, près de la tour, était une petite table verte avec un banc de la même couleur : Rose y plaça le déjeuner de son père, et lui dit qu'il avait la liberté de passer tout le jour dans cet endroit.

— Je voudrais bien, dit-elle, rester auprès de vous, mais j'ai

4

trop d'occupations. Je viendrai cependant vous trouver de temps
en temps.

Elle partit. Pour bien jouir de cette ravissante matinée, le
chevalier se promena longtemps dans le jardin : la lumière et la
douce chaleur du soleil versaient dans son âme une vie nouvelle.
Il respirait à longs traits et avec bonheur l'air vif et pur qui l'en-
veloppait. Des pleurs s'échappèrent de ses yeux ; il remercia le
Seigneur de ces biens que l'homme dédaigne parce qu'il en jouit
tous les jours, et dont la privation seule lui apprend à connaître le
prix. Mais il le remercia surtout, et avec un sentiment plus profond encore, de l'amour que sa vertueuse fille avait pour son père.

— L'amour, disait-il, est dans le monde moral ce que la lumière du soleil est dans le monde physique ; il échauffe, il vivifie ;
sans lui le monde ne serait qu'une froide et sombre prison.

Dans le courant de la journée, Rose vint plusieurs fois trouver
son père, mais seulement pour quelques instants. A midi elle lui
servit un bon dîner, dont il avait grand besoin, car ce régime
de la prison l'avait fort affaibli. A la fin du jour elle vint le prendre pour le reconduire dans son cachot ; une surprise agréable
attendait le prisonnier à sa rentrée, : il crut d'abord que sa fille
s'était trompée et l'avait conduit dans une chambre du château
de Fichtenbourg, tant son triste asile était changé et embelli. La
couleur sale et grisâtre des murs avait disparu pour faire place à
une éblouissante blancheur ; le plancher avait été lavé et recouvert d'un sable fin. Les vitres du soupirail n'étaient plus obs-
truées de poussière, de broussailles et de ronces, mais si claires
et si transparentes qu'elles laissaient voir l'azur du ciel et sa
voûte parsemée d'étoiles. Une paille fraîche et un drap blanc
remplaçaient le sale grabat sur lequel Edelbert avait gémi si longtemps ; un tapis neuf et très épais servait de couverture. Une
nappe blanche ornait la table de pierre sur laquelle était un vase
rempli de fleurs dont le doux parfum embaumait tout le cachot.

— Que ta tendresse est ingénieuse, mon enfant ! s'écria le pauvre chevalier ; tu as fait de ce lieu de douleur un véritable para-

dis. Mais, ajouta-il en regardant la voûte et les murs blanchis, tu n'as pas pu faire cela toute seule. Comment se fait-il que tu aies trouvé dans ce château quelqu'un pour t'aider ?

— Il y a ici, répondit Rose, un vieux soldat qui avait appris l'état de maçon dans sa jeunesse, et qui se plaît à l'exercer encore de temps en temps. Il était malade la semaine passée; ayant remarqué que c'était un homme estimable et craignant Dieu, j'ai prié la femme du concierge de lui envoyer quelques aliments propres à le rétablir et je suis allée moi-même à plusieurs reprises lui porter ce qu'elle me donnait pour lui. Quand j'en avais le temps, je m'asseyais auprès de son lit pour le distraire par un moment d'entretien ; un jour, sans savoir que j'étais votre fille, il me parla de vous avec un profond respect et une tendre compassion pour votre malheur actuel. Il me dit, entre autres choses, qu'il avait assisté à cette grande bataille qui eût été perdue si votre habileté n'eût promptement réparé l'imprudence de Cunéric, et que lui-même vous avait dû la vie dans cette occasion. Voyant ses bonnes dispositions à votre égard, je suis allée hier soir lui demander s'il ne voudrait pas m'aider à mettre un peu d'ordre et de propreté dans votre affreux cachot. J'hésitais beaucoup à réclamer de lui ce service, et je m'attendais à bien des objections ; mais il n'en fit aucune, et consentit tout de suite à prendre la plus grande part du travail et du danger.

Quand même Cunéric viendrait à le savoir, dit-il, peu m'importe ! Il ne peut blâmer un vieux soldat de ce qu'il fait pour un brave et malheureux chevalier qui lui a sauvé la vie.

— Si j'ai rendu service à cet homme, reprit Edelbert, je ne m'en souviens plus ; mais je vois avec plaisir qu'il ne l'a pas oublié. Sa reconnaissance me touche et me réjouit le cœur ; elle me prouve que tous les hommes ne sont pas ingrats, mais qu'il en est aussi dans le cœur desquels un bienfait repose et dort comme le grain de blé dans une bonne terre, pour porter ses fruits au temps convenable.

— Il n'est pas encore temps de nous séparer, dit Rose ; nous

allons souper ensemble, et pour la première fois depuis notre séparation nous serons assis à la même table.

Elle apporta le souper, qui était frugal, mais composé des mets
qu'elle savait être agréables à son père : il y avait d'ailleurs deux
choses que le malheureux ne connaissait plus depuis longtemps :
du pain blanc et frais, avec une bouteille d'excellent vin.

— Mais, au nom du ciel, dit Edelbert en jetant les yeux sur la
table et sur le lit, explique-moi comment toi qui es si pauvre tu
as fait pour te procurer toutes ces choses?

Cette question de la part du chevalier donna à sa fille l'occasion
de lui faire connaître la belle conduite du charbonnier et de sa
femme. Car si Rose était en état d'adoucir un peu la captivité
de son père, c'était à ces braves gens qu'elle le devait, bien plus
qu'à ses gages de servante, qui étaient fort modiques.

Rose fut obligée de quitter son père à la chute du jour, parce
qu'elle avait à préparer le repas du soir pour la femme du concierge et de ses enfants. Elle embrassa tendrement Edelbert et s'en
alla. Le chevalier eut de la peine à s'endormir, tant son cœur
était doucement agité; l'image de sa pieuse fille était toujours
devant ses yeux, et il pensait au précieux trésor qu'il possédait
dans les vertus de cette enfant; ses yeux finirent cependant par
se fermer, et le lendemain, à son réveil, il trouva qu'il n'avait
jamais si bien dormi.

Il était temps que Rose imaginât un moyen d'apporter quelque
remède au malheur de son père; car le régime de la prison avait
extrêmement affaibli sa santé. La jeune fille s'en aperçut bientôt;
aussi, depuis ce moment, elle ne manqua pas de lui ménager
chaque jour quelque soulagement nouveau. Elle ne pouvait souvent le faire qu'à ses propres dépens, mais il lui était doux de se
priver elle-même pour son père et de lui laisser ignorer ses sacrifices. Un jour qu'Agnès était venue lui apporter au château
quelques provisions, elle lui remit des boucles d'oreilles garnies
de pierres fines, le seul objet de prix qui lui fût resté depuis le
pillage de Tannenbourg, et la chargea de les donner à son père

pour les vendre. Tout l'argent qu'elle en retira fut consacré **aux** plus pressants besoins d'Edelbert, auquel elle fut heureuse **de** pouvoir donner chaque jour un peu de vin généreux et forti- fiant.

Un jour le concierge fut chargé d'un message auprès de l'é- pouse de Cuneric; il quitta l'armée et arriva subitement au châ- teau. Pendant le peu de séjour qu'il y fit, il visita les prisonniers. Quelle fut sa surprise en ouvrant la porte du cachot d'Edelbert.

— Ah! ah! s'écria-t-il, je vois qu'on a fait ici des réparations locatives; mais je ne crois pas qu'on les mette sur les livres de dépense du chevalier Cuneric; car, s'il savait qu'on se mêle d'embellir ses cachots, il pourrait m'envoyer moi-même dans une chambre grillée, qui n'offrirait sûrement pas un aspect aussi agréable que celle-ci. Mais n'importe, je n'y trouve point de mal; seulement j'admire comment avec un peu de chaux, de sable et de travail, on a fait de ce cachot une chambre saine et d'un as- pect aussi agréable, tandis que certaines gens, par leur saleté et leur fainéantise, changent en un sale cachot la demeure la plus propre et la mieux ornée.

Cependant, lorsqu'il fut sorti de la prison, le concierge dit à Rose d'un ton plus sérieux :

— Le chevalier Edelbert est un excellent homme que j'aime de tout mon cœur, et soit dit entre nous, je donnerais beaucoup de choses pour qu'il ne fût pas en prison. Je ne te ferai donc point un crime de la compassion qu'il t'a inspirée et de tout ce que tu feras pour adoucir son triste sort. Mais, écoute, il ne faut pas que ton intérêt pour lui te porte jamais à favoriser son évasion. Ce serait d'abord une vaine tentative, car toutes les issues du château sont trop bien gardées pour qu'il s'échappe; ensuite cette tentative seule causerait ma ruine; mon emploi, mon pain, le pain de ma femme et de mes enfants seraient perdus; ma vie même serait en péril; car tous les prisonniers qui sont ici, j'en réponds sur ma tête, et si l'un d'eux venait à s'enfuir, Cuneric dans sa fureur serait homme à me poignarder. Ainsi tu vois à

quoi tu m'exposes : jure-moi donc par tout ce qu'il y a de saint et
de sacré que tu ne feras pas mon malheur et celui de ma famille.

Rose fit le serment qu'il demandait, et il partit.

XII. — ÉVÉNEMENTS AU CHATEAU DE FICHTENBOURG.

Pendant qu'Edelbert trouvait dans l'amour de sa fille de si douces consolations et que Rose de son côté trouvait dans le regard
joyeux de son père le prix de sa tendresse, de grands changements
s'étaient opérés à Fichtenbourg. Jusqu'alors le château de Cuneric
n'avait été ouvert qu'à la joie ; mais, par suite d'événements im-
prévus, la douleur, que n'arrêtent ni les hautes murailles ni les
solides bastions, venait de faire son entrée dans les somptueux
appartements du chevalier. Les nouvelles de la guerre que sa
témérité lui avait fait entreprendre contre un seigneur très puissant, n'étaient point favorables. Cuneric avait perdu ses équipa-
ges ; il avait failli tomber lui-même au pouvoir de l'ennemi, et ses
blessures le retenaient dans une forteresse éloignée. Au lieu d'envoyer comme autrefois à Fichtenbourg des voitures chargées de
butin, il demandait de l'argent et d'autres secours de tout genre.
Son épouse ne pouvait se rendre auprès de lui, parce qu'elle manquait de soldats pour l'escorter pendant le voyage ; elle n'osait
même sortir de ses murailles, parce qu'elle savait bien que l'autorité de son époux n'était fondée que sur la crainte. Les ennemis
de Cuneric commençaient à lever la tête, et ils en venaient ouver-
tement à des violences ; à plusieurs reprises ils avaient saisi les provisions qu'on achetait dans un bourg voisin pour la table des maîtres de Fichtenbourg, de sorte que l'épouse et les enfants de Cuneric avaient été forcés de se contenter d'une nourriture commune
et de souffrir de nombreuses et de cruelles privations. Les enfants avaient été atteints de la petite vérole, et pendant longtemps
on avait douté de leur guérison ; enfin leur mère, à force d'inquiétudes, de chagrins et d'insomnies, était tombée elle-même dangereusement malade.

Rose avait appris tous ces malheurs, jusque dans leurs moindres circonstances, par la femme du concierge, qui, comme les personnes de sa condition, aimait un peu trop à parler; car la fille d'Edelbert n'allait que le moins possible, et seulement lorsqu'on lui en donnait l'ordre, dans cette partie du château qu'habitaient le chevalier et sa famille. Chaque fois qu'elle s'y rendait, c'était avec une répugnance qui s'augmentait à chaque pas, et au retour elle descendait les escaliers en courant. La vue du chevalier ou de quelque membre de sa famille lui faisait mal, et, sans pouvoir se l'expliquer, elle nourrissait dans son cœur une aversion profonde, non-seulement pour Cuneric, qui avait commis une si criante injustice envers son père en lui ôtant ses biens et sa liberté, mais encore pour son épouse et pour ses enfants.

Elle s'empressa de raconter à son père ce qui se passait au château. Pendant son récit, un sourire presque imperceptible errait sur ses lèvres.

— Maintenant, disait-elle, ils sauront par leur propre expérience ce que c'est que de souffrir, il faut que l'orgueil s'humilie. L'épouse du chevalier, cette femme si fière qui a toujours vécu dans le luxe et dans l'éclat d'une haute fortune, qui habillait ses enfants avec tant de magnificence, qui était toujours en visite chez de nobles amis ou qui les recevait dans ses salles brillantes, elle peut mener maintenant la vie calme et solitaire des couvents; elle fait aujourd'hui connaissance avec les larmes et les soupirs. Son époux, cet orgueilleux et téméraire chevalier qui a fait notre malheur et celui de tant d'autres, il doit reconnaître à l'heure qu'il est la vérité de cette parole : *On se servira pour vous de la mesure dont vous vous serez servi vous-même pour les autres.*

— Quoi! mon enfant, s'écria-t-il, c'est toi qui parles ainsi? Je vois sur tes traits aimables et doux le froid sourire de la vengeance! Oh! non, ma chère fille, ne tiens pas ce langage ; ce sont là des sentiments indignes de toi, la haine ne doit pas souiller ton noble cœur de ses poisons. Il est certain que ce chevalier a violé toute justice à mon égard; il m'a sans aucun motif traité en ennemi. Mais ne te souvient-il plus des enseignements et des exemples de notre divin Sauveur? Ne nous a-t-il pas dit d'aimer ceux qui nous haïssent, de faire du bien à ceux qui nous ont fait du mal? Et toi tu veux imputer à l'épouse de Cuneric les torts de son mari? La malheureuse a déjà bien assez à souffrir de l'humeur violente et hautaine de ce chevalier, et sans doute elle est la première à gémir de son indigne conduite. Ses enfants, ces créatures faibles, innocentes, qui ne savent pas encore distinguer leur main droite de leur main gauche, tu veux donc aussi les punir des crimes de leur père? Rose, que ton amour pour ton père ne te porte pas jusqu'à haïr son ennemi : tu vois bien que moi je ne le hais pas. Vous le savez, Seigneur, ajouta-t-il en levant ses regards vers le ciel et en mettant sa main sur son cœur : si dans la mêlée d'une bataille sanglante je voyais ce chevalier en danger de mort, je me jetterais au-devant des épées et des lances pour sauver ses jours, même aux dépens des miens. Et toi, Rose, si Dieu te rendait le bonheur et l'aisance, et que l'épouse et les enfants de Cuneric, condamnés à l'indigence et au malheur, vinssent implorer les secours de ta pitié, tu leur fermerais ton cœur et ta porte? Ces pauvres petits enfants, cette malheureuse mère, tu serais impitoyable pour eux? tu les laisserais périr dans leur détresse?

— Oh! non, répondit Rose tout émue, je ne le ferais pas, je ne pourrais pas le faire. Je partagerais volontiers avec eux tout ce que j'aurais.

— J'aime à le croire, continua le prisonnier; cependant, si tu leur refuses même un regard affectueux et une parole bienveillante, comment ferais-tu pour eux davantage? Si tu fuis toute occasion de les voir, comment trouveras-tu le moyen de leur faire du bien? Change de conduite à leur égard; va au-devant d'eux avec une affection sincère, tu accompliras au moins le précepte qui nous ordonne d'aimer nos ennemis, et, plus tard, tu pourras même leur faire du bien s'ils ont besoin de ton assistance. Ce n'est point la prudence humaine qui m'inspire ces conseils, ce n'est point le désir de gagner la bienveillance du puissant ennemi qui me tient dans les fers ni de l'amener à nous rendre les biens qu'il nous a ravis. Si notre bienveillance n'avait pour principe que l'intérêt, elle n'aurait aucun mérite, ce serait une misérable et basse hypocrisie dont il nous faudrait rougir. Non, mon enfant, l'amour des hommes, cette fleur céleste, ne peut croître sur la racine impure d'un vil égoïsme. C'est dans les affections désintéressées d'un cœur sensible et charitable qu'elle germe et se développe : elle n'est pas autre chose qu'un reflet et une image de cette bonté divine qui fait le fondement de notre sainte croyance et qui doit pénétrer tous les cœurs véritablement religieux. Dieu lui-même est tout amour ; il aime tous les hommes comme ses enfants ; même sur les plus méchants et les plus dépravés, il fait luire son soleil ; même aux plus indignes de ses dons, il envoie ses pluies et ses rosées ; car il veut que tous fassent pénitence et arrivent un jour au salut. C'est pour les sauver que son fils unique a donné sa vie et répandu son sang sur la croix. Voilà pourquoi nous devons être aussi pleins d'amour, vivre entre nous comme des frères, faire du bien à tous les hommes, ne pas refuser notre bienveillance à nos ennemis mêmes et à ceux qui nous font du mal. Nous devons les aimer jusqu'à donner notre vie pour eux, car Dieu nous ordonne de les aimer comme nous-mêmes. Il faut que notre charité s'élève de la terre au ciel et devienne une charité divine. Ce n'est pas assez d'aimer par-dessus toute chose Dieu qui est souverainement aimable, nous devons encore essayer d'atteindre, autant qu'il nous est possible, jusqu'à la force et à la grandeur de son amour.

Ce saint amour pour Dieu et pour nos semblables, même pour ceux qui nous haïssent, peut seul nous rendre dignes d'entrer un jour dans le royaume céleste ; et si les joies de ce monde peuvent nous donner une juste idée du bonheur qui nous attend dans l'autre, il est certain qu'une âme privée d'amour serait malheureuse dans le ciel même, au sein de la félicité. Aussi n'est-il pas possible que celui qui nourrit la haine dans son cœur soit reçu dans ce bienheureux séjour. Notre devoir sur cette terre, l'emploi de notre vie, c'est de faire naître en nous l'amour de Dieu et des hommes ; de le faire germer au fond de notre cœur comme une plante noble et précieuse ; de le cultiver sans relâche, et de le faire épanouir. Souvent l'amour des choses vaines, de la gloire du monde, des voluptés grossières, des richesses périssables, ne laisse point de place dans notre cœur pour l'amour que Dieu commande, et l'étouffe dans son germe, comme une puissante ivraie fait périr le grain de blé dans le sillon, comme les épines et les ronces détruisent les fleurs les plus rares : mais la bonté divine vient à notre secours ; elle nous envoie les afflictions et les maux pour purifier notre âme, pour en arracher, comme autant de mauvaises herbes, l'orgueil, l'égoïsme, l'attachement aux voluptés mondaines. Voilà pourquoi il nous a dépouillés de l'éclat de notre rang, de nos richesses temporelles et des jouissances que donnent les biens de ce monde. Sois-en persuadée, ma fille, lorsque Dieu nous envoie ou tant qu'il nous laisse la douleur, c'est qu'il y a encore en nous quelque chose d'impur que le feu des afflictions doit consumer. Montrons-nous donc reconnaissants de sa tendre sollicitude à notre égard ; ne la rendons pas inutile en nourrissant dans notre cœur des sentiments de haine contre nos ennemis ; ne perdons pas ainsi le fruit de nos souffrances et les bénédictions attachées au malheur.

Rose prêtait une oreille attentive aux paroles du prisonnier.

— Vous avez raison, mon père, dit-elle en tournant sur lui ses yeux humides et attendris ; je vois combien je suis encore éloignée du royaume céleste ; mais je veux travailler à m'en rendre plus digne, et j'espère que Dieu me fera la grâce d'y réussir : je veux l'aimer par-dessus toutes choses, et chérir tous les hommes comme moi-même, sans en excepter Cuneric et sa famille. Si le malheur doit servir à me rendre meilleure et plus aimante, je consens à souffrir aussi longtemps que Dieu le voudra, car le temps que nous pouvons passer dans le malheur est bien court si on le compare à une éternité de béatitude.

Rose tint parole. Dès que les enfants de Cuneric furent réta-
blis, et qu'ils descendirent de leur appartement pour courir dans
les cours suivis de leur bonne, elle ne chercha plus à les éviter,
en faisant semblant de ne pas les voir. Au contraire, elle s'approchait d'eux et les saluait avec un doux sourire. Elle engageait
avec eux de petites conversations et leur témoignait toute sorte
de complaisances. Elle se fit apporter par Agnès un jeune chevreuil et un couple de tourterelles, pour les leur donner ; le chevreuil au petit garçon, et les tourterelles aux petites filles. Ces
enfants étaient fort doux et fort aimables, elle se reprocha d'avoir
pu être si longtemps sans amitié pour ces innocentes créatures.

— C'est un grand plaisir dont je me suis privée, dit-elle, de
sorte que j'ai été punie par ma faute même. Oh ! mon père a bien
raison, l'amour vaut mieux que la haine.

Quelques jours après, Rose trouva l'occasion de manifester
mieux encore le sentiment nouveau que son père avait développé
chez elle.

XIII. — COURAGE DE ROSE.

Après de longues pluies, un beau jour d'automne avait paru.
Le soleil répandait une vive lumière et une douce chaleur qui
semblaient donner aux campagnes une vie nouvelle. Tous les serviteurs du château s'étaient dispersés dans les champs pour la
récolte ; la bonne des enfants de Cuneric, nommée Thècle, était
restée pour les garder : après le dîner, elle se rendit avec eux
dans la cour du château.

Au milieu de cette grande cour il y avait un très beau puits :
il était entouré d'une margelle en pierres artistement taillées, et
son toit en pyramide, soutenu par six colonnes élégantes, était orné
de nombreuses sculptures de pierre, comme tous les monuments
de l'art germanique au moyen-âge. L'eau se trouvait à une profondeur extraordinaire ; il fallait un quart d'heure environ pour
faire descendre et remonter, au moyen d'une roue à bras, l'é-

norme seau qui servait à l'épuiser. Les étrangers qui venaient en grand nombre visiter les curiosités du château n'y trouvaient rien de plus admirable que ce puits : pour leur donner une idée de son étonnante profondeur, on y laissait tomber de petits cailloux, et les visiteurs étaient surpris du temps qui s'écoulait jusqu'au moment où le bruit de leur chute arrivait à leurs oreilles. On mettait aussi une bougie allumée dans le seau et on le descendait. C'était alors un merveilleux spectacle de voir l'effet de la lumière sur les parois du puits tapissées de mousse et d'herbe qui croissait entre les fissures des pierres ; la flamme de la bougie se réfléchissait dans chaque goutte d'eau suspendue à la muraille et brillait, à l'œil de ceux qui regardaient, comme un astre lumineux au sein d'une nuit obscure. Les maçons qui, de temps en temps, avaient à réparer le puits ou à le nettoyer, se servaient pour cela d'un grand nombre d'échelles mises au bout l'une de l'autre et attachées par des pitons de fer scellés dans la muraille. C'était une vieille tradition que ceux qui descendaient jusqu'au fond de ce sombre abîme, quand le toit qui en couvrait l'entrée n'existait pas encore, voyaient à midi les étoiles étinceler dans l'azur du ciel. Autour de ce puits, s'étendait une verte pelouse qui se détachait fort agréablement sur le pavé de la cour, dans un grand cercle de sorbiers.

Les trois enfants étaient à jouer sur le tapis de verdure, auprès du puits. Les deux petites filles, Minna et Brenda, admiraient les beaux fruits rouges des sorbiers ; il fallut que leur bonne leur cueillît quelques grappes dont elles enfilaient les baies pour s'en faire des colliers et des bracelets : leur coquetterie précoce perçait dans cet amusement ; elles attachaient à leur cou et à leurs bras ces parures enfantines, et les comparaient aux colliers et aux bracelets de corail dont se parait leur mère et qu'elles devaient porter aussi quand elles seraient plus grandes.

Ernest, le petit garçon, s'amusait à jeter des cailloux dans le puits ; il choisissait les plus gros qu'il pût trouver, puis il prêtait une oreille attentive jusqu'à ce que le bruit de leur chute montât jusqu'à lui, et il se mettait à sauter de joie. Quand il fut las de cet amusement, il s'en alla à quelque distance du puits : un petit oiseau vint alors se poser sur le bord du seau, au fond duquel il y avait toujours un peu d'eau ; il y descendit pour boire ou pour se baigner ; le petit garçon l'avait vu.

— Bon ! dit-il à ses sœurs, dans sa simplicité naïve, je vais prendre cet oiseau, et nous aurons là de quoi bien nous divertir.

Il monte aussitôt sur la margelle du puits, étend un de ses bras pour atteindre le seau, et, comme il n'y parvient pas d'abord, il se penche de plus en plus jusqu'à ce que, perdant l'équilibre, il est précipité dans cet abîme effrayant.

Les deux petites demoiselles poussent un cri de terreur : leur bonne, qui venait de les laisser seules pour aller manger en cachette quelque friandise à la cuisine, accourut tout effrayée et s'approcha du puits. Contre toute espérance, elle entendit l'enfant pleurer et gémir : elle jeta les yeux dans le gouffre et vit le pauvre Ernest à une grande profondeur, suspendu par un pan de son habit à l'un des pitons scellés dans la muraille ; mais elle ne savait comment le retirer. La châtelaine était alors malade et ne pouvait sortir de sa chambre ; tous les gens du chevalier étaient occupés au travail des champs. La pauvre fille tremblante et pâle comme une morte se tordait la main de désespoir et apppelait tous les saints à son secours.

Tout-à-coup elle voit Rose accourir : un des enfants de la concierge se trouvait indisposé depuis la veille, et la jeune servante était restée auprès de lui pour le soigner.

Rose vit tout d'abord ce qu'il y avait à faire.

— Vite, vite, cria-t-elle à la malheureuse Thècle, aide-moi à me placer dans le seau et descends-le doucement ; avec le secours de Dieu, j'espère sauver l'enfant.

Elle se recommande à la Providence ; la manivelle tourne et le seau descend. Mais à mesure qu'il s'abaisse, la jeune fille sent augmenter son effroi ; la fraîcheur et l'humidité la saisissent, le soleil semble prêt à s'éteindre ; et les ténèbres deviennent de plus en plus épaisses. Cependant elle arrive jusqu'à portée de l'enfant.

— Arrête ! crie-t-elle alors d'en bas.

Le seau reste en place ; elle essaie de prendre dans ses bras le pauvre Ernest et de le décrocher, mais ce n'était pas chose facile ; Rose ne pouvait se servir que d'une main à la fois, car elle avait besoin de l'autre pour tenir la chaîne et ne pas tomber elle-même au fond du puits. Elle fit longtemps de vains efforts : une angoisse terrible s'emparait d'elle et une sueur froide ruisselait sur son front ; dans ce moment affreux, elle implora le secours du Très-Haut, et une fervente prière remonta du sein de l'abime ; enfin, la courageuse jeune fille a réussi, elle tient l'enfant dans ses bras. Ernest s'attache fortement à elle et l'embrasse d'une étreinte convulsive, comme s'il craignait de tomber encore, mais ses pleurs et ses cris ont cessé. La pauvre Thècle sent avec joie que le seau est devenu plus pesant, et s'empresse de le remonter.

Aux cris plaintifs qu'elle avait entendus dans la cour, la mère, quoique malade, était accourue à sa fenêtre. Quel coup de foudre pour elle, lorsque les petites filles lui crièrent de toute leur force :

— Ernest est tombé dans le puits !

Pâle et atterrée, la pauvre dame saisit les barreaux de la fenêtre pour se retenir : ses genoux se dérobent sous elle, ses mains tremblent, il lui semble que les battements de son cœur vont briser sa poitrine.

Thècle lui crie que l'enfant n'est point tombé jusqu'au fond du puits, qu'il est resté accroché dans sa chute, et que la servante du concierge est descendue pour le retirer. Une lueur d'espérance brille alors dans l'âme de la pauvre mère ; elle veut prier, la parole lui manque, mais du fond de son cœur s'élève une muette prière à la très sainte Vierge qui a vu mourir son fils sur la croix pour le salut des hommes. Pendant qu'elle lui demande la vie de son premier-né, de son fils unique, ses yeux demeurent fixés sur le puits. Après quelques moments d'horrible attente, elle voit remonter Rose tenant d'une main la chaîne, et de l'autre l'enfant qui se cramponne à elle de toute sa force, et semble endormi sur son épaule. Quand le seau fut assez monté, et que Thècle le vit se balancer au-dessus de l'abîme, au niveau de la margelle de pierre, elle fixa le mouvement de la roue, et tira la chaîne du puits avec un crochet destiné à cet usage, elle essaya de prendre l'enfant dans ses bras. Mais la pauvre fille, encore toute troublée et tremblante, n'avait ni assez de force ni assez d'adresse pour arrêter le seau d'une main, tandis que de l'autre elle saisirait le petit garçon. Elle fit longtemps de vains efforts, et c'était pour la mère un affreux spectacle : à tous moments elle s'attendait à les voir rouler tous les trois dans l'abîme.

Rose comprit qu'on ne réussirait pas de cette manière ; elle dit à Thècle de lâcher le seau, puis elle essaya de lui présenter l'enfant de manière qu'elle pût le recevoir dans ses bras ; mais celle-ci ne pouvait les étendre assez pour le saisir. La pauvre mère, qui regardait de son balcon, ne pouvait soutenir cet affreux spectacle ; un nuage couvrait ses yeux.

— Pas ainsi ! pas ainsi ! criait-elle aussi haut que sa faiblesse le lui permettait.

Rose ne l'entendit pas ; mais elle jugea elle-même qu'il fallait s'y prendre autrement, parce que cette seconde manière était encore plus dangereuse que l'autre.

Après un moment de réflexion, elle dit à Thècle :

— Prends le crochet et pousse le seau de telle sorte qu'il se balance doucement d'un bord à l'autre.

Thècle obéit sans se rendre compte de ce qui devait en arriver.

— Maintenant, continua Rose en souriant, pour donner un peu de courage à cette pauvre fille toute tremblante, quand tu verras le seau près de toi, tu prendras l'enfant à deux bras et avec force ; mais il faut attendre que je te le dise.

Au signal convenu, Thècle n'eut pas de peine à enlever le petit garçon et à le poser à terre. Elle tendait la main pour prendre aussi Rose de cette manière.

— Non, dit celle-ci ; mais pousse plutôt le seau vers une des colonnes qui soutiennent le toit.

Thècle obéit encore, le seau vint près du bord, et Rose mit pied à terre. Quel bonheur pour elle de se sentir enfin hors de l'abîme ! avec quelle joie elle contemplait la lumière du jour et l'azur du ciel ! elle tomba aussitôt à genoux et remercia le Seigneur de la double délivrance qu'il venait d'opérer.

— Quelle agréable nouvelle je vais porter à mon père, et comme il sera content de moi ! s'écria-t-elle.

Effectivement, elle courut à la prison et fit à Edelbert le récit de ce qui venait d'arriver.

Le chevalier en fut ému jusqu'aux larmes : il serra tendrement sa fille contre son cœur, et lui dit :

— Dieu te bénisse, mon enfant, pour la joie que tu me donnes, pour les douces larmes que tu me fais répandre. Mais remercie le Ciel du noble courage que tu as montré dans cette occasion ; car tu n'aurais pas sauvé la vie d'un homme, si le Seigneur ne t'avait d'abord fait la grâce d'aimer tes ennemis.

XIV. — GÉNÉROSITÉ DE ROSE.

Thècle avait porté à sa mère l'enfant si miraculeusement sauvé. La noble dame oublia dans ce moment qu'elle était malade ; elle courut à son fils, et, le prenant dans ses bras, lui demanda cent fois s'il n'avait point de mal. Il était sans blessure, mais très pâle encore de frayeur et d'angoisses. La pieuse mère tomba sur ses deux genoux pour rendre grâce au ciel de ce bonheur.

— Vous me l'avez donné deux fois, mon Dieu, s'écria-t-elle, je veux l'élever pour vous et vous le consacrer.

Elle se releva, faible et languissante, et, s'asseyant dans son fauteuil, elle mit l'enfant sur ses genoux.

— Méchant enfant, dit-elle, vois la frayeur que tu m'as causée par ton imprudence ! Combien de fois ne t'ai-je pas défendu de t'approcher du puits, de t'arrêter auprès des chevaux, de monter aux arbres ? ta désobéissance a failli te coûter la vie. Qu'aurait dit ton père si ce malheur fût arrivé ? Sois donc plus docile à l'avenir. Tu n'as été sauvé que par miracle : remercie le Seigneur qui a envoyé un de ses anges pour te préserver de la mort. Cet ange, ajouta-t-elle, c'est la fille d'un pauvre charbonnier; mais où est-elle donc? je ne la vois pas. Va la chercher, Thècle; dis-lui qu'elle vienne à l'instant même recevoir mes remercîments ; sa belle action ne doit pas rester sans récompense.

Thècle courut à la chambre du concierge, où elle trouva Rose assise auprès du lit de la jeune malade, et tricotant.

— Viens, lui dit Thècle ; ma noble maîtresse veut que tu te rendes tout de suite auprès d'elle : réjouis-toi, car tu vas recevoir sans doute un beau cadeau.

Cette parole blessa le noble cœur de Rose ; ne voulant point de récompense pour une action désintéressée, elle eut d'abord l'intention de rester ; mais elle craignit de faire de la peine à la pauvre mère, et se rendit à son invitation.

En entrant dans la chambre, une aimable rougeur se répandit sur ses joues : l'épouse de Cuneric était assise, et le petit Ernest sommeillait auprès d'elle. A la vue de Rose elle se leva pour courir à sa rencontre, et malgré son rang, elle serra tendrement dans ses bras la jeune servante grossièrement vêtue.

— Ma fille, lui dit-elle, que ne te dois-je pas pour l'action courageuse que tu viens de faire ! Tu m'as sauvée du désespoir en sauvant mon fils d'une mort certaine. Sans toi, cet aimable enfant qui repose si doucement sur ce lit ne serait plus qu'un corps sans vie au fond du gouffre où son imprudence l'avait fait tomber; sans toi je n'aurais plus de fils ; sans toi je ne serais plus heureuse mère. Mais je saurai mesurer ma reconnaissance à mon bonheur; à partir de ce moment tu ne me quitteras plus, je te regarde comme ma propre fille.

— Pour toi, ajouta-t-elle en se tournant vers Thècle avec un visage sérieux mais sans colère, je ne puis te garder plus longtemps à mon service. Tu as manqué au plus facile de tes devoirs; celui de ne jamais perdre de vue les enfants commis à ta garde. Je vais régler ton compte aujourd'hui même, et demain tu quitteras le château.

La pauvre fille pleurait et se lamentait en demandant pardon ; elle se mit à genoux et dit qu'elle était une pauvre orpheline, qu'elle ne savait où aller, qu'elle ne commettrait plus la même faute.

— Tu m'as fait cent fois la même promesse et tu ne l'as jamais tenue, répondit la noble dame ; je ne puis plus me confier à ta parole : il m'en coûte d'avoir à te renvoyer ; mais il n'est pas juste que pour l'amour de toi je laisse la vie de mes enfants dans un danger perpétuel : va donc et tâche de mieux remplir tes devoirs dans une autre maison.

Rose fut touchée du malheur de cette pauvre fille, et prit sa défense.

— Permettez-moi, Madame, dit-elle, de vous parler en faveur de Thècle ; il est certain qu'elle a commis une très grande faute. Sa légèreté a causé d'horribles angoisses à votre cœur de mère, et peu s'en est fallu qu'elle n'ait coûté la vie à votre fils : mais je suis persuadée que cette leçon lui servira pour l'avenir et la guérira pour toujours de son étourderie. C'est pour cette raison, Madame, que je vous conjure de lui pardonner. Voyez d'ailleurs ce qu'elle a fait pour réparer sa faute ; non-seulement elle s'est donné mille peines, mais encore elle a exposé sa vie pour sauver celle de votre enfant. Voulez-vous donc ne vous souvenir que de ses torts et oublier son zèle, ses généreux efforts, son louable dévouement ? Voulez-vous que cette malheureuse orpheline s'éloigne de vous en versant des larmes ? Tout-à-l'heure, quand vous avez invoqué le secours de Dieu, il a aussitôt exaucé vos prières : n'imiterez-vous pas sa miséricorde ? fermerez-vous votre cœur aux supplications de cette pauvre fille ? refuserez-vous de faire grâce après que vous-même l'avez reçue ? Oh ! non, je ne puis le croire ; vous serez sensible à la douleur, aux regrets, à l'excellent cœur de votre servante ; vous n'oublierez pas surtout qu'il vous est plus facile de lui pardonner qu'à elle de vivre honnêtement lorsque vous l'aurez congédiée.

Pour moi, Madame, je ne puis accepter vos offres. Je regarde-

rais comme un péché de prendre la place de cette pauvre fille,
et pour rien au monde je ne voudrais trouver mon bonheur dans
le malheur d'autrui.

Pendant que Rose parlait ainsi, la noble dame la regardait avec
surprise.

— Vraiment, dit-elle, je ne sais ce que je dois le plus admirer, de ton courage ou de tes nobles sentiments. Je ne puis rien
refuser à ton intercession généreuse. Thècle ne perdra point sa
place, mais il faut cependant que tu restes auprès de moi ; je ne
veux plus que tu me quittes. Il m'est impossible en ce moment de te
récompenser comme je le désire, mon époux est absent, et moi je
suis comme une prisonnière dans ce château : mais j'espère qu'a-
vant peu Cuneric reviendra de la guerre et fera pour toi ce que
tu mérites. En attendant, il faut cesser ton service chez le concierge et demeurer auprès de moi comme ma fille, ma compagne, mon amie. Je vais te donner d'autres habits, car tu n'es
pas née pour porter le vêtement d'une servante.

Rose fut profondément touchée de la conduite de la noble dame
qui se montrait si bonne à son égard et pardonnait si généreusement au repentir de Thècle. Elle se sentait pleine d'estime et d'a-
mour pour elle, et n'eût pas demandé mieux que d'accepter ses
offres bienveillantes. Mais elle réfléchit que par là elle s'ôterait les
moyens de voir aussi souvent son père, et qu'elle l'abandonnerait
ainsi à des mains étrangères ; elle ne crut pas devoir d'abord se
faire reconnaître pour la fille du noble prisonnier ; elle voulut se
réserver le temps de le consulter à ce sujet.

— Excusez-moi, Madame, répondit-elle à l'épouse de Cuneric,
si je ne puis consentir à cette généreuse proposition : je suis re-
connaissante de vos bontés ; mais quand nous avons eu le bonheur de faire quelque bien avec le secours de Dieu, je crois qu'il
nous est plus avantageux de ne pas en recevoir la récompense
dans ce monde, afin de la trouver dans une autre vie ; d'un autre
côté, je suis si contente dans ma condition actuelle, que je ne désire point de meilleure place. Ce n'est point la position qui honore

les hommes, mais la manière dont ils savent en remplir les devoirs et en supporter les charges. Mon service chez le concierge, qui est aussi le géolier de la prison, me permet de faire un peu de bien aux prisonniers ; je me trouve parfaitement heureuse ; vous ne voudriez pas que je le fusse moins en acceptant vos bienfaits.

— Fille étonnante ! reprit la dame, je ne te comprends pas. Ce que tu me dis de ton bonheur dans la loge enfumée du concierge et du malheur de vivre auprès de moi, me semble tout-à-fait extraordinaire. Il n'est donc pas en ma puissance de te rendre aucun service ! demande-moi ce que tu voudras et je jure de te l'accorder, pour peu que cela soit possible.

— Eh bien ! Madame, répondit Rose, je vous prends au mot. Donnez-moi le temps de réfléchir sur la grâce que je dois vous demander ; peut-être qu'avant peu vous pourrez contribuer puissamment à mon bonheur. Alors je réclamerai l'exécution de votre promesse ; jusqu'à ce moment laissez-moi, je vous prie, dans mon heureuse obscurité ; permettez que je me retire, car l'enfant du concierge est malade et je ne puis le laisser seul aussi longtemps.

Elle dit et s'en alla.

XV. — ROSE SE FAIT RECONNAITRE.

Hildegarde de Fichtenbourg, l'épouse de Cuneric, était une femme aussi distinguée par la bonté de son cœur que par les agréments de son esprit. Elle appréciait le désintéressement de Rose : elle se sentait animée des plus vifs sentiments de bienveillance pour elle et souhaitait sincèrement de la voir heureuse. Cependant elle ne s'expliquait pas sa conduite ; elle soupçonnait avec raison qu'il y avait quelque chose de mystérieux dans son existence. Cette idée l'occupa longtemps.

— Est-il possible, disait-elle, que la fille d'un pauvre charbonnier ait de pareils sentiments et les exprime dans un si noble langage ? où a-t-elle pris ce maintien qui m'a fort surprise lorsqu'elle est entrée dans cette chambre et qu'elle a conservé tout le temps qu'elle y est restée? elle n'éprouvait pas plus d'embarras en ma présence que si elle avait toute sa vie fréquenté la plus haute noblesse et reçu la meilleure éducation. Tout cela m'étonne encore plus que sa générosité, son courage et sa présence d'esprit ne me paraissent admirables. Et quel motif peut-elle avoir pour refuser de vivre auprès de moi, où elle eût été incontestablement plus heureuse? je crains qu'il n'y ait là-dessous quelque mystère. Marcherait-elle dans une mauvaise voie? aurait-elle à cacher quelque secret dont la découverte pourrait la couvrir de honte? je ne le crois pas; cependant je veux l'observer de plus près.

Elle ordonna d'abord au vieil intendant du château de surveiller tous les pas et toutes les démarches de la jeune fille. Cet homme exécuta l'ordre de sa maîtresse et n'eut à donner sur Rose que les témoignages les plus honorables.

Mais un matin ce zélé serviteur vint tout hors d'haleine lui rapporter qu'à une heure avancée de la nuit, quand tout dormait au château du plus profond sommeil, Rose allait visiter dans son cachot le chevalier captif et passait des heures entières auprès de lui.

— Ce fait me paraît bien grave et bien dangereux, dit-il; cette jeune fille peut amener sur nos têtes de grands malheurs en prêtant la main à l'évasion du prisonnier. Le courage ne lui manque certainement pas pour une telle entreprise. Cependant je ne puis dire encore quel est le sujet de leur entretien. Je me suis placé derrière la porte du cachot pour écouter avec toute l'attention dont je suis capable, mais je n'ai entendu qu'un murmure inintelligible. Ce n'est pas que la conversation se fît à voix basse, mais le vieux chevalier est devenu sourd et il faut qu'on lui parle à l'oreille.

La dame de Fichtenbourg fut extrêmement surprise de ce rapport
— Edelbert, dit-elle, est le plus dangereux de nos ennemis : Cuneric me l'a répété chaque fois que j'ai voulu obtenir de lui quelque adoucissement au sort de ce malheureux prisonnier; il

m'en a dit tant de mal que je ne puis avoir de cet Edelbert que l'opinion la plus défavorable. Des relations aussi intimes entre cette jeune étrangère et le plus mortel de nos ennemis ne peuvent me plaire. Il faudra que je prête moi-même l'oreille à leurs entretiens.

Elle chargea le vieil intendant de venir aussitôt l'avertir à la prochaine visite que Rose ferait au chevalier : du reste elle lui défendit de rien dire à personne de cette circonstance mystérieuse. Elle voyait Rose presque tous les jours, la traitait avec une bonté singulière, et lui faisait beaucoup de petits cadeaux.

Quelques jours après, l'intendant se rendit à l'appartement de la châtelaine, au milieu de la nuit.

— Voici le moment, Madame, lui dit-il ; ils sont ensemble.

La châtelaine se hâta de jeter un manteau de satin sur ses épaules, et alla se placer derrière la porte du cachot.

— Je joue ici un triste rôle, pensa-t-elle ; mais le motif qui m'amène justifie ma conduite ; c'est dans l'intérêt de cette jeune fille à qui je veux du bien, et dans celui de mon époux, que je viens écouter à cette porte. Ces deux puissantes raisons peuvent me servir d'excuse.

La porte était entr'ouverte ; la lumière d'une lampe éclairait faiblement le cachot du prisonnier. La châtelaine prêtait une oreille attentive et ne perdit pas un seul mot.

— Tout cela me prouve, disait le père, que cette noble dame a beaucoup d'amitié pour toi.

— Oh ! oui, répondait Rose, elle est si bienveillante à mon égard, que je me reproche de ne pas oser lui dire que je suis votre fille ; elle mérite, j'en suis sûre, cette marque de confiance, et garderait fidèlement notre secret : d'ailleurs, mieux que personne, elle pourrait obtenir votre liberté de son époux.

— C'est ce que je ne crois pas comme toi, disait Edelbert ; tu ne sais pas jusqu'où va la haine de Cuneric. Il est loin d'avoir le cœur doux et sensible comme son épouse ; c'est l'homme le plus dur et le plus violent que j'aie connu de ma vie.

— Cependant il est père, disait Rose, et quand il saura que
c'est moi qui, après Dieu, ai sauvé la vie de son fils unique,
cet homme si dur s'attendrira peut-être. Si je me jette à ses
pieds, si je lui demande par le salut de son enfant la grâce de
mon père, il aura pitié de mes larmes et ne voudra pas vous
laisser mourir dans ce cachot.

— Ne te flatte pas trop de cet espoir, reprenait Edelbert; je
connais son âme hautaine et inflexible. Il trouvera ton action
belle, parce qu'elle lui est avantageuse; il la louera volontiers;
il annoncera même l'intention de te prouver sa reconnaissance;
mais qu'il en vienne jamais à oublier sa haine contre moi, c'est
ce que je n'espère pas. Cette haine est trop profonde et trop
vivace : tes faibles mains arracheraient plutôt un chêne fortement
enraciné dans la terre.

— Cependant, mon père, ajoutait la jeune fille, si l'on parve-
nait à lui prouver qu'après tout le mal qu'il vous a fait, privé
par lui de tous vos biens et de votre liberté même, vous l'aimez
néanmoins, vous le bénissez, vous priez Dieu pour lui, vous êtes
prêt à lui rendre service; s'il apprenait que c'est à vous qu'il
doit la vie de son enfant, puisque ce sont vos conseils et vos sages
remontrances qui ont fait naître en moi le désir de lui être utile
et mis dans mon cœur l'amour à la place de la haine que je sentais pour lui et pour les tous siens, croyez-vous qu'à cette idée son
âme ne s'attendrirait pas comme les glaces de l'hiver se fondent
aux chaudes haleines du printemps? croyez-vous qu'il soit absolument impossible de le fléchir ?

— Je ne dis pas que cela soit absolument impossible, reprenait
Edelbert; mais je te répète que cela ne me semble guère vrai-
semblable. Au reste, nous avons tout le temps de nous entendre à
ce sujet. Cuneric est absent, je dois rester en prison jusqu'à son
retour. Son épouse ne peut rien pour moi : elle voudrait, de son
propre mouvement et sans consulter son époux, briser mes chaî
nes, que je n'accepterais point cette grâce qui pourrait plus tard lui
coûter bien cher. Elle m'offrirait seulement d'aller et de venir en

toute liberté dans le château, que je refuserais encore, à cause des désagréments que cette faveur pourrait lui attirer de la part d'un homme aussi méfiant et aussi haineux que son époux. Ne te presse donc point de parler, ma fille, et laisse-moi dans ce cachot aussi longtemps que Dieu voudra. J'aime mieux être captif que d'occasionner la moindre peine à cette dame, dont le cœur est si généreux.

J'attends de Dieu seul la fin de mes malheurs et j'espère en sa providence. Mais laissons là ce sujet d'entretien qui nous donne à tous deux trop d'émotion : nous le reprendrons une autre fois.

Edelbert et sa fille commencèrent alors à parler d'autre chose. La châtelaine en avait assez entendu; elle se hâta de remonter dans son appartement. Il lui fut impossible de goûter un instant de sommeil. L'étonnement, l'admiration, la douleur se partageaient son âme : elle se disait :

— Cette prétendue fille de charbonnier est donc une noble demoiselle ! pour se rapprocher de son père, elle s'est résignée à prendre un vêtement et des fonctions indignes d'elle. Tout ce qu'elle gagnait par un travail pénible, tout ce qu'elle recevait pour ses besoins, elle le portait à son père. C'est par tendresse filiale qu'elle a refusé la position heureuse que je lui offrais, et préférait l'état misérable où elle s'était elle-même réduite. Quelle grandeur d'âme ! et quel bonheur pour sa mère, si elle vivait encore ! C'est à cette jeune fille, dont le père languit dans nos cachots, que nous devons la vie de notre fils ; c'est son père lui-même qui lui a inspiré ce zèle et ce pieux dévouement ! Oh ! que l'âme de ce chevalier doit être noble et pure !

Elle versa un torrent de larmes et ajouta :

— Non, cet excellent homme ne peut rester plus longtemps prisonnier ; il faut qu'il redevienne libre, que ses biens et son château lui soient rendus, que ce digne père et son admirable fille jouissent du bonheur dont ils sont dignes. Que n'ai-je le droit d'ouvrir les portes de sa prison et de lui restituer toutes ses richesses ! Cette nuit même je ferais tomber ses chaînes, et demain il rentrerait dans Tannenbourg. Mais cela m'est impossible.

Je n'ai point l'autorité nécessaire ; le vieil intendant n'obéirait point aux ordres que je lui donnerais à cet égard, et mon époux ne me pardonnerait de sa vie le simple désir que je forme en ce moment. Mais si les femmes n'ont point la puissance qu'il faut pour faire par elles-mêmes le bien qu'elles désirent, elles peuvent au moins le déterminer par leurs prières et par leur intercession. Dès que mon époux sera revenu de la guerre, je me jetterai à ses genoux ; j'essaierai si mes sollicitations et mes larmes ont quelque pouvoir sur son cœur.

Mais d'ici là comment dois-je me conduire à l'égard de Rose ? se demanda-t-elle ; faut-il lui dire que je connais son véritable nom ? la querelle de son père avec mon époux ne la regarde point. Dois-je la traiter selon son rang, lui donner le vêtement qui convient à une noble demoiselle, lui assigner un appartement au château et la recevoir à ma table ? Quel serait l'effet de cette conduite sur les gens qui m'environnent ? Sans doute que le vieil intendant, soutenu par tous ses compagnons d'armes, s'opposerait obstinément à ce que Rose visitât son père ; il la ferait surveiller de près, au point qu'elle ne pourrait plus adoucir la captivité d'Edelbert. Ce serait ajouter au malheur de cette pieuse fille. Non, il ne faut pas que personne au château sache le secret de sa naissance. Je ne lui dirai pas moi-même que je le connais ; car ni elle ni son père n'y gagnerait rien, et ce serait me jeter moi-même dans une foule d'embarras inutiles. Le mieux est de faire à Rose, et, par son intermédiaire, à son noble père, tout le bien possible, sans éveiller l'attention, et d'attendre pour dévoiler ce mystère un moment plus favorable : tout me fait espérer qu'il ne tardera pas longtemps !

XVI. — ROSE DEMANDE LA LIBERTÉ DE SON PÈRE.

Le lendemain la dame de Fichtenbourg fit appeler Rose et la reçut avec plus d'amitié qu'elle ne lui en avait montré jusque-là.

— Je sais, lui dit-elle, que tu es touchée d'une tendre compassion pour le captif Edelbert, et que tu lui fais beaucoup de bien. Ce sentiment est louable et je l'approuve entièrement. Mais, ma chère enfant, tes moyens ne répondent pas à tes intentions généreuses : car tu ne possèdes rien. Je veux seconder ta bienfaisance ; je mets ma cuisine et ma **cave** à ta disposition, et je veux que désormais tu y prennes ce qui sera nécessaire pour les besoins du chevalier.

Elle donnait chaque jour à Rose ce qu'on avait servi de meilleur sur sa propre table, et un vin d'une qualité supérieure à celui qu'elle-même buvait à l'ordinaire. Elle fit en sorte que le vieil intendant ne le sût pas, et parvint à calmer la défiance que lui avait inspirée la jeune servante. Il ne se passait point de jour qu'elle ne se rendît avec ses enfants à la loge du concierge, disant qu'elle voulait rendre honneur à celle qui avait sauvé son fils unique. La manière honorable dont elle traitait Rose, et son ascendant sur la femme du concierge contribuaient à rendre le service de la jeune fille moins pénible; elle exigeait qu'elle vînt passer ses moments de loisir dans ses appartements, et qu'elle y conduisît même les enfants du geôlier, faveur dont sa femme se sentait extrêmement flattée, et qui la rendait toute fière et toute heureuse d'avoir chez elle une servante si chère à la noble châtelaine.

Cependant Hildegarde attendait avec une vive impatience le retour de son époux. S'il ne lui eût envoyé dire qu'il était rétabli et au moment de se mettre en route pour la rejoindre, elle était décidée à l'aller trouver au camp. Il revint enfin avec les deux chevaliers et la plupart des hommes d'armes qui l'avaient accompagné. Chevaliers et hommes avaient le casque et la lance ornés de rameaux de chêne. Ils firent leur entrée avec pompe et franchirent la porte au son de joyeuses fanfares. Cuneric sauta en bas de son cheval et embrassa vivement son épouse et ses enfants qui l'attendaient dans la cour; puis il se rendit avec eux dans la grande salle, suivi des deux chevaliers, de ses pages et de ses plus braves soldats. Quand les premiers éclats de la joie furent passés, Hildegarde, voyant que son époux avait les yeux constamment fixés sur son fils, qui était à la vérité un bel enfant, lui raconta comment il était tombé dans le puits et comment Rose l'avait sauvé. Elle n'omit aucun détail et peignit cet accident avec les couleurs les plus vives. A ce récit, le chevalier frissonna.

— Ainsi donc, mon cher fils, tu te serais noyé, dit-il, et ton père ne t'eût jamais revu ! quel coup affreux pour ta mère et pour moi ; mon sang se glace dans mes veines à cette seule pensée. Sois donc plus sage à l'avenir, mon cher Ernest.

Hildegarde, voulant ajouter encore à l'attendrissement du père, fit apporter le vêtement que son fils avait le jour de sa chute et qu'elle avait conservé depuis comme un souvenir de son accident funeste. Elle lui montra la déchirure que le crochet de fer y avait faite. Cuneric l'examina très attentivement et dit avec émotion :

— Il était temps que le secours arrivât : encore quelques fils rompus et c'en était fait de notre Ernest. Cette pauvre servante nous a rendu là un bien grand service ! Cette action lui fait honneur ; elle a montré dans cette circonstance un courage au-dessus de son sexe et une présence d'esprit non moins admirable que son courage. Mais l'as-tu récompensée ?

— C'est un soin que j'ai voulu vous laisser, reprit Hildegarde : ce que j'aurais pu lui donner, ce que j'aurais pu faire pour elle eût été bien peu de chose en comparaison de ce qu'elle mérite, car elle a exposé sa propre vie pour sauver celle de notre enfant. Moi, qui assistais de loin à ce terrible spectacle, je me sentais défaillir en la voyant se balancer au-dessus de l'abîme. Ce n'est pas avec quelques pièces d'or qu'on pourrait payer un pareil service. Je lui ai dit que je me réservais de vous demander sa récompense ; j'espère qu'elle n'aura point perdu pour attendre.

Cuneric était plus ému qu'il ne l'avait jamais été pendant toute sa vie. Impétueux dans tous ses désirs, il voulut voir sur-le-champ la jeune servante. On appela Rose, qui entra dans la salle avec un air modeste mais plein de dignité. Le chevalier fit éclater ses transports en la voyant paraître.

— Sois la bien-venue, lui dit-il, ma jeune héroïne ; tu as sauvé mon fils, grâces te soient rendues ! Mais, si je ne me trompe, nous nous connaissons déjà ; oui, oui, je me souviens de t'avoir vue dans la chambre du concierge ; mais alors je ne soupçonnais pas chez toi ce noble courage. Maintenant je te dois beaucoup ; car sans toi je serais un père malheureux, et ce jour de bonheur serait pour moi un jour de deuil et d'amertume. Dis-moi ce que tu veux, je n'ai rien à te refuser. Non, rien, je le jure par Dieu même, ajouta-il dans le transport de sa reconnaissance et entraîné par son impétuosité naturelle : quand tu me demanderais un de mes deux châteaux, Fichtenbourg ou Tannenbourg, foi de chevalier, tu es sûre de l'obtenir.

— Vous venez de contracter à mon égard un engagement bien grave, Monseigneur, reprit Rose d'un ton calme et avec une touchante modestie ; ces deux nobles chevaliers sont témoins de votre promesse. Je pourrais vous demander une grâce importante, et d'après votre parole vous ne me la refuseriez pas. Mais je ne demande point de grâce et je ne veux que justice : rendez-moi, rendez à mon père ce que vous nous avez pris.

— Comment ! que veux-tu dire ? s'écria Cuneric tout déconcerté, j'ai quelque chose à vous rendre ! Je vous ai pris quelque chose ! Mais qui donc es-tu, et quel est ton père ?

— Je suis Rose de Tannenbourg, répondit-elle ; Edelbert est mon père : je vous prie de lui rendre sa liberté et ses biens.

Les deux chevaliers et tous les hommes de guerre qui se trouvaient dans la salle furent saisis d'étonnement. Cuneric fit un pas en arrière et demeura comme pétrifié. Autant la belle action de Rose l'avait puissamment et profondément ému, autant sa vieille haine contre Edelbert se rallumait en ce moment avec violence. Il se livrait au fond de son âme une lutte effrayante entre deux sentiments contraires. Il était pâle ; ses yeux noirs lançaient des regards terribles, et il murmurait à voix basse :

— Je donnerais un de mes châteaux seulement pour que ce ne fût pas la fille de cet homme qui eût sauvé mon fils.

Tous les assistants étaient effrayés du changement subit qui s'était opéré dans l'âme du chevalier. Ils se regardaient les uns les autres sans rien dire et avec embarras.

L'épouse de Cuneric prit la parole, et lui dit d'une voix douce :

— Je sais depuis quelques jours que cette pauvre servante est la fille d'Edelbert. C'est sa tendresse pour son père, le désir de le visiter dans son cachot, de le consoler dans sa triste solitude, de le servir et de partager avec lui ses faibles ressources qui l'ont portée à venir au château sous cet humble vêtement, à prendre du service chez le concierge, à se condamner aux plus durs travaux et à souffrir patiemment les caprices d'une femme qui n'a jamais pu garder chez elle aucune servante ; elle s'est résignée à des occupations grossières que sa naissance et son éducation devaient lui rendre dix fois plus insupportables qu'à tout autre. Bien des fois mon cœur a été déchiré en voyant de ma fenêtre cette demoiselle, faite pour vivre dans le même rang que nous, porter sur sa tête une cruche pesante ou balayer la cour. Depuis quelque temps le secret de sa naissance m'était connu ; mais je le cachais avec soin, n'osant rien faire de moi-même, et attendant votre retour avec une vive impatience. Maintenant, cher époux, écoutez la voix de l'humanité. Quand cette jeune demoiselle n'aurait pas sauvé la vie de votre enfant, sa tendressse filiale devrait suffire pour apaiser votre haine contre le père d'une si vertueuse fille.

— Par mon glaive ! s'écria Sigebert, l'un des deux chevaliers qui avaient accompagné Cuneric, la conduite de cette demoiselle envers son père me paraît infiniment plus admirable que son courage à sauver l'enfant. Braver le danger d'un moment, c'est un effort dont les âmes communes sont quelquefois capables ; mais se condamner à de longs et pénibles travaux, les supporter comme elle a fait, avec une patience angélique et une persévérance à toute épreuve, c'est le propre d'une grande âme. Un cœur capable de tels sacrifices est ce qu'il y a de plus rare et de plus précieux au monde. A votre place, Cuneric, je ne réfléchirais pas longtemps sur ce que je dois faire en pareille circonstance.

— Cuneric, dit à son tour Théobald, l'autre chevalier, il me semble que si Edelbert était réellement animé de quelque sentiment de haine contre vous, il y a longtemps qu'il aurait pu vous faire bien du mal. Pendant que vous étiez à combattre les ennemis du dehors, cet homme, que vous regardez comme un ennemi mortel, était au milieu de votre château, sa fille avait les clefs de la prison. A sa place neuf personnes sur dix auraient profité de la circonstance pour mettre le feu au château pendant la nuit et s'échapper à la faveur du désordre. Quoi que vous puissiez dire, je ne crois pas que vous ayez aucune raison légitime de le haïr.

Cuneric était debout, les yeux fixes et sans parole. Sa respiration était pénible et son front brûlant. Il semblait n'avoir rien entendu de ce que son épouse et les deux cavaliers venaient de lui dire. Tous les regards fixés sur lui exprimaient la plus vive anxiété. Rose avait les yeux levés au ciel et soupirait ; un silence effrayant régnait dans la salle.

La châtelaine s'approcha de son époux et lui dit avec une émotion touchante :

—Cuneric, je vous demande en grâce de m'écouter encore un instant. Vous regardez Edelbert comme votre plus cruel ennemi ; en cela vous êtes dans l'erreur ; s'il avait contre vous les sentiments de haine que vous lui supposez, serais-je donc la première, moi, votre fidèle épouse, à vous prier de lui rendre la liberté? Non, je vous conseillerais plutôt de resserrer ses chaînes; mais il n'en n'est point ainsi, et je veux vous en convaincre. C'est moi seule qui ai découvert la naissance de Rose; jusqu'au moment où elle vous l'a fait connaître elle-même, personne que moi dans le château n'en était instruit; ceux de vos gens qui sont chargés de garder cette forteresse n'en savaient pas plus que vous à cet égard. C'est par moi aussi que votre intendant a pu découvrir les visites nocturnes que Rose faisait à son père : j'ai voulu savoir quel en pouvait être le but. Alors (ce n'est pas sans quelque honte que je fais l'aveu de ma curiosité devant vous et devant ces nobles chevaliers) j'allai me placer, au milieu de la nuit, derrière la porte du cachot, pour écouter la conversation du père et de la fille. C'est une démarche humiliante à laquelle votre intérêt m'a

portée et que je me suis reprochée; mais je devais m'assurer par
moi-même qu'ils ne formaient aucun mauvais dessein contre vous.
Que ce soupçon était injuste! Certes, ils se parlaient sans défiance,
ils ne se doutaient guère que je les écoutais. Je ne vous rappor-
terai point ce que j'entendis; mais je vous dirai seulement que
leur entretien me fit rougir de mon indiscrétion. Pas un mot de
colère ou de haine contre vous. Malgré sa triste captivité, le cœur
d'Edelbert est sans fiel et ne connaît point la vengeance. Non-
seulement je l'entendis louer la belle action de Rose et la remercier même de ce qu'elle avait fait pour nous, mais encore sa fille
lui disait que sans lui, sans ses exhortations paternelles, jamais
elle n'eût pu se résoudre à aimer son ennemi, ni les enfants de
son ennemi, encore moins se dévouer pour sauver la vie de notre Ernest. « C'est un bienfait dont ils doivent rendre grâce à
Dieu d'abord, ajoutait-elle; puis à vous, mon père, puis à moi
enfin : vous m'avez parlé selon la sagesse que Dieu vous a donnée,
et moi je me suis conduite selon vos paroles. » Vous voyez donc,
cher époux, que c'est à Edelbert que vous devez la vie de votre
enfant. Il n'eût point donné de semblables conseils à sa fille s'il
eût été réellement votre ennemi, et vous ne pouvez rester son
ennemi après ce qu'il a fait pour vous.

Vous hésitez encore, ajouta-t-elle; songez cependant que vous
avez promis à Rose, devant Dieu et sur votre parole de chevalier,
de lui accorder tout ce qu'elle vous demanderait. Que le Seigneur
touche votre âme et vous porte à prendre le parti le plus juste!

— Eh bien! dit enfin Cuneric d'une voix sombre et étouffée, je
dégage ma parole; je donne à Rose le château de Tannenbourg,
avec tout ce qui en dépend; mais, pour Edelbert, j'entends qu'il
demeure où il est.

En parlant ainsi, le chevalier détournait les yeux pour ne pas
voir son épouse.

— Viens, mon fils, s'écria la châtelaine dans une violente agitation et les yeux tout en pleurs, viens prier ton père en faveur
de celle qui t'a sauvé la vie: supplie-le de ne pas lui accorder

seulement la moitié de sa demande. Mets-toi à ses genoux, élève tes petites mains vers lui ; fais comme moi, nous l'implorerons ensemble et tu répéteras chaque parole que j'aurai prononcée.

Cet aimable enfant, touché des larmes de sa mère et de la douleur de Rose qu'il aimait presque aussi tendrement que sa mère, se mit lui-même à pleurer. L'air sinistre de son père lui faisait peur ; il comprit sans peine qu'il s'agissait de l'apaiser ; il se jeta donc à genoux, éleva ses mains suppliantes, et répéta l'une après l'autre les paroles de sa mère :

— Cher père, laissez-vous attendrir à mes prières et rendez la liberté au père de Rose ; vous le savez, cette bonne demoiselle n'a pas réfléchi un seul moment, lorsqu'il a fallu exposer sa vie pour moi. Faites de même et n'hésitez pas à lui accorder ce qu'elle demande ; comme elle m'a retiré de l'abîme, délivrez Edelbert de sa prison. Elle ne m'a point laissé périr dans le gouffre où j'étais tombé, ne laissez pas non plus le chevalier mourir dans son affreux cachot ; rendez-lui son père comme elle vous a rendu votre fils, et prouvez-moi que vous m'aimez en récompensant noblement celle par qui je vis encore.

Oh ! ne détournez pas ainsi les yeux ; regardez votre fils, votre Ernest : sans Rose vous ne l'auriez point revu, sans elle vous seriez un père malheureux et vous n'auriez trouvé que des larmes à votre retour. N'est-ce rien qu'elle m'ait sauvé la vie ?

— Assez ! cria Cuneric, dont les yeux commençaient à se remplir de larmes et qui voulait dissimuler son émotion. Votre père est libre, ajouta-t-il en se tournant vers Rose, je lui rends son château et tous ses biens. Votre conduite me prouve que j'ai pu être injuste à son égard.

— Dieu soit loué ! s'écria aussitôt la noble Hildegarde en pressant son époux dans ses bras : Ernest, remercie ton père et baise-lui la main.

Rose était au comble du bonheur. Les deux chevaliers pleuraient sans vouloir cacher leurs larmes, et adressèrent leurs félicitations à Cuneric.

— Après ce que vous venez de faire, dit Théobald, je sens que mon estime pour vous s'est augmentée.

—Vous avez fait le devoir d'un noble et généreux chevalier, ajouta Sigebert : la justice est plus que la valeur, et la victoire que nous remportons sur nos ennemis n'égale point celle que nous remportons sur nous-mêmes.

Les écuyers et les hommes d'armes qui se trouvaient présents à cette scène étaient vivement émus ; plusieurs pleuraient, tous louaient hautement la conduite généreuse du châtelain.

— Cela est beau ! cela est grand ! cela est noble ! se disaient-ils l'un à l'autre.

Puis ils s'écrièrent tous ensemble :

—Vivent Cuneric, Hildegarde et le petit Ernest ! vive Edelbert et son admirable fille !

XVII. — ROSE ANNONCE A SON PÈRE QU'ELLE A OBTENU SA LIBERTÉ.

Le chevalier Cuneric n'était plus le même homme ; depuis que la justice et l'humanité avaient pris le dessus de son âme, il se trouvait plus heureux. La conscience d'avoir vaincu ses passions haineuses et suivi les conseils de la raison le remplissait d'une joie intime et profonde, qu'il n'avait jamais connue ; il sentait son cœur s'apaiser comme la mer après une horrible tempête. Son front s'était éclairci et la sérénité de son âme brillait sur son visage. Ernest fut frappé lui-même de cet heureux changement.

— Cher père, lui dit-il, comme vos regards sont calmes, doux et bienveillants ! Le visage de ma mère ou celui de Rose n'est pas plus agréable à voir que le vôtre depuis un moment. Tout en vous respire la paix et le bonheur. Oh ! j'ai bien plus de plaisir à vous regarder maintenant, et il me semble que je vous aime davantage.

La fille d'Edelbert s'approcha du chevalier et le remercia de la manière la plus touchante.

6

— C'est trop, Mademoiselle, répondait Cuneric : je n'ai fait que mon devoir ; je ne mérite de vous ni éloges ni reconnaissance. J'ai été juste envers vous et contre moi-même ; c'est le moins qu'on puisse attendre d'un homme qui n'est pas dépourvu de tout sentiment humain.

Mais, ajouta-t-il, il faut aller visiter votre père dans son triste cachot ; je me croirais coupable de l'y laisser un moment de plus. C'est vous qui avez obtenu sa délivrance, c'est à vous de lui en porter la nouvelle : allez donc le trouver ; mais intercédez pour moi auprès de lui ; plaidez ma cause aussi éloquemment que vous avez plaidé la sienne, et apaisez son juste ressentiment comme vous avez triomphé de mon injuste haine pour lui.

La châtelaine fit alors un signe à son époux et s'entretint avec lui, à voix basse, auprès d'une fenêtre. Il fit un geste d'approbation accompagné d'un sourire, et Hildegarde dit à Rose :

— Venez avec moi pour un moment, chère demoiselle.

Elle la conduisit dans une chambre magnifique où elle avait réuni les vêtements et les bijoux que devait porter un jour la fille d'Edelbert, quand elle reprendrait son rang. Hildegarde voulut elle-même l'aider dans sa toilette ; elle arrangea sa longue chevelure de manière à la faire tomber en boucles naturelles sur ses épaules ; puis elle la revêtit d'une belle robe blanche garnie de la plus riche dentelle. Rose parut alors d'une beauté merveilleuse : les tendres couleurs de son visage surpassaient l'éclat des lis et des roses, et le doux incarnat des fleurs du pommier. Sa démarche était noble et un air de dignité modeste brillait dans toute sa personne. Hildegarde ne put la contempler sans une joie secrète ; un sourire d'admiration effleura ses lèvres, mais elle garda le silence pour ne pas éveiller des pensées orgueilleuses dans le cœur d'une jeune demoiselle par un imprudent éloge de sa beauté.

La châtelaine prit ensuite une charmante cassette en bois d'ébène contenant de riches ornements d'or.

— Ma chère amie, dit-elle à Rose en l'ouvrant, voici les bijoux de votre excellente mère. Cuneric les avait pris et me les avait

donnés. Mais je n'ai jamais pu me résoudre à les porter ; j'aurais eu
honte de me parer ainsi de vos dépouilles, et je les ai tenus en
réserve, soupirant après le jour heureux où je pourrais vous les
rendre. Ce jour est venu, reprenez ces parures qui doivent vous
être chères ; je vous les remets dans l'état où je les ai reçues.

Rose prit la cassette en remerciant la noble dame ; elle regarda
les diamants et les pierres précieuses de toutes couleurs dont cette
cassette était remplie ; elle admira leur beauté et leur vif éclat,
mais sans laisser paraître la joie que montrent les jeunes personnes de son âge en recevant pour la première fois ces riches parures.

— Chère mère, dit-elle en essuyant une larme, comme ces
joyaux vous rappellent vivement à mon souvenir ! S'ils ont du
prix à mes yeux, c'est parce qu'ils viennent de vous.

— Voyez, Madame, dit-elle à Hildegarde, cette bague en diamants : ma mère la reçut à l'autel comme anneau de mariage ;
ce collier de perles lui fut donné le jour de ses noces par la du-
chesse Hermangarde ; mon père lui fit présent de ces boucles
d'oreilles en brillants lorsque je vins au monde. Hélas ! pauvre
mère ! je crois la voir encore parée de ces bijoux. Que notre vie
est peu de chose ! Ces pierres sont encore là, et le temps n'a
point diminué l'éclat de leurs vives couleurs, tandis que celle qui
les portait jadis n'est plus aujourd'hui que cendre et poussière.
Que serait donc l'homme, ce roi des créatures de Dieu sur la terre,
s'il n'avait en lui quelque chose de plus durable que ces diamants et ces pierres éclatantes ?

— J'admire ces sentiments élevés, Mademoiselle, reprit la
châtelaine, et ces larmes qui brillent dans vos yeux me semblent
plus belles et plus précieuses que toutes les pierreries. Le temps
flétrira les couleurs de votre visage, les grâces de votre jeunesse
passeront avec les années, vous-même enfin deviendrez cendre
et poussière ; mais vos nobles sentiments ne subiront point le
même sort ; ils n'ont rien à craindre du temps qui détruira ces
pierres si dures ; ils seront pour votre âme un ornement éternel

et incomparablement plus riche que ces parures ne le sont pour votre corps.

Lorsque la toilette de la jeune demoiselle fut terminée, Hildegarde l'accompagna jusqu'à la porte de la prison : Rose l'ouvrit aussitôt et se précipita dans le cachot de son père, en s'écriant :

— Dieu soit béni, mon père, vous êtes libre !

Mais quelle fut sa surprise de voir Edelbert en habit de velours noir et dans le costume de chevalier qu'il portait autrefois aux fêtes ! Il avait au cou sa chaîne d'or et sa médaille ; les deux chevaliers, Sigebert et Théobald, étaient à ses côtés.

C'était Hildegarde qui avait prié son époux d'envoyer à Edelbert ce costume de chevalier, pendant qu'elle donnerait à Rose un vêtement digne de sa naissance et de son rang. Cuneric avait pensé aussi qu'il était bon de préparer le captif à la nouvelle de sa prochaine délivrance, afin de lui épargner le saisissement d'une joie très vive et d'un bonheur inattendu. Théobald et Sigebert s'étaient chargés de ce soin. Ils s'étaient rendus avec un joyeux empressement au cachot du prisonnier avec les vêtements qui lui étaient destinés, et l'avaient aidé à s'en revêtir, en lui parlant d'un changement prochain dans sa position, sans dire néanmoins qu'il était libre, parce qu'on était convenu de laisser à sa vertueuse fille le plaisir de lui annoncer la première cette heureuse nouvelle.

Edelbert prit sa fille dans ses bras et la serra contre son cœur avec une émotion profonde.

— Chère enfant, lui dit-il, avec le secours de Dieu tu as remporté une victoire que les glaives et les lances de toute une armée impériale n'eussent jamais obtenue. La force des armes n'aurait pu prendre d'assaut le château de Cuneric et dompter son bras ; mais la douce puissance de ton amour filial et de ta charité envers tous les hommes a triomphé de son cœur, et changé sa haine en amitié ; offrons au Seigneur le tribut de notre vive gratitude. Il a tout conduit d'une manière admirable ; il a béni ta tendresse envers ton père, il a couronné tes efforts du plus heureux succès.

Edelbert vit alors les diamants et les pierreries dont Rose était parée.

— Ma fille, lui dit-il, puisque Dieu te rend aujourd'hui ces biens périssables, porte-les, mais pour la gloire de son nom, et en mémoire de ta vertueuse mère. N'oublie pas ce que je t'ai dit pour te consoler de leur perte ; apprends à posséder ces richesses fragiles sans y attacher ton cœur, et que leur possession ne puisse pas plus te corrompre que leur privation n'a pu t'affliger ! Cependant, ma chère fille, je me réjouis de ce que le Seigneur te les a rendues, car tu as vendu pour adoucir mon triste sort tes boucles d'oreilles en brillants, seul et dernier reste de notre fortune passée. Bien souvent la nuit, dans la solitude de mon cachot, mon âme s'est émue à la pensée de ce généreux sacrifice, et j'ai prié le Ciel de t'en récompenser dans cette vie et dans l'autre. Il a déjà rempli la moitié de mon vœu ; j'espère qu'il exaucera toute ma prière.

Les deux chevaliers, Sigebert et Théobald, ne pouvaient assez admirer la bonté de Rose, qui rougissait en recevant leurs éloges qu'elle prenait pour des flatteries.

— Ce ne sont point des flatteries, Mademoiselle, lui disaient-ils ; mais louer votre beauté c'est louer le moindre de vos mérites. La bonté de votre cœur, la noblesse de vos sentiments et la tendresse que vous avez montrée envers votre excellent père, vous honorent bien davantage. Quand sous l'humble vêtement d'une servante vous descendiez au cachot d'Edelbert, vous n'étiez pas moins belle aux yeux de celui qui voit tout, que vous ne l'êtes en ce moment aux yeux des hommes, sous ces pompeux vêtements.

Rose dit ensuite à son père que le seigneur de Fichtenbourg l'avait chargée d'obtenir de lui son pardon. A cette parole les yeux d'Edelbert se remplirent de larmes.

— Tu vois mes pleurs, dit-il, ô ma fille, et tu sais que je lui ai pardonné depuis longtemps.

Comme il disait ces mots, la porte du cachot s'ouvrit, et le chevalier Cuneric entra suivi de son épouse et du petit Ernest. Edelbert et Cuneric se tendirent la main l'un à l'autre, suivant l'usage de la chevalerie, et s'embrassèrent avec la plus vive émotion. Il n'y avait plus de haine entre eux. Ils goûtèrent les charmes d'une pleine et franche réconciliation, et se jurèrent une amitié éternelle.

Edelbert salua, comme il devait, la dame de Fichtenbourg; puis il prit dans ses bras le fils de Cuneric. La vue de cet enfant, à qui Rose avait sauvé la vie, fut pour le sensible Edelbert un grand sujet de joie. Fatigué des émotions vives qu'il venait d'éprouver, il s'assit sur le banc de pierre de son cachot, mit l'enfant sur ses genoux, et, le regardant avec des yeux attendris et pleins de larmes, lui donna sa bénédiction :

— Cher et charmant enfant, dit-il, que Dieu te fasse croître pour le bonheur de ton père et de ta mère! qu'il te rende un jour aussi vertueux que vaillant!

— Chevalier, dit la dame de Fichtenbourg, qu'il aime ses parents comme votre fille vous aime, qu'il ait le noble cœur de Rose et ses généreux sentiments, c'est tout ce que nous pouvons demander au Ciel.

Ce beau jour fut terminé par un repas somptueux dans la grande salle du château, qui était éclairée de la manière la plus brillante. Edelbert et sa fille occupèrent à table les deux premières places; Cuneric s'assit à côté de Rose. Tous les convives étaient joyeux et contents, Cuneric plus que tous les autres; de sorte que depuis longues années on ne se souvenait pas de l'avoir jamais vu si plein de gaîté : lui-même en convenait.

— C'est la première fois, disait-il, que je sens une pareille joie. Ma folle inimitié contre toi, cher Edelbert, empoisonnait tous mes plaisirs. Quelles douces choses que la paix et l'union des cœurs! ah! je le comprends aujourd'hui! L'inimitié et la haine sont des vapeurs sorties de l'abîme ; la bienveillance et l'amour sont une rosée descendue du ciel.

Cuneric avait fait apporter sur la table de grandes coupes d'or qui ne servaient que dans les occasions les plus solennelles, et le meilleur vin qu'il eût dans ses caves échauffait la gaîté des convives. Mais Edelbert avait devant lui la coupe dont il se servait ordinairement à Tannenbourg. Elle était en argent, du travail le plus précieux ; elle lui était chère comme un souvenir de son aïeul. Rose avait remarqué cette coupe en se mettant à table et avait témoigné sa reconnaissance à Hildegarde par un regard qui exprimait combien elle était touchée de cette attention délicate.

Cuneric, le premier, la prit entre ses mains, la remplit et la but à la santé d'Edelbert et de sa fille. Les deux chevaliers Théobald et Sigebert suivirent son exemple : Edelbert la vida aussi comme eux à son tour, mais il annonça l'intention de ne pas faire deux fois la même prouesse.

— Chevaliers, dit-il, nous avons affaire à forte partie ; je reconnais ici la vérité de cette parole de l'Ecriture : « Le vin en a vaincu plusieurs qui se confiaient en leur force. » Pour moi, je crains de me mesurer contre pareil adversaire, et je crois que, si nous ne prenons garde, il nous aura plus tôt jetés à bas que ne pourrait le faire une armée de Sarrasins.

Cuneric sourit de cet appel à la sobriété, qui se trouvait adroitement mêlé à l'éloge de son vin.

— Je te reconnais là, dit-il à Edelbert ; te souviens-tu de ce temps où nous étions pages à la cour du duc ? alors comme aujourd'hui tu me prêchais la tempérance à moi et à nos jeunes compagnons : ce n'était pas sans motif, je l'avoue. Mais pour aujourd'hui, sois tranquille ; nous pouvons célébrer gaîment notre réconciliation sans nous exposer au malheur que tu crains. Avant de boire, chacun proposera un toast. Ces dames, je l'espère, ne refuseront pas d'y prendre part.

Hildegarde et Rose choquèrent leurs coupes ; mais leurs lèvres effleurèrent à peine le vin généreux dont elles étaient remplies.

Edelbert porta le premier toast.

— Puissent tous les Allemands, dit-il, et surtout les chevaliers de ce noble pays, vivre ensemble dans la paix et la concorde, et ne jamais se diviser entre eux pour des raisons frivoles !

— Puissent toutes les dames et toutes les demoiselles alleman-
des avoir les douces vertus de la noble Hildegarde, de la charmante
Rose et de Mathilde, sa bienheureuse mère ! dit Théobald.

Sigebert dit à son tour :

— Puissent tous les parents élever leurs enfants comme Edelbert et Mathilde ont élevé leur fille ! puissent tous les enfants
avoir pour leurs parents le respect et l'amour que Rose a eus pour
son père !

— Et puissent tous les pères et mères, ajouta Cuneric, trouver
dans leurs enfants la joie que donnent à Edelbert les vertus de son
admirable fille !

Ce fut le dernier toast ; les convives se retirèrent dans leurs
chambres pour s'y reposer des fatigues et des émotions de la
journée.

XVIII. — EDELBERT ET SA FILLE RENTRENT DANS LEURS BIENS.

Le lendemain au point du jour, Cuneric, en habit de voyage, en
bottes et en éperons, entra dans la chambre d'Edelbert.

— Chevalier, lui dit-il, il y a longtemps que j'ai mis mes gens
sur pied et même fait seller des chevaux. Mon intention était
d'aller avec toi à Tannenbourg, afin de te rendre ton château
et tes biens. Mais Hildegarde a fait une sage réflexion : elle a
pensé qu'un château qui depuis longtemps n'est plus habité que
par une centaine de cavaliers, ne doit pas être dans le meilleur
état possible, et qu'il faut y remettre les choses en ordre avant
de le rendre à ses maîtres. Elle n'a pas tort à cet égard, dit en souriant Cuneric ; mais quant à moi, je n'y aurais jamais songé. Il
faut donc te résoudre à rester encore quelque temps ici avec ton
excellente fille. Tu y consens, n'est-ce pas, cher ami ? Après tant
de mauvais jours passés dans ces murs, tu ne refuseras pas d'en
passer quelques-uns avec moi dans les douceurs de notre amitié
nouvelle ?

Edelbert se rendit avec joie au désir de Cuneric, et tous deux

descendirent dans la grande salle du château. Bientôt après Sigebert et Théobald vinrent les y joindre avec leurs écuyers, et
l'on se mit à table pour le repas du matin.

Le déjeuner fini, les deux chevaliers, impatients de rentrer
dans leurs châteaux, prirent congé de Cuneric et d'Edelbert et
partirent à la tête de leurs hommes d'armes qui les attendaient
dans la cour.

— Edelbert, dit alors le seigneur de Fichtenbourg, il faut que
tu visites mon château dans tous ses détails ; après le dîner, nous
aurons une partie de chasse dans nos forêts. Voici d'abord les portraits de mes aïeux qui font l'ornement de cette salle.

Edelbert considéra ces vieux chevaliers tout couverts de leurs
armures, et leurs épouses représentées avec le costume de leur
temps. Cuneric s'arrêtait longtemps devant la plupart d'entre eux,
racontant les grandes choses qui avaient rendu leurs noms célèbres.

Quand ils eurent passé en revue toute la galerie, il conduisit
Edelbert à son arsenal, rempli de toute sorte d'armes neuves et
brillantes, et non-seulement d'armures complètes pour les chevaliers, mais encore de harnais magnifiques pour leurs chevaux
de bataille.

Cuneric mena ensuite Edelbert dans toutes les autres parties
du château, lui fit parcourir de longues galeries voûtées où il
admira surtout des têtes de cerfs merveilleusement peintes et
surmontées de bois naturels d'une grandeur prodigieuse.

Ils visitèrent les écuries où piaffaient des coursiers ardents et
vigoureux. Ils descendirent dans les caves profondes et creusées
dans le roc, où se trouvaient rangés d'énormes foudres et de
grands tonneaux remplis des vins les plus exquis ; Edelbert fut
obligé de les goûter.

Ils arrivèrent enfin au puits, dans la cour du château : ce ne
fut pas sans un sentiment d'effroi qu'ils se penchèrent pour en
mesurer des yeux la profondeur. Dans ce moment, le chevalier
de Tannenbourg se réjouit en pensant à la courageuse action de

sa fille ; Cuneric se rappela avec attendrissement le danger qu'avait couru son fils ; tous les deux, sur le théâtre de cet accident, s'embrassèrent avec effusion, et leurs voix s'unirent pour rendre grâce à Dieu.

Pendant ce temps-là, Hildegarde montrait à Rose toutes les richesses de son ménage, ses armoires pleines de linge blanc comme la neige, ses riches et magnifiques dentelles, ses cuisines vastes et propres, et beaucoup d'autres choses remarquables. Elle ouvrit ensuite quelques armoires qui se trouvaient dans une pièce particulière, et fit voir à Rose le linge fin, les vêtements et les étoffes que le chevalier Cuneric avait apportés de Tannenbourg.

— J'ai conservé ces effets avec le plus grand soin, dit la noble dame, et je vais donner des ordres pour les faire reporter dans votre château. Les plus belles de ces pièces ont été faites, m'a-t-on dit, par les mains de votre vertueuse mère : ce sont des témoignages de sa vie laborieuse et de sa tendresse pour sa fille. Dès ce temps-là, cette excellente mère pensait à votre établissement futur. C'eût été vraiment un grand malheur que ces biens si légitimes eussent passé pour jamais en d'autres mains, comme des richesses mal acquises dont on dépouille un juste possesseur.

Rose voulut visiter le concierge et sa famille. Hildegarde l'accompagna. Comme elles traversaient la cour pour se rendre à la porte du château, Cuneric et Edelbert se joignirent à elles. Le concierge était en ce moment assis dans son grand fauteuil de cuir et se reposait des fatigues de la guerre. Quand il entendit la voix de Cuneric, il se leva aussitôt pour ouvrir, et vit devant lui la fille d'Edelbert.

— Eh bien ! Rose, dit-il ; ho ! non, pardonnez-moi, je voulais dire mademoiselle Rose, que m'a-t-on dit sur vous ? qu'ai-je appris ? mais entrez donc, nos dignes maîtres. Oh ! vraiment, j'aurais plutôt cru à la chute du ciel que je ne me serais imaginé avoir chez moi pour servante une noble héritière de Tannenbourg. C'est quelque chose d'inouï. Je puis à peine me figurer qu'une demoiselle de votre rang a balayé de ses mains ce plancher que je foule sous mes pieds. Cependant je m'étonne d'avoir eu assez peu de pénétration pour ne pas deviner plutôt que vous étiez la fille du noble Edelbert. Hier au soir, pendant que cette nouvelle arrachait des cris de surprise aux soldats rassemblés dans la cour, je suis accouru et j'ai tout appris : ce fut pour moi un trait de lumière ; je compris alors ce tendre intérêt que vous inspirait le chevalier. J'admire aujourd'hui votre piété filiale, et je vois avec plaisir que le Seigneur et notre excellent maître vous en ont dignement récompensée. Mais Hedwige, quels yeux elle ouvrait en apprenant cette nouvelle ! la pauvre femme ! j'ai cru qu'elle en perdrait la tête. Mais tant pis pour elle ; il faut qu'elle s'excuse auprès de vous, ma noble demoiselle, de toutes les grossièretés qu'elle a pu se permettre à votre égard.

Les deux enfants du concierge se tenaient timidement à l'écart ; Rose alla les chercher et se mit à leur parler avec sa bonté accoutumée. Ces avances qu'elle leur fit leur rendirent le courage.

— Te voilà bien belle maintenant, mademoiselle Rose, lui dit la petite Berthe ; on dirait qu'avec ces nouveaux habits tu as pris même un nouveau visage.

— Je n'y vois point de mal, dit le petit garçon, pourvu que mademoiselle Rose continue d'être notre servante ; car jamais de la vie nous n'en trouverons une qui la vaille.

Cette parole naïve fit rire toute la compagnie.

— Où donc est votre mère, enfants ? demanda Rose.

— Elle était là tout-à-l'heure, dit la petite fille ; elle achevait de couper le pain pour la soupe : la soupière est encore sur la table.

— Oui, ajouta le petit garçon ; mais quand elle a vu venir les maîtres, elle a pris la porte comme si elle avait eu un loup à sa poursuite.

Rose passa par une porte qui conduisait à la cuisine, et ramena la femme du concierge dans la chambre.

La pauvre femme parut toute confuse en voyant devant elle

Rose et Edelbert en habits magnifiques, et les maîtres du château avec eux. Elle devenait rouge et pâle tour à tour.

— Mon Dieu, dit-elle, je me cacherais dans un trou de souris pour dérober ma honte aux regards de vos seigneuries ; car elles savent sans doute les beaux noms que j'ai souvent donnés à cette noble demoiselle. Mais si j'avais su quelle était sa naissance et à quel degré d'honneur elle devait être élevée par la suite, il est certain que je me serais comportée bien différemment à son égard.

— Je ne suis pas en cela de votre avis, bonne femme, reprit Hildegarde ; le dernier des hommes a Dieu pour père, et cette haute origine lui constitue une noblesse à laquelle nulle autre ne peut se comparer. Le plus pauvre mendiant, pourvu qu'il suive les commandements du Père céleste, et vive selon la justice, recevra dans l'autre monde une couronne plus glorieuse que toutes celles de la terre. Nous devons donc traiter avec bienveillance et avec amour les plus misérables mêmes d'entre les hommes. Vous éprouvez de la honte et du regret d'avoir montré peu de douceur envers celle qui fut votre servante, parce que sa position est changée et que vous voyez en elle aujourd'hui une demoiselle de haute naissance : mais n'aurions-nous pas des regrets plus amers, une confusion plus grande ne couvrira-t-elle pas notre visage, lorsque ces pauvres, que nous aurons traités en ce monde avec hauteur et avec mépris, nous les verrons dans un monde meilleur, environnés de gloire et assis à la droite de Dieu ?

La femme du concierge convint de ses torts et demanda pardon à Rose, à plusieurs reprises, et en versant beaucoup de larmes. Rose lui répondit :

— J'ai souvent désiré, ma chère Hedwige, de vous donner certains conseils qui me paraissent bons à suivre ; mais je ne pouvais pas tant que j'étais à votre service, et il me fallait attendre un moment plus favorable. Ce moment est venu, maintenant il faut que je vous parle. D'abord je dois dire hautement ici, en présence de vos maîtres et de mon père, que vous êtes au fond une excellente femme, une épouse soigneuse et fort attachée à votre mari, une mère tendre et dévouée pour vos enfants, une parfaite maîtresse de ménage; vous êtes active et laborieuse; l'ordre et la propreté règnent dans votre maison ; vous avez une économie qui n'est point de l'avarice, et vous faites beaucoup de bien aux pauvres. Il est certain aussi que vous aimez à rendre service, et que vous vous montrez amicale et prévenante envers tout le monde, quand la colère ne vous égare pas; mais quand votre vivacité vous emporte, alors vous n'êtes plus maîtresse de vous-même ; vous dites et vous faites des choses qui n'ont point de sens. Cette mauvaise humeur empoisonne votre existence et fait le malheur de ceux qui vivent avec vous : elle vous a donné partout la réputation d'une méchante femme ; on dit même, quoiqu'à tort, que vous avez peu de jugement; on dit cela parce que vous vous laissez plus souvent gouverner par la colère que par la raison.

Faites donc un effort sur vous-même ; rendez-vous maîtresse de cette humeur violente, écoutez les conseils de la raison, persuadez-vous bien que la colère peut justement s'appeler un court accès de folie ; songez que la patience et la douceur sont les premières vertus commandées par l'Eglise. Prenez aujourd'hui la ferme résolution de vous corriger, renouvelez-la matin et soir, et même dans le cours de la journée, en invoquant le saint nom de Dieu, et en implorant son secours par de ferventes prières. Vous ne réussirez pas dès le premier jour : car la chose la plus difficile au monde, c'est de se vaincre soi-même ; mais ne perdez point courage, ne vous lassez pas, affermissez-vous de plus en plus dans ces bonnes intentions; un arbre ne tombe pas sous le premier coup de cognée. Persévérez toujours et vous finirez par vaincre la colère, qui est véritablement le plus cruel ennemi que vous ayez sur la terre.

Après cela, quand vous aurez une nouvelle servante, vous saurez comment vous conduire envers elle : si vous voyez que ce n'est pas la bonne volonté qui lui manque, n'exigez pas qu'elle sache, dès le premier moment, ce qu'elle ne doit apprendre que par une longue habitude. Prenez la peine de la former vous-même par vos conseils et en lui montrant ce qu'il faut faire : point d'impatience ; répétez-lui dix fois la même chose plutôt que de vous fâcher une seule. Si elle vient à faire quelque maladresse, reprenez-la sans aigreur et sans emportement : de cette manière vous la rendrez docile et soumise ; elle comprendra qu'elle vous doit beaucoup pour vos conseils et vos leçons, elle voudra vous complaire en tout ; elle préviendra vos désirs et se montrera pleine de respect et d'attachement pour vous.

Oui, ma chère Hedwige, tâchez de dompter en vous cette malheureuse habitude, et je vous réponds que vous passerez partout pour une excellente femme. Si j'avais moins d'estime pour vous, je ne vous aurais pas fait ce long sermon. Profitez de mes conseils et vous n'aurez pas à vous en repentir.

— Voilà ce qui s'appelle parler avec sagesse, cria Cuneric ; voilà une leçon que beaucoup d'hommes, j'en excepte Edelbert, et beaucoup de femmes, j'en excepte la mienne, auraient besoin d'apprendre par cœur. Vous êtes, Rose, une charmante demoiselle ; et la meilleure éducation s'unit en vous au naturel le plus heureux. Soyez sûre que je prends ma part de vos sages conseils ; ils me rappellent ceux que mon père me donnait souvent, à propos de la colère, et qu'il renfermait dans une courte sentence : « Mon fils, me disait-il en secouant sa tête blanchie dans les batailles, plus d'esprit et moins de bruit : c'est le moyen de se retirer d'affaire en ce bas monde. »

Quelques jours après, Cuneric et son épouse, suivis d'un brillant cortége de soldats et de serviteurs en livrée, se rendirent avec Edelbert et sa fille au château de Tannenbourg. Le bruit de leur arrivée s'était déjà répandu au loin. En traversant les villages et les hameaux situés dans les domaines de Cuneric, on voyait sortir de toutes les maisons, de toutes les chaumières, des hommes, des enfants et des femmes qui se réjouissaient de la réconciliation des deux chevaliers et témoignaient un vif désir de voir la jeune demoiselle qui avait montré un si grand amour pour son père, et si courageusement sauvé l'héritier de Cuneric.

Mais quand on arriva sur les terres de Tannenbourg, on ne vit sur la route qu'une solitude profonde et un silence de mort : il semblait que les villages n'avaient plus d'habitants. Edelbert en était surpris et cherchait la cause de ce calme extraordinaire. Son inquiétude à cet égard ne dura pas longtemps : arrivé devant la porte extérieure de son château, il vit la cour encombrée de monde. Tous ses vassaux s'y trouvaient réunis en habit de fête et rangés dans le plus bel ordre : d'un côté les enfants, les jeunes gens et les hommes, sur plusieurs lignes ; de l'autre les jeunes demoiselles et les mères. Waldmann, le charbonnier, porta la parole au nom des hommes, et Gertrude au nom des femmes. Waldmann s'était résigné à apprendre par cœur une espèce de harangue très longue et très absurde, que l'intendant du château lui avait composée dans le style de l'époque. Le brave charbonnier commença d'un ton solennel et avec un geste emphatique :

— Puisque c'est une chose assurée, visible, oculaire, et qui ne peut être sérieusement révoquée en doute que — que — dans ce beau jour qui... —

Le malheureux, trahi par sa mémoire qui succombait sous le poids des belles choses qu'il avait à dire, ne put aller plus loin ; mais il ne perdit pas la tête et continua sur un ton plus modeste :

— Excusez-moi, mon seigneur et maître, votre honorée et chère présence m'a si fort troublé que toute la rhétorique dont j'avais chargé mon esprit s'est comme envolée. J'en suis fâché vraiment, car tout ce que je puis vous dire, c'est que, heureux d'avoir vu ce beau jour, je puis mourir maintenant sans regret.

La harangue de Gertrude eut le même sort que celle de son mari : la chère femme oublia tous les compliments qu'elle avait à dire et ne trouva guère que des pleurs de joie pour saluer le retour d'Edelbert et de sa fille. L'émotion des bons paysans était extrême : Edelbert et sa fille, attendris eux-mêmes jusqu'aux larmes, parcoururent les rangs de cette foule joyeuse.

Sur le perron qui se trouvait devant la porte des appartements, Sigebert, Théobald et quelques autres chevaliers, avec leurs épouses, leurs fils et leurs filles en habits magnifiques et une suite nombreuse d'écuyers et de serviteurs, attendaient les arrivants. Sur le devant du perron se tenait Agnès, la douce fille du charbonnier, en robe blanche et le front couronné de fleurs ; elle portait dans ses mains un coussin de velours cramoisi sur lequel étaient posées les clefs du château.

— Noble châtelaine, dit-elle à Rose, non-seulement vous avez rendu la liberté à votre glorieux père, mais vous lui avez encore ouvert les portes de son château : c'est donc à vous qu'il appartient de lui en remettre les clefs.

Rose reçut le coussin et l'offrit au noble Edelbert, qui prit les clefs en levant vers le ciel un pieux regard. Le souvenir de la nuit terrible où il était resté à cette même porte, par la pluie et le vent, garrotté sur une charrette, pendant que Rose pleurait et se lamentait, lui revint à la mémoire, et rendit plus touchante encore la réception que l'épouse de Cuneric lui avait préparée.

— Avant que mon pied ne franchisse le seuil de cette porte, dit-il, rendons-nous à la chapelle du château et remercions le Seigneur qui a changé la haine en amitié et la douleur en allégresse ; offrons-lui le tribut d'une pieuse reconnaissance en chantant un joyeux *Te Deum*. Tous les chevaliers et leurs dames s'empressèrent de le suivre à la chapelle, qui bientôt retentit de leurs actions de grâces et de leurs chants.

De la chapelle on se rendit à la grande salle du château, où un splendide repas était servi. Des tables furent dressées dans la cour pour les hommes d'armes des chevaliers et pour les vassaux. Edelbert ne put attendre la fin du repas ; il quitta la table et vint partager la joie de ses fidèles vassaux, parmi lesquels il aimait à se trouver, comme un père au milieu de ses enfants. Il chercha d'abord dans la foule l'honnête Waldmann et sa femme.

— Vieux et fidèle serviteur, dit-il au charbonnier, puisque toi et Gertrude vous avez si généreusement reçu ma fille dans votre humble cabane, de ce moment vous ne quitterez plus mon château : toi, Waldmann, je te fais dès aujourd'hui mon écuyer ; c'est un poste qui te convient mieux encore que l'état de charbonnier dans la forêt; car de bonne heure tu as servi comme cavalier, et je ne connais point d'homme qui se tienne mieux à cheval que toi. La bonne Gertrude, qui ne m'a point laissé manquer de linge dans ma triste prison, sera chargée de la lingerie du château. Quant à Agnès, je veux qu'elle soit la compagne inséparable de ma fille dans la prospérité, comme elle a été sa fidèle amie dans le malheur.

Edelbert fit ensuite le tour des tables et trouva quelque parole agréable à dire à chacun des convives. La dame de Fichtenbourg, voyant qu'il était impossible d'inviter à la fois tous les vassaux d'Edelbert, s'était contentée de réunir les pères de famille les plus avancés en âge avec leurs petits enfants, sans distinction de riches et de pauvres. Elle avait dit aux autres que le chevalier les inviterait à leur tour une autre fois. Plusieurs de ceux qui étaient présents avaient reçu autrefois d'Edelbert des secours annuels ou mensuels. Depuis que le domaine avait changé de maître, ils ne recevaient plus rien. Le seigneur de Tannenbourg leur annonça qu'à l'avenir ils recevraient de lui les mêmes bienfaits : cette promesse les remplit de joie ; tous jurèrent qu'ils étaient prêts à donner leurs biens et leurs vies pour un si bon seigneur. Cuneric était descendu et marchait à côté d'Edelbert. Frappé du zèle et de l'enthousiasme de ces braves gens, il s'écria :

— Il est donc vrai que la douceur fait plus que la violence, et qu'il vaut mieux être aimé que d'être craint !

— Se faire aimer des bons et se faire craindre des méchants, reprit Edelbert, voilà selon moi le devoir d'un parfait seigneur.

XIX. — SUITE DE L'HISTOIRE DE ROSE.

Quelques jours après, Cuneric et son épouse retournèrent dans leur château. Depuis lors, la plus franche amitié régna entre les deux chevaliers, et ce fut entre eux un échange continuel d'agréables visites. Soit pour ses intérêts, soit pour ceux de ses vassaux, Cuneric prenait en toute occasion les conseils d'Edelbert; Rose honorait la noble Hildegarde comme un seconde mère, et cherchait continuellement à s'instruire auprès d'elle. L'union intime qui s'était établie entre eux faisait le plus doux charme et le plus bel ornement de leur existence.

Une fois Cuneric demeura quelque temps sans venir à Tannenbourg ; il usa même de divers prétextes insignifiants pour empêcher Edelbert et sa fille de se rendre dans son château, comme ils en avaient le désir. Mais un jour il arriva brusquement au galop de son cheval, et invita son ami ainsi que Rose à le suivre incontinent à Fichtenbourg. Ils remarquèrent bien sur son visage et sur toute sa personne qu'il avait quelque idée en tête ; mais ils ne parvinrent pas à lui tirer son secret. Cependant ils se mirent en route avec lui. Lorsqu'ils furent arrivés à Fichtenbourg, Cuneric leur laissa à peine le temps de saluer la châtelaine.

— Edelbert, dit-il, suis-moi à l'instant même, et que Rose vienne avec nous.

Il entraîna presque de force le vieux chevalier ; Hildegarde et Rose les suivirent. Ils traversèrent l'obscure galerie qui menait au cachot d'Edelbert.

— Où me conduis-tu donc ? lui dit Edelbert en souriant ; est-ce que tu voudrais me remettre en prison ?

— En vérité, disait Rose, je ne me sens nulle envie de rentrer dans ce lugubre cachot. Quelle peut être l'intention du chevalier Cuneric ?

Le châtelain ne répondit pas ; mais il ouvrit la porte du cachot et ils virent avec étonnement une chapelle superbe et magnifiquement ornée dans le goût de l'époque : de hautes fenêtres à vitres de couleur y laissaient descendre une douce lumière ; la voûte et les murailles étaient peintes en bleu de ciel et semées d'étoiles d'or ; l'autel était orné de brillantes ciselures.

Edelbert et sa fille témoignèrent aussitôt leur étonnement et leur admiration.

— J'étais bien sûr que ceci vous plairait, leur dit alors Cuneric ; c'est une surprise que j'ai voulu vous ménager ; et voilà pourquoi j'ai refusé de vous recevoir au château pendant tout le temps qu'ont duré ces travaux. Eh bien! qu'en dites-vous? Ne voilà-t-il pas une magnifique chapelle? Mais c'est à ma pieuse Hildegarde qu'en revient tout l'honneur; car c'est elle qui m'a donné cette heureuse idée. Voici comment la chose s'est passée entre nous deux : l'automne dernier, lorsqu'après vous avoir conduits à Tannenbourg, nous revînmes au château, Hildegarde me pria de visiter avec elle le triste cachot où tu avais gémi si longtemps, cher Edelbert. A parler vrai, je n'en avais nulle envie.

— Pourquoi descendre dans ce cachot? lui dis-je ; qu'y veux-tu faire? Tu sais bien que sa vue ne peut pas m'être agréable.

Je finis cependant par me rendre à ses vives sollicitations et je la suivis.

— Tu vas voir, me dit-elle en ouvrant la porte, comme l'amour filial a su transformer ce noir cachot en une riante demeure.

— En effet, lui répondis-je, l'aspect de ce lieu était horrible et repoussant ; aujourd'hui le voilà clair et brillant comme une chapelle.

— Cher époux, dit-elle, cette excellente idée qui te vient en ce moment était déjà la mienne, mais je ne voulais point parler la première. Quand j'ai vu la magnifique chapelle de Tannenbourg, je me suis dit aussitôt : Il nous en manque une pareille dans notre château. Alors je pensai que ce cachot spacieux et à voûte élevée pourrait facilement recevoir cette pieuse destination. Nous devons beaucoup à Dieu qui nous a conservé notre fils, et nous ne pouvons nous dispenser de lui prouver notre reconnaissance par un monument consacré à son nom. La fondation d'une chapelle est la meilleure chose que nous puissions faire pour nous acquitter envers lui. Sous un autre rapport d'ailleurs, cette idée me semble très heureuse : nous n'avons point de chapelle au château, c'est la seule chose qui nous manque. Jusqu'à ce moment il a fallu nous rendre chaque dimanche et chaque jour de fête à l'église du village, située au pied de la montagne, pour y entendre le service divin. Il est bon sans doute que riches et pauvres, seigneurs et vassaux, adorent au même autel et se courbent devant le même Dieu ; mais il arrive aussi que ce trajet si long nous devient impossible, soit dans les jours de maladie, soit par les mauvais temps. Une chapelle bâtie dans l'intérieur même de notre château ne peut manquer d'attirer la bénédiction divine sur nous et nos descendants.

— Tu as parfaitement raison, lui dis-je, il sera fait selon ton désir. Nul prisonnier désormais n'entrera dans ce triste cachot pour y gémir dans les fers, car nous ferons un monument de notre reconnaissance envers Dieu, qui nous a fait la grâce de sauver notre fils par les mains de Rose, pour me réconcilier ensuite avec Edelbert et me rendre la paix du cœur que j'avais depuis si longtemps perdue. Voilà comment cette chapelle a été faite.

Demain, ajouta la noble Hildegarde, elle sera consacrée au Seigneur par le pieux abbé Norbert ; beaucoup de chevaliers, parmi lesquels se trouveront Sigebert et Théobald, doivent se rendre au château avec leurs épouses et leurs enfants, pour assister à cette fête pieuse ; mais c'est sur vous, noble Edelbert, et sur vous, aimable Rose, vous les meilleurs et les plus chers de nos amis, que nous comptons surtout pour l'embellir de votre présence. Nous sommes certains que vous prendrez à la consécration de cette chapelle un intérêt tout particulier, car c'est à vous qu'elle doit son existence, et vous ne pourrez assister à cette cérémonie sans une religieuse et douce émotion.

La consécration de la chapelle fut en effet une très belle et touchante fête. Les chevaliers invités ne manquèrent pas d'arriver exactement à l'heure indiquée avec leur suite, tous en grand costume, suivant l'usage de ce temps-là, revêtus de la cuirasse, le casque en tête et l'épée au côté. Ils se rangèrent des deux côtés de l'autel. Leurs épouses étaient en robes noires brochées d'or, comme c'était alors la coutume aux plus grandes fêtes. Les demoiselles étaient en blanc et couronnées de fleurs. Tous se présentèrent devant le Seigneur animés des plus purs sentiments de piété et de recueillement. Le jeune Ernest et ses deux sœurs se mirent à genoux devant l'autel en élevant leurs petites mains dans une attitude recueillie, de sorte qu'à les voir on les eût pris pour des anges.

La chapelle était jonchée et tapissée de feuillage, l'autel paré de fleurs fraîches écloses ; une multitude de cierges brillaient allumés, et des nuages d'encens montaient vers le ciel.

Le vénérable abbé Norbert, revêtu de l'étole sacrée et la mitre à la main, s'avança vers l'autel, suivi de plusieurs ecclésiastiques en habits sacerdotaux, et se tourna vers l'assemblée. Il vit avec une secrète joie l'attitude recueillie de tous les fidèles, et leur fit un petit discours dont voici à peu près la substance :

« Mes très chers frères, un fils miraculeusement rendu à ses parents, un père soulagé dans sa prison par une vertueuse fille, voilà ce qui a donné lieu à la fondation de cette chapelle, voilà ce qui a suggéré au maître de ce château l'idée de consacrer au culte du Seigneur le cachot le plus sombre où jamais ait gémi un prisonnier ; c'est parce qu'il a été le théâtre de la tendresse filiale et du dévouement de Rose de Tannenbourg, que nous venons aujourd'hui nous agenouiller au pied de cet autel et remercier Dieu de ses bienfaits.

» L'événement qui nous a préparé ce jour solennel me fournira aussi le texte de mon discours. Cependant, de peur de blesser la modestie de quelques-uns de mes honorables auditeurs, je ne parlerai pas davantage de cet événement : il est suffisamment connu de tous. Je me contenterai de tirer de cette histoire les salutaires leçons qu'elle renferme. Je vois cet autel entouré d'un grand nombre de pères de famille, de leurs chers enfants ; un mot pour les uns et pour les autres, ce sera tout.

» Parmi les œuvres du Seigneur, il n'en est pas où sa sagesse et sa bonté se révèlent d'une manière plus admirable que dans ce lien d'amour qu'il a mis entre de tendres parents et les créatures les plus aimables et les plus faibles qu'il y ait sur la terre, les petits enfants ; il a mis dans le cœur des pères et des mères une affection puissante, un sentiment plein de force qui est comme une étincelle de cet amour immense qui embrasse toutes choses. Ses premiers bienfaits, c'est par l'entremise de nos parents qu'il les répand sur nous, c'est par eux qu'il pourvoit aux premiers bienfaits, c'est par l'entremise de nos parents qu'il les répand sur nous, c'est par eux qu'il pourvoit aux premiers besoins de nos corps et de nos âmes : un bon père et une bonne mère sont les ministres de sa providence, et voilà comment l'être invisible nous manifeste et nous révèle son amour infini dans l'affection que nos parents ont pour nous.

» Puissent donc tous les pères et toutes les mères s'efforcer d'offrir à leurs enfants une fidèle image de la bonté souveraine! Puissent-ils se conformer à leur divin modèle qui ne se contente pas de nous donner la nourriture et l'entretien du corps, mais sait encore, par toute sorte dè moyens, pourvoir à notre instruction morale, et nous porter au bien par l'attrait des récompenses et par la crainte des châtiments, de sorte que toutes ses dispositions ne tendent qu'à faire de nous des hommes vertueux et sages! Puisse l'amour des mères et des pères pour leurs enfants, cette flamme descendue du ciel, n'être jamais obscurcie par la vapeur grossière des affections terrestres, et ne jamais dégénérer en une aveugle indulgence qui perd les enfants en fermant les yeux sur leurs défauts et sur leurs fautes! Puisse encore cette flamme céleste, l'amour des pères et des mères pour leurs enfants, ne jamais s'éteindre dans l'amour du monde, dans la fange des vices, dans une atmosphère impure de plaisirs et de passions coupables!

» Puissent à leur tour les enfants apprécier, comme ils le doivent, le bonheur d'avoir des parents sages et vertueux! Jeunes gens et jeunes filles, qui avez déjà laissé derrière vous le premier âge, reportez-vous à ces douces années de votre enfance, le plus heureux temps de votre vie : vos parents ont pourvu à tous vos besoins; une tendre mère a préparé de ses mains diligentes les vêtements dont vous avez été couverts : votre père ne s'est épargné aucune peine, et s'est interdit bien des plaisirs pour vous fournir tout ce qui était nécessaire à votre entretien. Quand vous étiez malades, votre mère passait de longues nuits sans sommeil auprès de votre lit de douleur. C'est la tendresse inquiète de vos parents qui vous a préservés de tous dangers. C'est auprès d'eux que vous avez trouvé un refuge dans vos petits malheurs, et ce sont eux qui ont séché vos larmes. Leur intelligence a dirigé vos premiers pas dans la vie, elle a suppléé à votre inexpérience, et leur esprit a passé en vous. Ils vous ont appris à parler : vous leur avez demandé cent fois le nom des choses qui frappaient vos yeux, et jamais ils ne se sont lassés de répondre avec une aimable complaisance à toutes vos questions. Il vous ont fait connaître ce qu'il y a de vrai, de bon et de beau dans le monde, et vous ont appris à l'aimer. Ils ont été les médiateurs entre vous et vos frères ou vos jeunes camarades, et ont terminé vos petites querelles en vous rappelant à la douceur, à la paix, à l'union. La joie que votre bonne conduite causait à votre père, le sourire amical de votre mère étaient pour vous une récompense plus douce que tous les cadeaux si chers à l'enfance. Les corrections mêmes qu'ils jugeaient parfois nécessaires étaient encore des preuves de leur amour, de sorte que depuis le moment où vos yeux se sont ouverts, toute votre vie est un bienfait continuel de la Providence.

» Reconnaissez donc, dans cette œuvre admirable établie par Dieu lui-même, son amour et sa bienveillance pour les hommes. Honorez-le dans la personne de vos parents qui ont été les instruments volontaires de sa tendresse. Aimez-les ces parents que Dieu vous a donnés; obéissez-leur en tout, car ils vous surpassent en sagesse, et c'est à votre bien que s'applique leur intelligence; empressez-vous de faire toutes leurs volontés. Que vos cœurs soient toujours remplis pour eux de la plus tendre reconnaissance ! loin de vous l'ingratitude, le plus affreux de tous les vices quand il souille l'âme d'un enfant. Ayez en eux la plus entière confiance. Avez-vous commis quelque faute, n'ayez point recours à la dissimulation et au mensonge pour éviter le châtiment, car ce serait faire les premiers pas vers un abîme où vous seriez sûrs de périr

sans retour. Appliquez-vous à leur causer de la joie. Les bienfaits que vous avez reçus d'eux sont trop grands pour que vous
puissiez jamais leur en payer le prix, mais vous pouvez du moins
leur témoigner que vous sentez l'étendue de vos devoirs à leur
égard. Comme ils ont eu soin de votre enfance débile et souf-
frante, prenez soin à votre tour de leur vieillesse infirme et né-
cessiteuse : adoucissez leurs derniers jours. Imposez-vous à vous-
mêmes les plus rudes privations, plutôt que de les laisser manquer
jamais du nécessaire. C'est le seul moyen d'accomplir le quatrième commandement et d'être heureux dans cette vie et dans
l'autre. La bénédiction du Seigneur vous accompagnera jusqu'à
la tombe, et vous partagerez dans le ciel la gloire qu'il réserve à
ses élus.

» Maintenant j'élève mes regards vers le Seigneur, à qui cet autel va être consacré : nous avons tous en lui un père plein d'a-
mour, et il veut trouver en nous des enfants pleins de reconnaissance : il demande que nous lui donnions le plus tendre des
noms, le nom de *père*, et lui-même nous dit, par la bouche d'un
de ses prophètes, *qu'une mère peut oublier son enfant, mais que
lui, parce qu'il est Dieu, n'oubliera jamais les siens.* Pères et mères,
qui avez dans le cœur une vive et profonde tendresse pour vos
enfants, apprenez par là quel est l'amour du Père céleste pour tous
les hommes : dans vos misères, dans vos douleurs, dans vos dé-
faillances, consolez-vous par cette pensée : *Dieu m'aime infiniment plus que je n'aime mes enfants ; comment pourrait-il n'avoir
pas soin de moi ? comment pourrait-il m'oublier ?* Mais il n'y a que
les enfants dont le cœur a été formé au respect, à l'amour, à la
confiance, à l'obéissance envers leurs parents, qui puissent avec
vérité et dans l'effusion du cœur donner à Dieu ce doux nom de
père ; seuls ils sont capables de l'aimer par-dessus toutes choses;
seuls ils peuvent résister à toutes les séductions du mal par attachement à ses saintes lois ; seuls ils seront des hommes vertueux
et sages. Il n'y a que des enfants habitués dans la maison paternelle à chérir leurs frères et sœurs, et purs de tout sentiment de

haine, d'envie, de contention, qui, à leur entrée dans le monde, puissent aimer tous les hommes comme leurs frères et leurs sœurs, comme les enfants du Père céleste. Ceux-là seulement trouveront dans leur confiance en Dieu un ferme appui contre les afflictions et les peines dont la vie de l'homme n'est jamais exempte; eux seuls verront la mort sans effroi, parce qu'ils sauront qu'elle ne vient les prendre que pour les conduire à la maison de leur Père céleste, la plus heureuse demeure que des enfants puissent habiter.

» Notre père qui êtes aux cieux, faites que tous les hommes vous aiment par-dessus toute chose et qu'ils s'aiment entre eux comme des frères! faites qu'ils assistent dans leurs maux la veuve et l'orphelin, et qu'ils se gardent purs de la corruption du siècle qui tarit dans tous les cœurs la source des sentiments humains et de l'affection véritable. Voilà le culte que vous aimez, Seigneur, et que votre divin Fils est venu apporter au monde : c'est par là seulement que toutes les familles de la terre arriveront à former plus qu'une immense famille sur laquelle vos regards de père s'abaisseront avec amour. En attendant, Seigneur, et pour avancer votre œuvre divine, que votre bénédiction descende sur cette chapelle que je consacre à votre gloire sous l'invocation de la bienheureuse Vierge, choisie par décret de votre amour et de votre sagesse pour être la mère de votre Fils, notre Seigneur, qui était avec vous dès le commencement, et qui règne avec vous jusqu'à la fin des siècles. *Amen.* »

Le pieux abbé fit alors les cérémonies de la dédicace et de la consécration, puis il célébra la messe dans la chapelle.

Le service fini, tous les assistants émus et pleins de joie se rendirent dans la grande salle du château pour se mettre à table. Ils étaient à peine assis qu'une fanfare éclatante se fit entendre dans la cour. Cuneric et les autres chevaliers se lèvent aussitôt, courent à la fenêtre et regardent : ils voient une troupe nombreuse de cavaliers revêtus d'armes brillantes. Au même instant des serviteurs se précipitent dans la salle en criant :

—Le duc de Souabe !

Les chevaliers se disposaient à sortir au-devant de lui quand il entra lui-même, accompagné de plusieurs seigneurs de sa cour. C'était un homme d'une figure majestueuse et d'une haute taille. Les boucles de ses cheveux commençaient à blanchir, mais l'âge n'avait point encore amorti le feu de ses regards. Il salua d'abord Edelbert en lui tendant la main :

— Tannenbourg, lui dit-il, j'ai voulu vous annoncer le premier l'heureuse paix qui est le prix et la fin de nos combats ; vous avez votre part de cette gloire, et il m'est doux de vous offrir les remercîments de l'empereur et les miens pour le secours que vous nous avez prêté dans cette guerre ; la conduite de vos hommes d'armes a été parfaite, ils se sont montrés dignes de vous. J'ai voulu vous les ramener moi-même afin de leur rendre auprès de vous ce témoignage honorable. Nous sommes arrivés hier à Tannenbourg au commencement de la nuit, et j'ai appris que vous étiez en visite chez le chevalier Cuneric. Je suis parti au lever du soleil, suivi de mes guerriers, pour vous voir en passant dans ce château, persuadé que je trouverais aussi dans Cuneric un loyal et fidèle ami de son souverain.

Me suis-je trompé? ajouta-t-il en se tournant vers le sire de Fichtenbourg, et en lui tendant la main. Vous ne vous attendiez pas à ma visite : je viens, par l'ordre de l'empereur, vous exprimer la joie que lui cause votre réconciliation avec le noble Edelbert, et vous témoigner la satisfaction que j'éprouve moi-même à voir la paix et l'amitié rétablies entre deux braves chevaliers qui n'étaient pas faits pour se haïr.

Cuneric était tout transporté de joie, la faveur de l'empereur et celle du duc faisaient sur lui l'effet d'un vin du Rhin : il en était comme enivré.

Le duc aperçut alors le pieux abbé; il s'avança vers lui et lui témoigna la joie sincère qu'il éprouvait à le voir ; puis il ajouta:

—Je suis d'autant plus heureux de vous rencontrer ici, vénérable père, que nous autres gens du monde nous pouvons rarement jouir de votre vue; car vous ne sortez du cloître que pour aller où vos pieux devoirs vous appellent.

Puis, se tournant vers l'épouse de Cuneric, il lui dit :

— Me pardonnerez-vous, noble châtelaine, si, me confiant dans votre bonté, je viens augmenter le nombre de vos convives et m'asseoir à votre table avec les seigneurs de ma suite, pour lesquels je réclame, ainsi que pour moi, toute votre indulgence ? Je vous salue en leur nom et au mien, aimable hôtesse, et nous allons, puisque vous le permettez, prendre part à votre fête pieuse.

Pour vous, Mademoiselle, ajouta-t-il en se tournant vers Rose de Tannenbourg, je suis chargé d'une commission particulière dont je m'acquitterai après le diner. En ce moment je ne veux pas faire attendre plus longtemps ces nobles chevaliers ainsi que leurs dames et leurs demoiselles, à qui je veux donner ici le bon exemple; car, à vrai dire, la marche rapide que nous venons de faire m'a fort aiguisé l'appétit. Mettons-nous donc à table, comme de vrais amis, et sans cérémonie. Je désire que la dame de Fichtenbourg et la fille du noble Edelbert se placent à mes côtés, quoique ce soit faire mentir le proverbe qui dit que la vertu se trouve dans le milieu. Quant à vous, M. l'abbé, j'aimerais à vous voir assis en face de moi entre les deux chevaliers devenus amis. Nulle autre place ne saurait mieux vous convenir; réconcilier les hommes, mettre la paix entre eux, éteindre dans les cœurs tout sentiment de haine, telles sont vos saintes occupations. De cette manière, d'ailleurs, nous aurons autour de nous les quatre personnes qui ont la plus grande part dans l'événement qui nous rassemble, et nous pourrons parler tout à notre aise; les autres convives savent les places qu'ils doivent prendre.

Le duc s'assit à la première place, où l'on avait mis exprès un couvert de grand prix et une coupe d'or à belles ciselures. Les autres conviés se rangèrent dans l'ordre qui avait été fixé d'avance.

Lorsque la première faim fut apaisée, le duc prit la parole et dit :

— Comme le bruit des démêlés de Cuneric et d'Edelbert était
venu jusqu'à nous à l'armée, nous y avons appris aussi leur réconciliation. Cette seconde nouvelle nous a fait autant de plaisir
que la première nous avait causé de peine. La part que la noble
Hildegarde et surtout l'aimable Rose ont dans cet heureux événement, nous est déjà connue : cependant le vif intérêt que nous
prenons à toute cette histoire nous fait désirer d'en connaître jusqu'aux plus petits détails.

Alors il fit diverses questions et s'informa exactement de chaque circonstance. Edelbert et Rose, Cuneric et Hildegarde s'em-
pressaient tour à tour de satisfaire sa curiosité. Il prêtait à leurs
récits la plus grande attention ; tantôt c'était le malheur d'Edelbert qui faisait couler ses larmes, tantôt c'était l'héroïsme de Rose
qui excitait son admiration. Il donna aussi de justes éloges à la
conduite de la noble Hildegarde et témoigna combien il était satisfait des derniers procédés de Cuneric. Pour ménager ce dernier,
Edelbert et Rose voulaient supprimer certaines circonstances ou
glisser légèrement sur certains détails. Mais Cuneric ne le permettait pas, et il racontait lui-même fidèlement ce qu'ils avaient passé
sous silence.

— J'ai été bien coupable, disait-il, mais le mal est fait et rien
ne sert de le cacher. Il vaut mieux reconnaître franchement ses
fautes et les réparer aussi bien qu'on peut ; je crois l'avoir fait
d'une manière honorable, et je conseille à tout homme qui a commis les mêmes fautes d'en faire autant. Je lui réponds d'avance
qu'il s'en trouvera bien ; s'il ne le fait pas, au contraire, le con-
tentement et la paix ne rentreront jamais dans son cœur.

A la fin du récit, le duc jeta sur l'assemblée un regard satisfait.

— C'est à cette aimable demoiselle, dit-il, que nous devons
d'être ici joyeusement réunis autour de cette table ; sans elle
nous serions en ce moment à nous combattre les uns les autres
dans le feu d'une sanglante bataille. Car il va de soi que nous
n'aurions pas laissé Edelbert en prison : il était déjà convenu à

l'armée impériale que, la guerre une fois terminée avec les ennemis du dehors, je marcherais avec des forces considérables contre le château de Cuneric et que je m'en emparerais. Le chevalier de Fichtenbourg ne se fût pas rendu sans coup férir ; il eût fait une vive résistance, et beaucoup de sang aurait coulé sous les murs de son château. Remercions Dieu de ce que la douce entremise d'une femme a prévenu ces affreux malheurs.

La modeste Rose ne put s'empêcher de rougir à cette parole.

— Oui, dit-elle, Monseigneur, il faut remercier Dieu, qui a donné à ces tristes querelles une fin si heureuse : mais pour moi je ne mérite pas tant d'honneur. Dieu seul a tout conduit.

— Mademoiselle Rose a raison, dit le pieux abbé Norbert, il faut rapporter tout à Dieu, qui est le souverain auteur de tout bien, et souvent fait naître des plus petites circonstances les plus heureux résultats, comme un arbre immense naît d'un germe imperceptible. Les hommes et les choses ne sont que les instruments de sa providence et de sa bonté ; seulement les êtres qui concourent à l'accomplissement des desseins de Dieu méritent leur part des bénédictions et de l'amour que nous devons au bienfaiteur suprême.

Le vénérable abbé développa davantage cette idée, et, rappelant toute l'histoire de Rose, montra par la suite des faits, par l'enchaînement des effets et des causes, les utiles enseignements qu'elle renferme.

Son discours intéressa vivement toute l'assemblée : quand il eut fini, le duc prit en main sa coupe d'or et se leva :

— A la santé de Maximilien d'Autriche, notre gracieux empereur ! dit-il.

Tous alors, l'abbé, les chevaliers, les écuyers, les dames et les demoiselles se levèrent avec respect, répétèrent à haute voix la santé qu'il avait portée, et vidèrent leurs coupes. Le duc remit la sienne sur la table, et se tournant du côté de Rose, lui dit :

— C'est en ce moment solennel que je veux remplir le message dont Sa Majesté l'empereur m'a chargé pour vous, ma chère demoiselle : votre noble conduite et votre piété filiale, qui nous ont épargné les malheurs d'une guerre civile après une guerre étrangère si heureusement terminée, sont venues jusqu'aux oreilles de l'empereur, il en a été vivement touché et vous allez savoir ce qu'il a résolu dans sa haute sagesse ; votre noble père et tous les convives s'en réjouiront avec vous.

Le duc fit un signe à l'un des chevaliers de sa suite, qui apporta une grande lettre écrite sur un parchemin chargé de riches ornements : elle était enveloppée dans un étui de velours rouge ; des rubans de soie brochés d'or attachaient le sceau impérial enfermé dans une boîte d'ivoire. Le duc remit cette lettre à Rose, étonnée d'une si grande faveur.

— Mademoiselle, lui dit-il, votre père n'ayant point de fils, la seigneurie de Tannenbourg, qui est un fief mâle, doit après lui tomber dans le domaine impérial : mais Sa Majesté, considérant que vous lui avez déjà rendu plus de services que dix fils ne pourraient peut-être lui en rendre, a résolu de faire passer sur votre tête cette riche seigneurie ; la lettre que je vous ai remise vous expliquera plus en détail cette insigne faveur. Ainsi vous pouvez dès ajourd'hui vous choisir un époux parmi les enfants des plus nobles chevaliers de toute l'Allemagne ; il n'aura pas d'autre condition à remplir que de prendre le titre de votre seigneurie de Tannenbourg. Puisse le nom illustre de vos ancêtres se transmettre pur et sans tache à une longue suite de descendants ! puisse votre noble famille subsister longtemps pour le bonheur de vos vassaux et pour la gloire de l'empire !

Edelbert était profondément touché de cette faveur signalée qu'il recevait de l'empereur. Rose, qui ne se croyait point digne d'un si grand honneur, ne trouvait point de paroles pour exprimer sa reconnaissance.

Le duc témoigna le désir de visiter le puits et la chapelle, au sortir de table. Aussitôt Hildegarde ordonna de fixer autour du seau des bougies allumées, afin d'éclairer la ténébreuse profondeurs du puits.

Le duc s'y rendit avec tous les convives. Comme tous ceux qui avaient visité ce puits merveilleux, il en admira la gracieuse architecture. Mais quand il eut suivi quelque temps des yeux le seau qui descendait avec son cercle de bougies allumées, il jeta un cri de surprise et d'effroi.

— Est-il possible, Mademoiselle, s'écria-t-il en s'adressant à Rose, que vous ayez osé vous risquer dans cet abîme ? En vérité, j'en frémis pour vous. Cette hardiesse vous exposait à une mort certaine. Depuis ce moment je sais le nom qu'il faut vous donner; vous êtes l'héroïne de Tannenbourg. Tant que ce château subsistera, vous aurez un monument de votre gloire qui apprendra aux races futures que vous avez été la plus tendre des filles et la plus courageuse des femmes.

Le duc se rendit ensuite à la chapelle et s'agenouilla dévotement sur les marches de l'autel; puis se relevant, il dit :

— C'est l'admirable dévouement de Rose pour son père prisonnier qui a transformé un affreux cachot en cette brillante chapelle : il me semble qu'il serait bien de mettre au-dessus de l'autel cette inscription en lettres d'or : *Monument de piété filiale*.

A cette parole, une vive rougeur colora le visage de Rose.

— Oh ! non, Monseigneur, dit-elle; ce serait trop d'honneur pour une créature humaine. Dieu seul est grand, Dieu seul a fait tout ce qui cause aujourd'hui notre joie : à lui seul donc ce temple et cet autel doivent être consacrés.

Le pieux abbé loua la modestie de Rose.

— Au lieu de l'inscription que l'humilité de la jeune châtelaine condamne à juste titre, dit-il, je propose d'écrire en lettres d'or au-dessus de l'autel le quatrième commandement de Dieu, le premier à l'observation duquel il ait attaché une récompense : *Honore ton père et ta mère, afin que tu vives longtemps sur la terre.*

Il en fut ainsi; et la promesse divine, renfermée dans ce verset de l'Ecriture, reçut plus tard son entier accomplissement.

PIERRE

OU LES SUITES DE L'IGNORANCE.

I. — LES PARENTS DE PIERRE.

Les parents de Pierre appartenaient à cette classe d'hommes pour qui les biens de la terre sont funestes. Nouvellement enrichis par le commerce, ils ne pensèrent plus qu'à vivre dans la mollesse et dans le luxe ; leur bonheur était de s'entendre appeler les gens les plus riches du pays ; on pouvait tout aussi bien les appeler les plus fous, car la fortune les avait enivrés jusqu'à leur faire croire qu'elle tient lieu de tout le reste, et qu'un homme riche n'a pas besoin de rien apprendre. Pierre, leur fils unique, fut l'innocente victime de cette erreur grossière. On voit des enfants manquer d'éducation par la négligence de leurs parents ; ce fut au contraire à la tendresse des siens que Pierre dut son incroyable ignorance : persuadés que ce serait une honte pour lui de savoir quelque chose, ils mirent tous leurs soins à l'abrutir. Non-seulement ils ne lui donnèrent aucun maître, mais encore ils prirent leurs mesures pour qu'il ignorât même les plus simples notions de bien et de mal. Les domestiques avaient ordre de ne le contrarier en rien, de respecter tous ses caprices, de faire toutes ses volontés. Il est inutile de dire que ceux qui avaient établi cette règle s'y soumettaient les premiers.

Ce beau système ne tarda pas à porter ses fruits : dès l'âge de huit ans, Pierre était un modèle achevé d'ignorance et d'ineptie, et ses parents pouvaient admirer en lui leur ouvrage. Malheureusement ils n'en jouirent pas longtemps; une maladie contagieuse les enleva tout-à-coup de ce monde.

II. — PIERRE CHEZ LA VIEILLE TANTE.

Pierre demeurait orphelin. Grâce à la belle éducation qu'il avait reçue, tous les parents qui lui restaient du côté de son père et de sa mère tremblaient à l'idée de le prendre chez eux ; une vieille tante les tira d'inquiétude à cet égard et se chargea de son cher neveu.

En arrivant chez elle, Pierre se mit à suivre son train de vie ordinaire ; boire, manger battre les serviteurs, contrecarrer sa tante, salir ou déchirer ses habits, casser les vitres et les glaces, abîmer les meubles ; en un un mot, faire tout ce qu'on ne lui demandait pas, et ne rien faire de ce qu'on lui demandait, tels furent ses agréables passe-temps. La bonne dame s'aperçut bientôt qu'elle s'était chargée d'un lourd fardeau ; mais sa tendresse pour Pierre lui faisait prendre son mal en patience ; elle espérait d'ailleurs le corriger de ses mauvaises habitudes. Mais c'était là une rude entreprise, au point où Pierre en était venu.

Pierre avait auprès de lui un vieux serviteur appelé Jean, qui, autant par affection que par sottise, caressait tous ses caprices et l'affermissait dans ses mauvais penchants.

—Vous avez bien raison, lui disait-il, de ne vouloir rien apprendre ; moi qui ne sais pas grand'chose, je ne m'en porte pas plus mal, et mon ignorance ne m'a pas empêché de vivre longtemps. Si j'avais été plus riche, j'aurais voulu ne rien savoir du tout.

Ces paroles flattaient merveilleusement les dispositions de Pierre ; il aimait Jean comme il aimait ses défauts, et trouvait dans ce vieil imbécile une complaisance à toute épreuve. Chaque fois qu'il avait quelque folie en tête, il le consultait sur la manière

8

dont il devait s'y prendre, et Jean, loin de le ramener à des idées plus sages, se prêtait au contraire à tout ce qu'il voulait.

Un jour Pierre dit [à Jean qu'il voulait grimper sur un des grands arbres qui se trouvaient dans la cour de la ferme. Rien n'était plus mal imaginé ; il pouvait se tuer en tombant du haut d'une branche, ou tout au moins gâter ses habits. Mais Jean ne fit point ces réflexions ; il aida à Pierre à monter sur l'arbre, et l'encouragea fortement à grimper jusqu'au sommet.

En ce moment, la vieille tante, qui courait partout cherchant son neveu, entra dans la cour et entendit crier *coucou*. Elle leva aussitôt les yeux et vit Pierre perché sur la dernière branche. La chère dame en frémit.

— Veux-tu descendre bien vite, méchant enfant ! lui cria-t-elle, tu vas te tuer !

Mais Pierre ne répondit pas plus qu'un sourd, et continua de courir de branche en branche, en imitant la voix du coucou. Alors sa tante le menaça d'une punition sévère, s'il ne descendait pas. Comme il avait l'air de se moquer autant de ses menaces que du danger, elle appela un domestique alerte et le chargea de monter sur l'arbre pour y prendre le mauvais garnement. Pierre essaya quelque temps d'échapper en courant de côté et d'autre sur l'arbre, mais quand il se vit traqué de trop près, il ne trouva rien de mieux que de se laisser tomber de la hauteur où il était, ne pensant pas le moins du monde que la chute pouvait être mortelle.

Elle ne le fut pas, grâce à un tas de fumier qui se trouvait là pour le recevoir, mais il s'y enfonça si profondément qu'il eût peut-être péri s'il n'y eût eu là personne pour l'en retirer.

Un certain nombre de coups de fouet fut le prix de cette incartade ; mais si Pierre y fut sensible pour le moment, il oublia bien vite cette correction ; car, dès le lendemain, il fit une équipée du même genre, en voulant escalader une ruche d'abeilles, le pied lui glissa pendant qu'il courait sur le toit de la grange, et il se laissa tomber dans une mare infecte, où il se serait infailliblement noyé sans un chien barbet qui le sauva.

Ce jour-là précisément sa tante lui avait fait mettre ses plus beaux habits pour le présenter à une société nombreuse qui devait venir dîner chez elle. Tout ce qu'elle put faire, après ce nouvel accident, fut de le laver des pieds à la tête et de le mettre au lit.

III. — LE POULAILLER.

Quelques jours après, Pierre était remis de sa dernière chute, et sa tante avait invité de nouveau de la compagnie à laquelle il devait être présenté : comme la première fois, elle eut soin de lui mettre de beaux habits, et lui enjoignit expressément de se tenir tranquille. Pierre le promit sans hésiter.

Mais, en rôdant autour de la maison, il trouva bientôt l'occasion d'oublier cette promesse. Un de ses grands plaisirs était de se faire chercher et de donner une inquiétude mortelle à sa tante en se cachant quelque part. Un poulailler fort élégant, posé sur une colonne en bois dans un coin du verger, lui parut propre à jouer ce jeu spirituel ; il s'étonna même de n'y avoir pas encore songé.

Alors, sans penser à son bel habit qu'il va gâter, il escalade l'échelle, ouvre la porte du poulailler et s'y étend de toute sa longueur. Il se passa quelque temps avant que personne parût dans cette partie du jardin, ce qui ne laissa pas de le contrarier, parce qu'il ne s'était mis là que pour jouer pièce aux gens de la maison ; sa première pensée fut d'imiter le cri du coucou, afin de les attirer. Lorsqu'il eut fait l'oiseau pendant près d'une heure, il vit accourir son fidèle Jean.

— Ah! malheureux enfant, cria ce vieux serviteur, où vous êtes-vous mis? regardez maintenant dans quel état sont vos vêtements, vous serez fouetté d'importance.

Cette parole fit trembler le sot enfant, il voulut se soulever pour voir si Jean avait raison, mais ce ne fut pas sans peine qu'il put se mettre sur son séant ; ses habits s'étaient collés au cous-

sin de fumier sur lequel il était assis, il s'aperçut aussi que l'o-
deur du lieu n'était rien moins qu'agréable.

— Jean, s'écria-t-il aussitôt, viens m'ouvrir et tire-moi d'ici
avant que ma tante vienne.

Jean ne demandait pas mieux; mais quand il eut monté après
l'échelle, il trouva la porte du poulailler fermée et point de clé
pour l'ouvrir, car Pierre, en s'enfermant, avait eu l'heureuse idée
de la mettre dans sa poche, et son trouble était si grand qu'il oublia tout-à-fait cette circonstance. Jean courut aussitôt chercher
un serrurier.

Mais avant qu'il revînt pour délivrer le malheureux Pierre, la
tante était entrée dans cette partie du verger ; elle cherchait son
neveu, et l'appelait de toutes ses forces. Pierre était, comme on
dit, sur des charbons ardents, en la voyant s'approcher de plus en
plus du poulailler. Pour comble de malheur, la société nombreuse,
qui devait dîner à la maison, accourait aux cris de la tante, et il
ne pouvait éviter de se trouver en butte à tous les regards, s'il ne
sortait au plus vite de sa cage. Le malheureux suait sang et eau ;
l'idée de donner à rire à tant de belles dames le troubla tellement
qu'il résolut de passer par le trou des poulets ; mais l'ouverture
était pour cela trop petite; ce qu'il put faire fut d'y enfoncer sa
tête avec tant d'effort qui lui fut impossible de la retirer ensuite ;
quand il eut vu que le corps ne passerait jamais par la même voie,
il eut beau se débattre et s'agiter, force lui fut de rester dans
cette position, sans pouvoir avancer ni reculer.

Pierre eut tous les malheurs à la fois ; avant que sa tante et la
compagnie fussent arrivées sous le poulailler, des enfants du village le virent par dessus le mur, qui était peu élevé, et formèrent autour de lui un concert bruyant de railleries et de quolibets.

La brillante société vint ensuite pour jouir du même spectacle.
La pauvre tante était irritée et confuse ; Pierre, accablé par les
regards moqueurs fixés sur lui, ferma les yeux, comme si en ne
voyant pas, il évitait d'être vu.

Jean revint sur l'entrefaite avec le serrurier ; mais la porte ouverte, il fallait encore dégager la tête de Pierre de l'étroite lucarne où elle était prise ; ce n'était pas chose facile ; on fut obligé d'aller chercher une hache pour agrandir le trou.

En sortant du poulailler, Pierre était fatigué, si honteux, si sale, que la tante, malgré la bonne envie qu'elle avait de lui administrer tout de suite un nombre de coups de fouet proportionné à ses mérites, fut obligée de se contraindre pendant quelque temps. Le plus pressé était de le déshabiller, de le mettre au bain et de le parfumer. Cependant il ne le perdit point pour avoir attendu. Jamais la tante n'avait été plus en colère, jamais aussi sa main, que l'âge avait rendue sèche et dure, ne fit mieux sentir à l'enfant qu'il avait commis une nouvelle sottise.

IV. — LE CARNAGE DANS LA BASSE-COUR.

Malheureusement la chère tante avait un grand faible pour son neveu ; elle ne lui épargnait pas les coups dans la colère, mais cette colère ne durait pas ; quand elle l'avait bien battu, elle se sentait plus pressée que lui de faire la paix, et Pierre avait tout le profit de ces raccommodements.

Le lendemain, par exemple, de l'aventure du poulailler, grâce à un accord signé par des friandises, maître Pierre était parfaitement libre de poursuivre le cours de ses folies. Il se promenait dans le jardin : en passant devant le malencontreux poulailler, il se mit à trembler de tout son corps, et à s'éloigner bien vite pour n'être pas tenté de s'y enfermer comme la veille ; car Pierre avait cela de bon que s'il faisait chaque jour quelque sottise, il ne recommençait jamais la même.

En continuant sa promenade, il arriva dans la basse-cour, où toutes les poules étaient rassemblées autour d'un tas d'orge qu'elles becquetaient à qui mieux mieux ; ce fut pour lui d'abord un spectacle fort agréable, et il en jouit paisiblement jusqu'à ce que le souvenir de sa mésaventure de la veille lui revînt à l'esprit.

— Ah! ah! méchantes bêtes, s'écria-t-il aussitôt, c'est vous qui m'avez fait battre; sans votre vilaine cage et votre malpropreté je n'aurais pas taché mes habits, je n'aurais pas été bafoué, je n'aurais pas reçu tant de coups. Il faut que je me venge.

Alors, sans réfléchir davantage, il saisit un bâton et se met à frapper à grands coups sur les poulets qui déjeunaient sans défiance; en moins de rien il en avait jeté une demi-douzaine par terre, morts ou mourants, et continuait le carnage; c'était effrayant à voir. Les pauvres bêtes poussaient des cris perçants en voletant de tous côtés, comme pour appeler du secours. Un domestique entendit ce tapage et crut que tous les renards des environs avaient fait invasion dans la basse-cour. Il accourut aussitôt, et, tombant sur Pierre, qu'il ne reconnut pas dans son trouble au milieu d'un nuage de poussière et de plumes, il lui asséna sur l'oreille un coup du bâton qu'il tenait à la main. Pierre demeura quelque temps étourdi, puis il se mit à crier de toutes ses forces, mais le domestique le saisit aussitôt et le mena vers sa tante, qui, en apprenant la perte de ses poulets, pensa d'abord à corriger aussi le sot enfant; elle le fit enfermer dans une chambre obscure et écartée où il eut le temps de se désoler tout à son aise. Quelques personnes, qui se trouvaient alors à la maison, étaient pour beaucoup dans cette sévérité; elles représentaient vivement à la bonne dame qu'elle montrait pour son neveu trop d'indulgence, et qu'elle le perdrait par sa faiblesse. Aussi le laissa-t-elle enfermé jusqu'à ce que ces visiteurs fussent partis.

Mais, à ce moment, sa rigueur tomba tout-à-coup; aux cris lamentables du pauvre Pierre qu'elle entendait de loin, elle se repentit de sa sévérité et courut bien vite pour le tirer de sa prison. L'enfant sortit encore de ce mauvais pas avec les honneurs de la guerre.

V. — LES FRUITS ET LES FLEURS.

Le jour suivant Pierre se promenait au jardin, bien résolu d'éviter le poulailler et la basse-cour, mais disposé à toute autre sottise du même genre.

Il trouva d'abord un grand plaisir à considérer les fleurs et les fruits. Bientôt le simple coup d'œil ne lui suffit plus; il porta les mains sur les plates-bandes et se mit à cueillir les plus belles fleurs. Comme il avait déjà fait un certain ravage dans le parterre, il lui vint à l'esprit qu'il pourrait bien être battu pour cette nouvelle gentillesse. Tourmenté de cette idée qui lui rappelait déjà les soufflets de la tante, il chercha en lui-même quelque expédient.

— Bon, dit-il enfin, je sais bien ce que je ferai. J'ai déjà cueilli beaucoup de fleurs, et il ne tient qu'à moi d'en cueillir davantage, car il y en a beaucoup ici; j'en ferai un beau bouquet pour l'offrir à ma tante et m'attirer ses bonnes grâces.

Cette idée lumineuse reçut aussitôt son exécution. Il cueillit toutes les fleurs qu'il put trouver et en fit un bouquet si gros qu'il pouvait à peine le porter.

— Avec cela, pensait-il en lui-même, je suis sûr que ma tante ne pensera de longtemps à me battre. D'ailleurs elle mérite bien ce beau cadeau pour m'avoir si légèrement puni la dernière fois.

Il allait sortir du jardin avec son bouquet, lorsque l'idée lui vint d'y joindre quelques fruits. Alors il dévasta le verger comme il avait gaspillé le parterre, et cueillit une grande quantité de poires, de pommes et de pêches, qui malheureusement n'étaient point mûres. Il se rendit alors auprès de sa tante avec le plus risible sang-froid.

Dès que la bonne dame eut jeté les yeux sur le cadeau de Pierre, elle faillit se trouver mal; la douleur et la colère l'étouffaient. Elle poussa un grand cri, et se leva pour souffleter le malheureux enfant. Mais lui ne l'attendit pas, il s'élança hors du château, pour éviter la terrible main prête à tomber sur lui.

VI. — PIERRE SE FAIT MORDRE PAR UN CHIEN.

Pierre était à peine à deux cents pas de la maison, que déjà le courroux de sa tante était passé. Malgré le chagrin que lui causait cette nouvelle sottise, elle se disait qu'après tout c'était pour lui plaire et pour lui prouver sa reconnaissance que le sot enfant l'avait faite.

Mais Pierre ignorait ce qui se passait alors dans l'esprit de la bonne dame; il courait toujours, comme s'il l'eût sentie derrière lui. Arrivé sur un coteau couvert de vignes, à une assez grande distance du village, il se crut en sûreté et cessa de courir. Il avait même si bien oublié le danger que, voyant un gros chien couché le long du sentier pour garder quelques effets, il lui prit envie de s'en amuser. Il s'approcha doucement de cet animal, lui tira brusquement une oreille et s'enfuit à toutes jambes. Rien n'était plus mal imaginé. Le chien, qui courait encore mieux que Pierre, le saisit à belles dents et lui mit ses habits en pièces.

Le pauvre sot, qui croyait tous les chiens aussi doux que celui qu'il tourmentait journellement à la maison, resta quelque temps immobile sans pouvoir crier.

Lorsqu'il eut retrouvé des jambes, il se mit à courir de toutes ses forces en poussant des cris épouvantables. Son ennemi ne le poursuivit pas davantage; mais une foule d'enfants sortis des champs voisins se lancèrent après lui, en riant de ses habits déchirés dont les lambeaux flottaient au vent. Ils ne cessèrent leurs moqueries et leurs huées qu'à la porte du château.

Pierre tremblait comme la feuille en rentrant à la maison; après trois fautes successives dans la même journée, il s'attendait naturellement à une fâcheuse réception de la part de sa tante. En effet, dès qu'il parut, la main sèche et rude se leva pour tomber sur lui comme le marteau sur l'enclume. Un terrible orage s'apprêtait. Cependant Pierre semblait si contrit et si humilié, son costume pitoyable parlait si éloquemment en sa faveur, que la dame en fut émue et désarmée. D'ailleurs Pierre ne savait point mentir, il raconta fort naïvement son aventure avec le chien, sans dissimuler ses torts envers cet animal, et sa franchise parut un motif de plus pour lui pardonner.

VII. — LES ABEILLES.

Nos jeunes lecteurs remarqueront sans doute que si Pierre ne faisait pas deux fois la même folie, il ne devenait pas pour cela plus sage. La raison en est toute simple; il avait en lui-même le principe de toute sottise, qui est l'ignorance et le défaut de jugement. Tout ce qu'il pouvait faire, c'était de s'abstenir de telle ou telle action dont l'expérience lui avait fait reconnaître les inconvénients. Or, cette manière de s'instruire est fort lente, et ce n'est qu'après s'être heurté, pour ainsi dire, à toutes les erreurs imaginables qu'on peut arriver, par cette voie, à une notion distincte du bien et du mal. Il ne faut donc pas s'étonner des nombreuses extravagances de maître Pierre.

Un jour, en rôdant comme à son ordinaire au fond du jardin, il aperçut une ruche d'abeilles presque au niveau du sol. Il s'en approcha aussitôt pour observer de près ces petites mouches. Il se plut quelque temps à les voir entrer et sortir, et à entendre leur bourdonnement. Bientôt il voulut savoir ce qu'elles faisaient dans l'intérieur de la ruche, car il ignorait que c'est à elles que nous devons la cire et le miel.

Il essaya donc de renverser la ruche. Mais au même instant les abeilles volèrent sur lui en un si grand nombre qu'elles formaient comme un nuage épais devant ses yeux. Ce ne fut pas tout; elles enfoncèrent leurs aiguillons sur toutes les parties de son visage et principalement son nez. Pierre essaya d'abord de les chasser avec la main; mais cela était impossible : plus il se sentait piquer, et sa douleur était si vive qu'il poussait des cris affreux. Il prit enfin la fuite et courut vers la maison suivi de presque tout l'essaim, dont le bourdonnement terrible résonnait à ses oreilles.

Quand il arriva, ce fut un éclat de rire général parmi les domestiques. Son visage était extrêmement enflé; son nez surtout paraissait une fois plus gros qu'à l'ordinaire. Le malheureux Pierre jetait des cris perçants. Sa tante fit tout ce qu'elle put pour adoucir ses douleurs.

— Les méchantes bêtes! criait-il, je veux les tuer toutes.

Dès que l'enflure de son visage eut disparu, Pierre n'eut rien de plus pressé que d'accomplir sur les abeilles ses projets de vengeance. Il s'approche doucement de la ruche, et la renverse, puis se met à courir de toutes ses forces. A peine avait-il fait dix pas que toutes les abeilles irritées s'élancent sur lui et le piquent en mille endroits. Bientôt il ne reste pas sur toutes les parties de son corps une seule place qui ne soit couverte de leurs aiguillons. L'imbécile ne s'attendait pas à cette brusque sortie, il en fut si troublé qu'il alla tout droit se jeter dans un fossé plein d'eau.

Ce nouveau malheur le sauva du premier; les abeilles ne pouvant plus l'aller chercher dans l'eau, finirent par s'éloigner; cependant il n'était pas hors de péril; le fossé était profond, et si Jean ne fût accouru assez à temps pour le mettre sur le bord, il se serait infailliblement noyé.

Une fièvre de plusieurs jours, pendant laquelle il ne rêva que d'abeilles, fut le résultat de cette nouvelle incartade.

VIII. — PIERRE VOYAGE.

Après sa guérison, notre héros parut assez calmé pendant quelques jours. Sa tante avait obtenu de lui qu'il n'allât plus au jardin ni dans les cours de la ferme, théâtre ordinaire de ses folies. Malheureusement il s'ennuya bientôt dans les appartements; il lui fallut trouver quelques jeux pour se distraire, et ses jeux étaient autant de balourdises; après avoir brisé plusieurs carreaux de vitres, en frappant dessus avec une baguette pour imiter le son du tambour, il imagina de se servir pour ce jeu d'un tableau de grand prix qui était suspendu à la muraille; il eut bientôt dé-

truit la peinture et crevé la toile. Une autre fois c'était la reliure
d'un beau livre qu'il coupait afin d'employer le cuir à faire une
paire de mitaines pour le chat de sa tante; enfin c'était le chat
lui-même qu'il s'amusait à pendre entre les barres d'une porte.

Il fallait que la pauvre dame eût la tête bonne pour ne pas la
perdre au milieu de tant de tracas, et qu'elle aimât beaucoup son
triste neveu pour le garder chez elle au prix de son repos.

Pierre avait depuis quelques jours une sarbacane qui lui servait à tirer au blanc dans un large corridor. Ce jeu lui parut d'a-
bord très amusant, mais bientôt il s'ennuya de viser toujours le
même but, et avec les mêmes balles. Jean, qui avait été soldat,
ne fit pas difficulté de lui fournir des balles de plomb qu'il avait
conservées. Pierre chercha aussitôt un but digne de lui : après
avoir regardé partout pendant quelque temps, il ne trouva rien
de mieux que de viser son propre nez dans une glace d'un très
haut prix qui ornait la grande salle du château. A l'instant même
la balle siffle et la glace tombe en mille éclats.

La pauvre tante accourut au bruit.

— Quel malheur ! s'écria-t-elle; une glace de mille écus ! ah ! le
maudit enfant ! Le temps qu'elle avait mis à faire ces exclama-
tions suffit à Pierre pour prendre son parti. Il vit d'abord qu'il allait
passer un mauvais quart d'heure et recevoir en une seule fois
plus de soufflets qu'il n'en avait reçu jusqu'alors. Il voulut en finir
avec ce genre de correction.

— Ma tante, se dit-il, a les mains trop dures; puisqu'elle ne veut
pas prendre avec moi d'autres manières, j'aime mieux la quitter.

Et, sans plus de réflexion, il prit la porte et courut à toutes
jambes. La bonne dame fit quelques pas pour l'atteindre; mais
bientôt voyant qu'elle n'y parviendrait pas, elle rentra chez elle,
se promettant bien de le punir à son retour.

IX. — PIERRE DANS UNE AUBERGE.

Cependant Pierre courait toujours pensant que sa tante était sur
ses talons. Après avoir couru longtemps sans savoir où il allait,

il se trouva dans un village : il ralentit alors sa marche et se mit
à regarder autour de lui. Une auberge attira bientôt son attention ;
il y vit une scène qui lui parut singulière : c'était tout simplement
un voyageur qui prenait son repas ; mais Pierre, qui n'avait rien
vu, s'étonnait des moindres choses.

— Voilà de braves gens, se disait-il à lui-même ; cet homme,
qu'ils n'ont pas l'air de connaître, n'a qu'à parler, ils lui apportent
ce qu'il demande ; il a dit : Du vin, de la viande et de la salade,
et le voilà déjà servi. Je suis heureux, ajouta-t-il un moment
après, d'avoir trouvé cette maison ; car voici l'heure du dîner,
et la course m'a donné grand appétit.

Alors il entra résolument dans l'auberge, et, se mettant à une
table, il demanda aussi du vin, de la viande et de la salade ; puis il
attendit quelque temps qu'on vînt le servir ; mais personne ne se
dérangeait pour lui ; toutes les personnes qui étaient dans la salle
avaient l'air de le prendre pour un fou.

— Cela est singulier, se dit-il à lui-même ; j'ai pourtant bien
imité le son de voix et le geste de cet homme. C'est que peut-être
on ne m'a pas entendu.

Alors il répéta sa demande à plus haute voix en frappant du pied
comme il faisait à la maison quand on ne le servait pas assez vite.

Ce fut un rire général dans l'auberge ; le voyageur lui-même
ne put s'empêcher d'éclater comme les autres. Pour la première
fois de sa vie, Pierre pensa qu'il pouvait avoir fait une sottise
mais il n'en était pas encore sûr et continuait de rester en place,
lorsque le maître de l'auberge se leva pour le mettre à la porte,
en lui disant d'une voix dure :

— Imbécile ! est-ce que tu es un voyageur pour qu'on te serve ?

Cette parole fut un trait de lumière pour notre petit héros.

— Bon ! dit-il, je vois maintenant pourquoi ces gens ne se sont
pas dérangés ; c'est que je ne leur ai pas dit que j'étais un voyageur. Mais qu'est-ce donc qu'un voyageur ?

Il fit cette question à la première personne qu'il rencontra. On
lui répondit :

— Un voyageur est un homme qui voyage, c'est-à-dire qui va d'un lieu à un autre.

Satisfait de cette réponse, Pierre, qui avait faim, entra dans la première belle maison qu'il trouva sur son passage et s'assit à une table, en criant d'une voix forte :

— Apportez-moi du pain, du vin, de la viande, des légumes, du poulet rôti, du raisin, des amandes; je suis un voyageur.

Les gens de la maison, qui n'avaient rien vu de pareil dans toute leur vie, se regardèrent les uns les autres comme pour se demander quelle farce voulait jouer cet enfant. Mais le père de famille crut que Pierre n'avait pas les idées nettes; il s'approcha de lui avec un air de compassion et lui dit :

— Qui es-tu, mon enfant ?

— Je suis Pierre, répondit notre ignorant.

— Mais quel est ton nom de famille ?

— Pierre; je ne me connais pas d'autre nom.

— Comment s'appellent tes parents ?

— Ils sont morts; quand ils vivaient, je les appelais mon père et ma mère.

— Mais où demeures-tu, mon petit ami ?

— Je ne demeure nulle part; je voyage.

— Mais avant de te mettre en route, chez qui demeurais-tu ?

— Chez ma tante.

— Comment se nomme-t-elle ?

— Ma tante. Je ne lui connais pas d'autre nom.

— Me diras-tu au moins où elle demeure ?

— Dans une chambre verte, au premier étage de sa maison.

— Mais où est cette maison?

— Entre la cour et le jardin.

— Je te demande dans quelle ville ou dans quel village.

— Il y a un village derrière le jardin de ma tante.

A ces réponses, le père de famille jugea que Pierre n'était pas fou, mais d'une ignorance qui ne pouvait s'expliquer que par le manque le plus complet d'éducation. Désespérant d'en obtenir plus de lumière, il l'engagea fortement à retourner d'où il venait, et à ne plus entrer dans une maison particulière comme dans une auberge.

— Mais qu'est-ce donc qu'une auberge? demanda Pierre.

— C'est une maison où, pour de l'argent, on fournit aux voyageurs ce qu'ils demandent.

— Y en a-t-il une dans cet endroit?

— Oui, au bout du village ; tu verras l'enseigne.

Pierre sortit de la maison.

X. — NOUVELLES AVENTURES.

Le premier soin de Pierre fut de chercher l'auberge qu'on lui avait indiquée : arrivé au bout du village, il aperçut un grand bâtiment qui lui parut être la maison qu'il cherchait. Comme la porte était fermée, il frappa de toutes ses forces pour se faire ouvrir. Un homme noir sortit et lui demanda ce qu'il voulait.

— Une auberge, répondit Pierre, je suis un voyageur.

— Tu t'adresses mal, reprit l'homme noir, c'est ici une église.

— Mais il y a une enseigne ?

— Tu prends un cadran solaire pour une enseigne ! quel ignorant sauvage fais-tu donc? Tiens, voici en face la maison que tu cherches.

Pierre, qui avait grand'faim, courut aussitôt vers l'auberge ; mais là il apprit encore une chose utile à savoir : c'est que, pour se faire servir à dîner dans ces sortes de maisons, il faut avoir de l'argent. L'hôte lui conseilla d'aller en demander à sa tante et de revenir.

Pierre n'aurait pas demandé mieux ; mais il craignait que la bonne dame ne le retînt à la maison, ce qui l'eût fort contrarié depuis qu'il s'était fait voyageur.

D'ailleurs sa tante le battait et il n'espérait pas qu'elle se corrigeât de cette mauvaise habitude. Le pauvre Pierre ne savait à quoi se résoudre ; il fallut cependant prendre un parti, car une faim dévorante le tourmentait.

Tout-à-coup il lui vint une idée : comme il ne savait guère ce que c'était qu'une tante, il se mit en tête d'en chercher une qui ne le battît pas. Après avoir laissé derrière lui plusieurs maisons

qui ne ressemblaient point à celle de sa tante, il en vit une de
fort belle apparence, où il entra en demandant :

— Où est ma tante?

Le serviteur auquel il s'adressa parut fort étonné. Cependant,
comme il vit que Pierre était un petit garçon fort bien mis, il ne
fit pas de difficulté de l'introduire dans un grand salon où se trouvait une société nombreuse. L'enfant parcourut tout le cercle sans
s'arrêter devant plusieurs personnes jeunes et belles qui ne ré-
pondaient point à l'idée qu'il se faisait d'une tante, et alla droit
vers une vieille dame, sèche et ridée, à laquelle il se présenta
comme son neveu. Celle-ci ne fut pas peu surprise de cette parenté
nouvelle ; mais elle était bonne et bienveillante, et fit un accueil
fort aimable à notre ami Pierre, dont la sottise et l'ignorance intéressèrent vivement la compagnie. On s'empressa de lui servir à
dîner, et on se proposa de le garder à la maison jusqu'à ce que
ses parents vinssent le réclamer.

XI. — RETOUR DE PIERRE.

Pierre se trouvait fort heureux chez sa nouvelle tante ; cependant, lorsqu'il eut bien dîné, l'amour des voyages le reprit et il
demanda de l'argent pour se remettre en route. Mais la vieille dame lui ayant dit que les voyageurs avaient coutume de rester au
moins deux ou trois jours dans leur famille, Pierre consentit à dif-
férer son départ.

Pendant les deux jours qu'il passa dans cette maison, notre ami
ne fit pas une seule incartade ; comme on ne le laissait point seul
et qu'il était sans cesse entouré de personnes aimables qui cher-
chaient à l'instruire, sa curiosité naturelle et le désir d'apprendre
le rendaient attentif à ce qu'on lui disait. De cette manière son
esprit ne s'égarait plus en de folles idées. D'ailleurs, malgré sa
grossièreté et sa paresse, on reconnaissait en lui un excellent
cœur et même des dispositions heureuses, qu'une bonne éducation ne manquerait pas de développer.

Toutes les personnes de la maison l'aimaient pour sa gentillesse et sa docilité, qualités nouvelles qu'il n'avait jamais montrées chez sa tante. Le troisième jour au matin, Jean, qu'on avait mis sur sa trace, vint le réclamer ; mais il se trouvait si bien dans sa nouvelle demeure qu'il ne voulait pas en partir. Jean avait beau lui peindre la douleur et les inquiétudes de son ancienne tante ; il s'obstinait à rester chez la nouvelle. Cependant, lorsque celle-ci joignit ses prières à celles de Jean pour l'engager à partir, il se mit en route, mais en promettant de revenir si on le battait encore.

Chemin faisant, Pierre pensait à la réception qui l'attendait chez sa tante ; il n'était pas fort tranquille à cet égard, et quand la vieille dame, le voyant venir de loin, courut aussitôt, les larmes aux yeux, pour l'embrasser, il se crut perdu.

— Malheureux enfant ! s'écria-t-elle, que de peines tu me causes ! voilà trois nuits que je ne dors pas : tu veux donc me faire mourir de chagrin.

Cet exorde agréable rendit à notre ami Pierre sa bonne humeur. La tante n'en demeura pas là ; elle lui fit servir un bon déjeuner pendant lequel il lui raconta les aventures de son petit voyage. La chère dame rit d'abord de tout son cœur quand Pierre vint à parler de l'autre tante ; mais elle finit par se fâcher tout rouge en voyant que son neveu l'aimait moins que cette parente qu'il s'était donnée. En cela, Pierre obéissait à une sorte d'instinct juste en lui-même. Chez sa tante naturelle, personne ne songeait à le contrarier, mais personne aussi ne se souciait de l'instruire ; on l'abandonnait à son ignorance et à ses volontés aveugles, sauf à le punir quand il avait commis quelque faute grave ; mais on ne travaillait point à éclairer son esprit, à lui faire aimer l'étude, à l'encourager au bien. Chez sa tante adoptive, au contraire, il sentait confusément que l'on s'intéressait à lui ; on le contrariait souvent, mais on ne le livrait pas à lui-même, il n'était pas seul ; cela suffisait pour lui faire aimer davantage cette nouvelle maison.

La bonne vieille tante ne fit point ces réflexions, et continua d'effrayer son neveu par une sévérité grossière, en même temps qu'elle le gâtait par sa faiblesse. Aussi ne tarda-t-il pas à faire de nouvelles sottises. Le lendemain de son retour, par exemple, ne sachant à quoi s'occuper, il eut l'idée de se venger du chien qui lui avait une fois déchiré ses habits. Il assembla quelques petits enfants et les arma de bâtons ; puis il leur proposa d'aller assommer cet animal ; ils ne demandèrent pas mieux ; mais à peine le premier coup eut-il été donné, que le chien furieux s'élança sur Pierre qui était pour lui une vieille connaissance, et lui fit une cruelle morsure à la jambe droite. Notre ami Pierre en eut une fièvre terrible et resta près de dix jours à garder le lit ou la chambre.

XII. — NOUVELLE ESCAPADE.

Lorsque la fièvre l'eut quitté, Pierre voulut sortir : on était à l'automne, et la campagne retentissait au loin des chants joyeux des moissonneurs. Malheureusement la blessure de Pierre n'était pas tout-à-fait guérie ; il boitait encore et sa tante lui défendait de sortir. Dans son ennui, le pauvre enfant ne savait quel passe-temps inventer. Un jour il imagina de monter, l'une après l'autre, toutes les pendules qui se trouvaient dans les appartements. Il le fit à sa manière, c'est-à-dire qu'il brisa tous les ressorts.

Ce beau travail fini, Pierre courut trouver sa tante, croyant lui causer une agréable surprise. La chère dame s'attendit d'abord à quelque nouveau malheur ; mais quand elle eut parcouru toutes les chambres et vu de ses yeux le triste service que son neveu lui avait rendu, elle entra dans une si grande colère qu'elle oublia complètement la parole qu'elle lui avait donnée de ne plus le battre : elle le battit donc plus rudement qu'elle n'avait jamais fait. Pierre, qui ne voulait plus de coups et qui était revenu chez sa tante à la condition de n'en plus recevoir, prit à l'instant même son parti ; il se dégagea le plus promptement qu'il put et se mit à courir de toutes ses forces en criant :

— Je retourne chez mon autre tante.

Mais son trouble était si grand qu'il se trompa de route, ou plutôt il ne songea même pas à prendre un chemin plutôt qu'un autre. Il courut devant lui, sans s'arrêter, jusqu'à ce qu'il fut arrivé dans une grande forêt.

XIII. — LES BOHÉMIENS.

Quand il se vit seul au milieu des bois, notre héros perdit la tête ; au lieu de remarquer le chemin par lequel il était venu, il s'égara comme à plaisir dans les mille sentiers de la forêt. Les contes de revenants, de sorciers, de voleurs, dont Jean s'était plu à orner sa mémoire, lui revinrent à l'esprit et achevèrent de le troubler. La peur le prit et il se mit à courir en tous sens. Une ronce qui s'attachait à son pied le faisait tressaillir ; l'obscurité formée par l'entrelacement des arbres, le cri d'un oiseau, la chute d'une feuille, le jetaient dans des transes mortelles. Ce fut bien pis quand le jour eut disparu : son imagination frappée lui montrait partout des fantômes et des monstres. Ce n'étaient plus des arbres qu'il voyait autour de lui ; ce n'était plus le vent du soir qui sifflait dans les clairières ; tout devenait spectre et voix menaçante pour l'effrayer.

Bientôt la lune se leva : mais au lieu de dissiper les noirs fantômes, sa blanche lumière ne fit que leur prêter des formes plus distinctes. Dans l'obscurité, du moins les objets n'avaient qu'une seule couleur, uniforme et grisâtre ; mais le clair de lune fit ressortir mille nuances diverses qui rendaient chaque objet plus terrible pour le malheureux Pierre. Il poussait des cris lamentables et courait comme si tous les démons de l'enfer eussent été à sa poursuite. Que de fois il appela sa tante, en la suppliant de le délivrer, sauf à le battre ensuite autant qu'il lui plairait !

Tout-à-coup, entre deux troncs d'arbre, il entend un léger bruit, et voit remuer quelque chose qui ressemble à deux têtes humaines. Le malheureux frémit à cette vue ; il veut fuir, mais la peur l'empêche de faire un pas. Cependant une des figures noires s'avance, et la voilà tout près de lui. Pierre ne veut pas l'attendre ; il s'élance pour fuir ; mais il ne peut aller bien loin ; car, dans son trouble, il donne de la tête contre un arbre et roule à terre baigné dans son sang.

Pierre s'était fait une blessure assez grave, mais c'était ce qui l'occupait le moins. Il ne pensait qu'à cette forme hideuse qu'il avait vue s'avancer vers lui. Effectivement il ne fut pas plus tôt à terre qu'une main rude vint le saisir par le milieu du corps. Le pauvre enfant se mit à pousser des cris effrayants.

— Qu'as-tu à crier ? lui dit une voix grossière. Voilà plus d'une heure que tu nous empêches de dormir ; allons, lève-toi et viens avec nous.

Lorsque Pierre osa se retourner, il vit avec effroi un petit cercle de feu au milieu de la figure de l'homme qui se tenait devant lui. C'était une pipe allumée ; mais l'enfant ne le savait pas ; il crut voir en personne le chien de l'enfer dont Jean lui avait souvent parlé. Sa terreur s'exprima par des contorsions horribles.

L'inconnu le rassura sur ce point. Cependant il lui restait encore la crainte que cet homme ne fût un brigand : l'autre s'empressa de le tranquilliser a cet égard, et Pierre consentit à le suivre.

Après avoir marché pendant quelques minutes, ils arrivèrent à l'entrée d'une caverne où Pierre ne descendit qu'en tremblant : il y trouva une vieille femme dont la figure jaune et hideuse était faiblement éclairée par la lueur d'une lampe. Elle avait un aspect si misérable et si repoussant que Pierre fut saisi d'horreur et de dégoût. Elle lui jeta un vieux lambeau d'étoffe et lui dit de se coucher dans un coin de la caverne.

— Je ne coucherai pas là, dit Pierre, j'ai toujours demeuré dans de belles chambres bien meublées. Il n'y a que des chiens qui puissent dormir dans un pareil réduit.

Mais l'homme qui l'avait amené lui jeta un regard terrible. Pierre eut peur de sa moustache et du bâton qu'il avait à la main ;

il alla se coucher, sans mot dire, à la place qu'on lui avait montrée. Une petite fille de dix ans, qui s'y trouvait déjà blottie, souleva doucement sa tête blonde et lui fit signe de venir à côté d'elle, en l'appelant son frère.

Cet homme et cette femme inconnus, qui avaient recueilli Pierre, étaient des bohémiens.

XIV. — LA VIE DE MENDIANT.

Notre ami Pierre passa une très mauvaise nuit dans la caverne. Au lever du soleil, le bohémien lui dit de se lever et de le suivre. Le pauvre enfant se sentit mieux dès qu'il fut en plein air et sous la voûte du ciel. D'ailleurs la petite fille auprès de laquelle il avait dormi, et qui devenait désormais sa compagne, était pleine de grâce et de gentillesse ; ses yeux brillants animaient son visage ; elle avait, malgré ses haillons, la physionomie la plus heureuse ; la teinture jaune dont la bohémienne lui lavait chaque jour la figure, ne cachait ni la régularité ni la finesse de ses traits. Elle avait, de plus, un esprit à la fois vif et sérieux, et beaucoup de prévoyance et de raison sous une apparence de légèreté. Son petit babil, ses contes, ses histoires firent presque oublier à notre ami Pierre la situation étrange où il se trouvait.

Cependant, lorsqu'on lui donna pour son déjeuner un morceau de pain noir et dur, il sentit de nouveau toute l'étendue de son malheur. Un instant après, la vieille femme le dépouilla de ses beaux habits et l'affubla de haillons ; puis, sous prétexte de lui laver le visage, elle le barbouilla de la même eau jaunâtre qui donnait à la petite fille le teint d'une égyptienne. Heureusement pour lui qu'il ne ne s'en aperçut pas, car il n'y avait point là de miroir où il pût se regarder, mais sa jeune compagne avait les larmes dans les yeux en voyant les belles joues roses de l'enfant perdre leur doux incarnat pour prendre cette sale couleur, qu'elle savait être aussi la sienne. Le pauvre Pierre ne savait ce qu'on voulait de lui ; seulement la peur l'empêchait de rien dire, et il sentait son cœur se soulever, pendant que les mains noires de la mendiante se promenaient sur sa figure.

Le but de cette étrange toilette était de le rendre propre à mendier et d'empêcher qu'il ne pût être reconnu. Pour compléter son costume, la vieille lui mit sur le dos une espèce de gibecière en toile bleue, et lui donna ses instructions.

— Avant tout, mon amour, lui dit-elle, si tu crains les coups, tu ne diras à personne à qui tu appartiens. Quand on te demandera qui tu es, tu te mettras à pleurer, et tu répondras en sanglotant : Je suis un pauvre orphelin; faites-moi la charité, pour l'amour de Dieu. Si l'on te refuse, tu ajouteras : Je n'ai rien mangé depuis hier ou avant-hier; puis tu suivras les gens en pleurant toujours plus fort, jusqu'à ce qu'ils t'aient donné quelque chose. Quant à ton nom, souviens-toi qu'à partir de ce moment tu ne t'appelles plus Pierre, mais André.

Le malheureux était comme pétrifié; l'étonnement et la crainte l'empêchaient de faire aucune objection. Avant de partir on voulut s'assurer s'il avait bien compris son rôle et on essaya son savoir-faire; il se prêta machinalement à ce qu'on voulut, et malgré les soupirs qui l'étouffaient, il soutint assez bien l'épreuve. Alors la bohémienne enveloppa de linges et mit en écharpe un de ses bras qui était fort sain; l'homme à la moustache disposa sa jambe de manière à faire croire qu'il était estropié, et ils se mirent tous en route pour exploiter les villes et les villages. Pierre marchait à côté de sa petite sœur, nommée Claire, dont les saillies et les douces paroles ne le consolaient pas de son malheur.

XV. — SUITE DU PRÉCÉDENT.

Voilà donc notre héros cheminant à regret pour exploiter les lieux publics et les marchés. Certes, personne ne l'eût reconnu sous ce déguisement misérable et en si mauvaise compagnie; sa tante même eût pu le rencontrer et lui donner l'aumône sans se douter le moins du monde que c'était son cher neveu qui lui de-

mandait d'une voix plaintive le denier de l'orphelin. Ses ravisseurs n'avaient point à craindre qu'il leur échappât ; le pauvre
Pierre avait été jusqu'alors si léger, si peu attentif, qu'il n'eût
jamais pu distinguer son village. Cependant, pour plus de sûreté,
les bohémiens s'en allèrent assez loin du lieu où ils l'avaient rencontré.

Le malheureux enfant les suivait sans rien dire, et sans oser à
peine respirer, tant l'homme à la moustache lui faisait peur. Cependant la petite mendiante, qui l'appelait son frère, parvint à le
tirer un peu de son abattement. Par ses manières affectueuses,
par son esprit, par sa gentillesse, elle sut gagner sa confiance.
Pierre s'aperçut bientôt que cette enfant n'était pas aussi légère
qu'elle affectait de le paraître ; au milieu de son bavardage de pe-
petite fille, il y avait des paroles sérieuses qui annonçaient une
raison précoce mûrie par le malheur et la réflexion. Dès qu'elle
put parler sans être entendue des bohémiens, elle dit à Pierre :

— Ne sois donc pas aussi triste, fais comme moi ; ris et babille,
montre de la joie et de l'insouciance, car s'ils voient que tu te trou-
ves mal avec eux, ils t'emmèneront bien loin, et tu ne reverras
plus tes parents. Il m'ont prise aussi comme toi, et, quoique je
me trouve bien malheureuse, je me montre toujours gaie, pour
endormir leur défiance et saisir l'occasion de leur échapper : fais
de même et nous aurons le bonheur de revoir nos parents.

Ces paroles rendirent un peu d'espérance à notre ami Pierre :
il mit toute sa confiance dans la jeune fille et consentit à lui obéir.

Au premier village où ils arrivèrent, ils virent beaucoup de
monde sur la place, car c'était jour de marché.

— Regarde bien, André, dit la vieille bohémienne, comment
on mendie, et fais comme ta sœur Claire.

Alors elle s'approche de chaque passant et le supplie d'avoir
pitié d'une pauvre femme estropiée qui a son mari malade et cinq
enfants à nourrir. Claire de son côté disait.

— Faites la charité, mon bon monsieur, ou ma bonne dame,
à une pauvre petite fille qui n'a plus ni père ni mère.

Pierre avait beau la regarder, l'envie ne lui venait point de faire comme elle ; mais l'homme à la moustache le prit à part et lui dit avec sa voix rude :

— Si tu ne travailles pas mieux, tu auras ce soir plus de coups que de pain.

Cette menace terrible fit sur lui l'effet d'un aiguillon ; il s'arma de courage et accosta un homme bien mis, en lui disant :

— Je suis un pauvre orphelin, obligé de demander l'aumône.

Cet homme se retourna frappé du son de voix de Pierre ; mais lorsqu'il eut jeté les yeux sur son costume, il le prit pour un mendiant ordinaire et lui donna une pièce de monnaie. Enhardi par ce succès, il fit la même demande à plusieurs personnes qui lui donnèrent aussi quelque chose, de sorte qu'à la fin de la journée il avait recueilli beaucoup d'argent. La petite le suivait des yeux et l'encourageait par un triste sourire. Le pauvre enfant comprenait à peine ce qu'il faisait ; de grosses larmes roulaient dans ses yeux, et il inspirait d'autant plus de pitié qu'il éprouvait plus de répugnance à faire le métier de mendiant.

Le soir, les deux enfants remirent à la vieille femme tout ce qu'ils avaient reçu ; elle leur donna en échange un morceau de pain dur et grossier que le pauvre Pierre mangea dans un coin avec sa sœur Claire, tandis que leurs prétendus parents gardaient pour eux ce qu'ils avaient reçu de meilleur. Malheureusement pour notre ami, ils le virent pleurer en faisant son maigre souper, et ils le battirent, sans doute pour lui donner de l'appétit.

XVI. — SUITE DU PRÉCÉDENT.

Le lendemain soir, les deux enfants étaient seuls dans la caverne. Pierre, à qui son nouveau genre de vie était insupportable, voulait prendre la fuite, mais Claire combattait cette résolution de toutes ses forces, disant qu'ils ne tarderaient pas à être repris et accablés de coups par les bohémiens.

— Plusieurs fois, disait-elle, j'ai tenté de m'échapper, mais je n'y ai jamais réussi ; et j'ai cru que c'était pour m'éprouver qu'ils me donnaient l'occasion de fuir ; il n'y a qu'un moyen pour nous de nous tirer de leurs mains, c'est de trouver des personnes de connaissance qui veuillent nous recueillir.

Alors la pauvre petite parlait à Pierre de sa famille, de la maison paternelle, de l'église où chaque dimanche elle allait prier Dieu avec sa mère, et tous deux versaient des torrents de larmes.

Ils avaient encore les yeux rouges et gonflés quand les bohémiens rentrèrent dans la caverne ; l'homme à la moustache leur lança un regard farouche et leur dit de s'endormir. Le lendemain, soit qu'ils eussent entendu la conversation des deux enfants, soit qu'ils eussent appris qu'on faisait des recherches sur Pierre, ils se mirent en route au point du jour pour se rendre dans un autre pays. La pauvre Claire fut consternée de ce brusque départ qui ajournait le moment de sa délivrance ; elle devint sérieuse et taciturne ; il fallut que Pierre essayât de la consoler. Mais quand elle lui eut fait part de son chagrin, il devint aussi triste qu'elle. Dans leur douleur, ils n'eurent rien de mieux à faire que d'implorer la protection divine ; chemin faisant, Claire, qui était une petite fille intelligente et réfléchie, apprit à Pierre une belle prière à la sainte Vierge qu'elle-même avait composée, et, dès qu'ils étaient seuls un instant, ils se jetaient à genoux pour la réciter avec ferveur. De cette manière, le temps qu'ils eurent à passer loin de leur pays leur parut moins long. La religion adoucissait leurs maux présents et leur donnait l'espérance d'un meilleur avenir.

Au bout d'un an, les bohémiens, qui vivaient moins heureux dans ce nouveau pays, et qui ne craignaient plus que Pierre voulût désormais leur échapper, se remirent en marche ; au bout de quelques jours, ils arrivèrent un soir à cette même caverne où Pierre avait changé ses beaux habits contre la livrée d'un mendiant. Les pauvres petits la reconnurent sans peine, et ce fut une grande joie pour eux. Il leur sembla que Dieu avait exaucé leurs prières.

Le lendemain matin, ils sortirent de la caverne pour aller mendier dans les villages voisins : le temps était magnifique et l'âme des deux pauvres orphelins s'ouvrait aux plus douces impressions. Cependant il leur fallait faire leur triste métier, et demander l'aumône de porte en porte. Tout-à-coup, notre ami Pierre, que le malheur avait rendu sérieux et réfléchi, crut reconnaître le village où ils étaient ; il s'arrêta devant l'église qu'il avait autrefois prise pour une auberge : c'était bien la même forme de bâtiment long, la même façade, le même cadran qui lui avait fait l'effet d'une enseigne. A cette vue il pousse un cri de joie, qui, fort heureusement, n'est entendu que de sa sœur d'infortune ; elle accourt et questionne son petit compagnon.

— C'est ici que demeure ma nouvelle tante, lui dit Pierre ; il faut chercher sa maison, en prenant bien garde que nos maîtres ne se doutent de quelque chose.

XVII. — LA DÉLIVRANCE.

Les deux enfants se mettent alors à parcourir le village en tout sens ; mais la maison de la nouvelle tante n'était pas aussi facile à reconnaître que l'église. Enfin, après beaucoup de recherches, Pierre aperçut la bienheureuse demeure.

— C'est ici, dit-il à Claire, nous sommes sauvés. Je n'aurai qu'à dire : Je suis Pierre, et ma nouvelle tante sera toute joyeuse de me revoir.

La chose n'alla pas précisément aussi vite : la servante qui vint ouvrir ne voulut pas les laisser entrer. Pierre avait beau dire qu'il avait à parler à sa nouvelle tante, on ne voyait en lui qu'un enfant de Bohême qu'il fallait renvoyer avec une aumône. Pierre s'obstina ; il frappa de toutes ses forces jusqu'à ce que plusieurs domestiques étant accourus au bruit, il aperçut parmi eux celui qui l'avait fait entrer un an auparavant ; mais cet homme eut beaucoup de peine à le reconnaître sous les haillons qui le couvraient. Cependant le petit pauvre demandait avec tant d'insistance et de naturel à voir sa tante, que le domestique prit enfin le parti de l'introduire.

—Es-tu réellement ce Pierre qui est venu ici demander sa tante, il y a un an ? lui dit-il.

— Moi-même, répondait Pierre, en racontant de son mieux les circonstances de son arrivée et de son séjour dans la maison.

Il le fit entrer ; à ce nom de Pierre toutes les personnes qui se trouvaient là ouvrirent de grands yeux ; mais il était si sale et si jaune qu'on ne le reconnut pas d'abord. La vieille dame, qu'il appelait sa nouvelle tante, jeta les hauts cris quand il courut pour se jeter à son cou. Elle le fit tenir à distance et l'interrogea sur ce qui lui était arrivé depuis son départ de sa maison : Pierre répondit à toutes ses questions de manière à lui faire croire qu'il était véritablement son prétendu neveu de l'année précédente.

Mais quand on lui demanda quels étaient ceux qui lui avaient ainsi barbouillé le visage, Pierre pensa que sa petite sœur Claire le dirait mieux que lui ; il courut la chercher.

XVIII. — SUITE DU PRÉCÉDENT.

Quand la petite fille entra dans le salon, la couleur jaune de son visage et les guenilles dont elle était affublée produisirent d'abord une impression désagréable ; mais bientôt, en l'examinant mieux, on fut frappé de sa physionomie vive et spirituelle, de la régularité de ses traits, de la beauté de ses yeux et d'un certain air de noblesse répandu sur toute sa personne.

Elle raconta d'abord comment Pierre, une année auparavant, avait été amené un soir dans la caverne où elle était elle-même ; comment on lui avait ôté ses beaux habits, pour lui donner un costume de mendiant, après l'avoir barbouillé d'une teinture jaune pour lui donner l'air d'un bohémien.

Pendant ce récit, les personnes qui étaient présentes furent encore plus frappées du langage de Claire qu'elles ne l'avaient été de ce qu'il y avait de gracieux dans son extérieur. Elles pensèrent aussitôt que cette petite fille pouvait bien être aussi un enfant volé.

— Es-tu réellement la fille de ces misérables bohémiens? lui demanda la vieille dame.

Claire avait évité jusque-là de parler de ce qui la concernait elle-même; elle attendait qu'on l'interrogeât sur sa propre destinée.

— Ils le disent, répondit-elle; mais je ne me suis jamais senti pour eux les sentiments d'une fille, et un vague souvenir me rappelle d'autres parents.

A ces mots, de grosses larmes roulèrent dans ses yeux.

— Oui, continua-t-elle, je me souviens d'avoir habité autrefois une grande maison, où il y avait de belles chambres, richement meublées. Je vois encore la terrassse où une femme douce et bonne, qui m'appelait sa fille, me faisait asseoir à côté d'elle; je vois vue le jardin planté de beaux arbres qui s'étendait à perte de sous les fenêtres; au milieu était un bassin avec un grand poisson de marbre qui jetait l'eau par ses deux narines. Oh! disait-elle en sanglotant, ces souvenirs ne s'effaceront jamais de ma mémoire; car je sens encore les feux du soleil couchant se réfléchir dans les eaux du bassin.

En racontant ces détails, la petite fille pleurait à chaudes larmes; toute la compagnie était vivement émue. Claire s'arrêta un moment tandis que les personnes qui se trouvaient au salon s'entretenaient dans une langue inconnue. La conversation paraissait intéressante et animée : plusieurs fois il lui sembla qu'on allait lui révéler quelque important secret; elle attendait avec la plus vive anxiété des explications que la prudence ne permettait pas de lui donner encore. Enfin, on lui demanda si elle ne savait rien de plus sur sa propre destinée.

— Un jour, dit-elle, il y avait une société nombreuse dans la maison où je demeurais. En courant avec d'autres enfants, je trouvai au fond du jardin une porte ouverte par laquelle je sortis, j'entrai alors dans un bois et bientôt j'aperçus la bohémienne que j'appelle aujourd'hui ma mère. Elle m'entraîna bien loin, sous prétexte de me chercher des fraises, et quand je lui dis que je voulais retourner à la maison, elle me prit dans ses bras comme pour m'y reporter. Je m'endormis alors parce que j'étais fatiguée d'avoir couru, et je ne me réveillai plus que dans la caverne où nous sommes revenus hier soir. Je me mis aussitôt à appeler ma mère et à pousser des cris perçants ; mais cette femme et l'homme qui l'accompagnait me battirent si fort, que bientôt je n'osai plus me plaindre. Ils m'emmenèrent ensuite dans une contrée lointaine, me donnèrent des habits semblables aux leurs, et me firent mendier pour eux ; depuis ce temps, je leur ai plusieurs fois échappé, mais ils m'ont toujours reprise, parce qu'il m'était impossible de prouver que je n'étais pas la fille de ces vilaines gens.

Une des personnes qui venaient d'entendre le récit de Claire, lui demanda où l'on pourrait trouver ses prétendus parents, et sortit.

— En attendant que tout s'explique et que vous retrouviez vos parents, dit la vieille dame que Pierre appelait sa nouvelle tante, vous resterez ici tous les deux. Pierre sera bientôt rendu à sa famille, que je connais et qui demeure près d'ici. Quant à toi, Claire, si tu ne retrouves pas ta mère, je t'en servirai ; provisoirement je t'adopte pour ma fille.

Les deux enfants étaient au comble de la joie.

XIX. — LES PARENTS RETROUVÉS.

Parmi les personnes présentes, Claire avait, sans le savoir, des parents et des amis de sa famille. Ils avaient connu autrefois cette petite fille, appelée Elise, et depuis cinq ans ils avaient été plus d'une fois témoins des regrets de sa mère, qui ne pouvait se consoler de sa perte. Ils ne la reconnurent point, sans doute, parce qu'ils l'avaient vue trop jeune et à cause de la teinture jaune qui couvrait son visage ; mais toutes les circonstances de

son récit se rapportaient exactement avec ce qu'ils avaient entendu vingt fois raconter à sa mère, et il ne leur était pas possible
de conserver le moindre doute à cet égard.

Quelques-unes de ces personnes voulaient instruire à l'instant
même la petite fille de son bonheur; d'autres étaient d'avis qu'il
fallait attendre l'arrivée de sa mère. Ce fut à ce dernier parti
qu'on s'arrêta.

Pendant que les bohémiens, ces voleurs d'enfants, étaient saisis et jetés en prison pour y subir le châtiment dû à leurs crimes,
des serviteurs diligents allaient chercher les parents de Pierre et
ceux d'Elise, sous prétexte d'une certaine fête où leur présence
était absolument indispensable.

En attendant leur arrivée, on fit prendre aux enfants un bain
chaud qui rendit à leur peau sa blancheur naturelle, et on leur
donna d'autres habits. Dès que Claire eut quitté ses haillons et
son teint d'égyptienne, elle ne fut plus reconnaissable. On ne
pouvait s'empêcher d'admirer sa beauté. C'était le teint le plus
blanc et le plus frais qu'on pût voir; ses traits étaient réguliers,
nobles et délicats; et sans parler de la vivacité charmante de ses
regards, qui la faisait trouver belle même avec son ancien costume, il y avait dans toute sa physionomie cette expression d'intelligence et de gravité qui ne vient ordinairement qu'avec l'âge,
mais qui est souvent aussi le fruit de la souffrance et du malheur.

La vieille dame avait tout prévu pour ménager aux deux petits orphelins et à leurs parents la plus agréable surprise.

Au bout de quelques heures, les parents d'Elise arrivèrent
comme on dressait la table pour le dîner. La petite fille allait et
venait, portant avec zèle tantôt une chose, tantôt une autre. Elle
passa ainsi plusieurs fois devant sa mère, qui ne put s'empêcher
de louer tout haut sa grâce et sa beauté.

Pendant le dîner, Elise fit encore de courtes apparitions dans
la salle : c'était l'ordre que la vieille dame lui avait donné, voulant accoutumer la mère à la vue de l'enfant qui allait lui être
rendue.

Le dîner fini, elle annonce qu'elle veut présenter à la société une jeune fille d'une beauté surprenante et d'un esprit remarquable. Tout le monde brûle de la voir paraître. La vieille dame raconte d'abord comment Elise est venue chez elle, puis ordonne qu'on l'amène pour faire elle-même le récit de ses aventures.

Elise raconta ce qu'elle savait sur elle-même, ses impressions d'enfance et ses vagues souvenirs. Quand elle vint à parler de sa mère, ce fut un vrai coup de théâtre. Cette pauvre femme qui, depuis le commencement, avait pris le plus vif intérêt au récit de la jeune inconnue, ne pouvait déjà plus cacher son émotion. Elle avait beau se contraindre, une force mystérieuse l'entraînait vers cette enfant; c'était une sympathie obscure, dont elle ne se rendait pas compte. Elle tremblait de tout son corps et son émotion était visible; les personnes qui avaient préparé cette scène en attendaient le dénoûment avec une vive impatience.

Elise parla enfin de ce jour où la vieille bohémienne l'avait rencontrée dans la forêt.

Alors la pauvre mère comprit toute l'étendue de son bonheur et reconnut sa fille comme si le voile qui la lui cachait encore fût tout-à-coup tombé de ses yeux.

— Elise! ma fille! est-il possible; est-ce bien toi qui m'es rendue?

Et, la prenant dans ses bras, elle la couvrit de baisers et de larmes.

Le père d'Elise n'était pas moins heureux ni moins attendri; il prit l'enfant dans les bras de sa mère et la pressa vivement sur son cœur.

La jeune fille était si émue qu'elle comprenait à peine son bonheur et celui de ses parents. Elle semblait sortir d'un rêve et chercher la cause de ce qui se passait en elle.

— Mon père! ma mère! s'écriait-elle en allant de l'un à l'autre et leur partageant ses caresses.

Peu à peu cependant l'idée de sa situation présente devint plus précise et plus fixe. L'image de la vieille bohémienne et de son rude compagnon s'effaça de son esprit, et la pauvre enfant finit par comprendre ou plutôt par sentir ce que c'était qu'un père et qu'une mère véritables. Alors tout ce qu'il y avait de vague et d'obscur dans les souvenirs de son enfance prit une forme claire et déterminée; elle put s'expliquer la merveilleuse puissance de certaines impressions qui, dans le cours de sa vie errante, la faisaient tout-à-coup tressaillir et pleurer.

— Voilà donc ma mère, s'écriait-elle, ma véritable mère! cette femme douce et bonne que je voyais dans tous mes rêves, qui veillait sur moi comme un ange protecteur, qui me conduisait partout avec elle, au jardin, aux champs, à l'église, qui m'apprenait à aimer les hommes et à prier Dieu!

Ce qui étonnait son père et sa mère, ce qui comblait la mesure du bonheur qu'ils éprouvaient à revoir leur fille, c'était la manière vive dont elle exprimait ses sentiments d'amour.

Quand ils se furent un peu remis de l'émotion naturelle en pareille circonstance, et après de longs moments donnés à une tendresse qui ne leur laissait rien voir au monde que leur enfant, ils la présentèrent à leurs parents et à leurs amis présents à la même table. Elise se jeta dans leurs bras et reçut leus félicitations et leurs baisers.

XX. — LA FORCE DE LA PRIÈRE.

Quand l'ivresse de la joie fut passée, on se rassit à table et la jeune fille prit place entre ses heureux parents. On la pria de raconter ce qu'elle avait souffert dans sa vie de bohémienne.

— J'étais, dit-elle, bien malheureuse de toutes les manières : d'abord je savais que les misérables qui m'avaient enlevée n'étaient ni mon père ni ma mère, et il me semble que, quand même j'aurais crus être leur fille, il m'eût été absolument impossible d'avoir pour eux le moindre sentiment de respect et d'amour. J'avais toujours présent à l'esprit le souvenir de ma vie passée qui me rappelait de plus douces images et des impressions plus heureuses. Cependant il fallait leur donner un nom que je ne leur devais pas, et cela sous peine d'être cruellement battue.

Quand je disais à la vieille femme qu'elle m'avait prise à l'entrée d'une forêt et apportée dans la caverne où nous étions, elle me soutenait que j'avais rêvé, et, pour me prouver qu'elle était ma mère, elle me rouait de coups.

Ensuite, la barbarie de ces gens à mon égard, leur genre de vie abject et leurs fêtes crapuleuses, dans lesquelles ils dépensaient en sales débauches les tributs levés sur la pitié publique, m'inspiraient une haine et un dégoût insurmontables.

Chaque matin, c'était avec des coups qu'ils me réveillaient. La vieille me lavait le visage avec une eau sale et jaune, m'affublait de haillons, me chargeait d'un sac de toile et je devais aller demander l'aumône de maison en maison. Ils me suivaient toujours de près pour que je ne pusse ni leur échapper ni garder quelque chose de ce qu'on m'avait donné ; ce que je rapportais de meilleur ils le prenaient pour eux, et ne me laissaient qu'un peu de pain noir qui ne suffisait pas toujours pour apaiser ma faim.

Mais ce qui m'était plus insupportable que tout le reste, c'était leur manière de gagner leur vie. Ils pouvaient certainement travailler, car ils étaient forts et bien portants ; mais la paresse, la gourmandise et l'ivrognerie les dominaient entièrement. Pour nourrir en quelque sorte ces trois vices honteux, ils imaginaient des maladies propres à intéresser en leur faveur la charité des bons chrétiens ; ils avaient, dans leur langage bizarre, des bras et des jambes de Dieu, c'est-à-dire avec une herbe et du sang de bœuf, ils se donnaient aux jambes et aux bras des plaies factices et de faux ulcères qui faisaient mal à voir. Et moi je mendiais pour eux; nous parcourions ensemble les villes et les villages; ils marchaient tantôt devant, tantôt derrière ; ils se présentaient comme des malheureux accablés de famille, tandis que je me donnais, moi, pour une pauvre orpheline; ce que j'étais bien véritablement alors, ajouta-t-elle en tournant ses yeux attendris sur ses parents qui pleuraient à ce triste récit.

Chaque dimanche, ils se réunissaient avec d'autres misérables comme eux pour dévorer dans une orgie bruyante, au milieu de chants obscènes et de danses honteuses, ce qu'ils avaient volé pendant la semaine : ils se communiquaient les moyens nouveaux qu'ils inventaient pour tromper la pitié publique, se glorifiaient de leurs ruses ; enfin ils poussaient l'impudence jusqu'à se moquer de leurs bienfaiteurs et à rire de cette charité crédule qui les faisait vivre. Je ne saurais jamais dire le dégoût et l'horreur que m'inspirait la société de pareils êtres.

Les parents d'Elise avaient les larmes aux yeux en l'écoutant.

— Chère enfant ! disaient-ils, nous aurions alors donné tout au monde pour savoir ce que tu étais devenue : il vaut mieux que nous l'ayons ignoré ; car l'idée seule de ce que tu avais à souffrir nous eût paru plus affreuse que celle de ta mort même. Voilà comment souvent l'ignorance où Dieu nous laisse sur certaines choses que nous voulons savoir est un bienfait et une grâce.

On voulut savoir d'Elise par quel moyen elle avait pu résister aux mauvais traitements dont elle était accablée.

— Une chose m'a sauvée, répondit-elle, c'est la prière. Tu m'avais appris de bonne heure à prier, chère maman, et voilà ce qui m'a donné la force de résister au mal ; quand les coups, la fatigue, la faim me poussaient tout près du désespoir, je me jetais à genoux pour demander à Dieu du courage. Le soir, enveloppée dans mes haillons, et les yeux fermés comme pour dormir, je priais, et au lieu de cette femme hideuse qui m'appelait sa fille, je voyais la sainte Vierge avec l'enfant Jésus dans ses bras, je l'invoquais, je l'appelais ma mère, elle me regardait avec un doux sourire, et je m'endormais consolée.

Quant aux mauvais exemples que je trouvais dans la société de ces misérables, Dieu m'en a toujours préservée par le dégoût qu'il m'avait donné d'abord pour leur genre de vie. Au lieu de songer à vivre comme eux, je priais le Seigneur de les ramener eux-mêmes à de meilleurs sentiments, et j'allais jusqu'à espérer que j'obtiendrais pour eux cette grâce d'en haut.

De cette manière, l'espérance et la résignation ne m'abandonnaient jamais. La prière du soir me consolait des misères de la journée et me préparait un sommeil plein de doux rêves qui m'enlevaient pour ainsi dire de ma triste position ; la prière du matin me donnait la force de prendre gaîment sur mes épaules mon sac de mendiant en disant : Puisque Dieu ne m'a pas abandonnée jusqu'à ce moment, il ne m'abandonnera pas encore aujourd'hui, et quand il jugera que j'ai assez souffert, il me délivrera, car il est le maître.

Loin de prendre plaisir à la vie de rapine et de brigandage que menaient ces bohémiens, je n'usais pas même contre eux des leçons qu'ils me donnaient. D'abord la faim me portait à garder pour moi quelque morceau du pain que je recevais, et à le manger à leur insu : mais bientôt je ne le fis plus ; c'est un vol, me dis-je, et je ne veux pas ressembler à ces bohémiens par une action que Dieu condamne. Comment oserais-je le prier qu'il me délivre du mal, si moi-même je fais le mal devant lui ?

J'ai toujours cru qu'un jour viendrait où je serais rendue à ma famille ; cette espérance ne m'a jamais abandonnée ; elle était, avec la prière, la consolation de toutes mes peines. Mais, lorsque il y a un an, Pierre fut amené dans la caverne, je me crus plus que jamais au moment de la délivrance : l'arrivée de ce petit compagnon d'infortune me parut un bienfait du ciel et je me dis : Puisque Dieu a déjà tant fait pour moi, il fera bientôt davantage. Ce qui me donnait encore la certitude que je ne devais pas rester longtemps avec ces misérables bohémiens, c'est que l'habitude n'avait point affaibli le dégoût et l'horreur que j'avais pour leur genre de vie, et que, après cinq ans, je leur étais aussi étrangère qu'au premier jour. Depuis l'arrivée de Pierre, je m'appliquai surtout à le consoler, et à lui faire partager l'espérance que je nourrissais dans mon cœur, afin qu'il ne se laissât pas abattre par le chagrin, et qu'il ne s'accoutumât pas aux mœurs grossières de ces bohémiens. Maintenant nous sommes heureux ; il a retrouvé ses parents comme j'ai retrouvé les miens.

XXI. — VEUX-TU QUE JE T'APPELLE ENCORE MA SŒUR ?

Après son récit, Elise s'était jetée au cou de son père et de sa mère qui la couvraient de baisers et de larmes. Tous admiraient la grâce et l'intelligence de cette enfant qui, dans un âge aussi tendre, avait su se garder pure au milieu du genre de vie le plus abject où les hommes dégradés puissent tomber.

— C'est une grande preuve, disaient-ils entre eux, que Dieu n'abandonne jamais ceux qui lui demeurent fidèles ; car ici c'est le sentiment qui a tout fait. C'est la prière qui a, pour ainsi dire, veillé jour et nuit autour de cette jeune âme et l'a préservée des funestes atteintes qui pouvaient la souiller et la perdre. De cette manière, le malheur n'a fait que développer les germes heureux qui étaient dans cette enfant : l'habitude de souffrir lui a donné cette sainte patience qui adoucit toutes les amertumes de la vie et les fait tourner à notre bien. En même temps que le feu des afflictions purifiait son âme, le désir d'échapper à son triste sort, et la recherche des moyens qui devaient amener sa délivrance, donnaient à son esprit une force et une gravité, une réflexion prématurées. Sa santé même a gagné à cette vie dure et frugale, et son corps s'est développé comme son âme au milieu des privations et des maux qui auraient détruit l'un et l'autre sans la confiance en Dieu et la prière.

La tante de Pierre n'avait point osé interrompre le récit de la jeune fille, quand elle avait entendu prononcer le nom de son neveu. Mais elle était agitée d'espérance et de crainte en pensant à ce jeune enfant qu'on ne lui montrait pas, qui avait retrouvé ses parents et se nommait Pierre. Elle allait s'en informer, quand la petite Elise demanda où était son petit compagnon d'infortune. La maîtresse de la maison le fit aussitôt venir, et il accourut plein de joie se jeter dans les bras de celle qu'il appelait sa nouvelle tante. A cette vue, sa véritable tante ne put contenir l'élan de sa tendresse ; elle s'élança de son fauteuil pour presser contre son cœur son cher neveu. Mais Pierre, à qui le visage ridé et les bras maigres de la vieille dame rappelaient de tristes souvenirs, ne l'attendit pas et se mit à fuir au bout de la salle.

Il finit par se laisser prendre pourtant, et répondit de bonne grâce aux caresses de la bonne vieille qui, après lui avoir parlé de ses inquiétudes, de ses regrets et de ses larmes, lui demanda le récit de ses propres aventures. Pierre ne se fit pas prier et raconta fort au long toute sa vie de bohémien. Sa tante pleura beaucoup en l'écoutant, mais quand son neveu parla des spectres et des fantômes qui lui avaient apparu dans la forêt, de l'homme qui avait du feu dans la bouche et de la femme qu'il appelait sa sale tante, la bonne foi et le peu de jugement qui paraissaient dans son récit excitèrent un rire général dans l'assemblée, et la vieille dame ne put s'empêcher de faire comme les autres.

Pierre voulut ensuite voir sa sœur Claire qui était, disait-il, la personne qu'il aimait le plus au monde. Elise, qui ne l'aimait pas moins, brûlait de se jeter dans ses bras, mais on la retint et on lui fit signe d'attendre un instant.

— Tu demandes ta sœur, lui dit la maîtresse de la maison, qu'il appelait sa nouvelle tante, elle est ici, dans cette salle, regarde et tâche de la reconnaître.

Pierre parut fort surpris de ne l'avoir pas encore vue ; il fit le tour de la salle et considéra successivement toutes les personnes qui étaient présentes.

— Je ne la vois pourtant pas, dit-il.

On lui dit de chercher encore.

Il passa une seconde fois toute la compagnie en revue et finit par s'arrêter avec hésitation devant Elise :

— Si ce n'est pas toi, dit-il, ce n'est personne ; et pourtant ce n'est pas toi, quoique tu sois de la même taille.

Le pauvre enfant désespérait de trouver sa sœur, et déjà de grosses larmes roulaient dans ses yeux.

— Je t'assure qu'elle est ici, répéta la nouvelle tante : cherche mieux et tu la verras.

Pierre se met en quête une troisième fois et s'arrête encore devant Elise, après avoir parcouru tout le cercle. Il la regarda longtemps et avec beaucoup d'attention ; il parut enfin la reconnaître à son gracieux sourire. Mais il crut se tromper encore et s'écria :

— Non, tu n'es point ma sœur ; elle avait un teint jaune de bohémienne, et toi tu es blanche comme le lis des jardins.

— C'est pourtant moi, répondit la jeune fille, tu ne me reconnais pas parce que le bain qu'on nous a fait prendre a enlevé la couleur jaune de notre visage : à ce compte je devrais aussi ne pas te reconnaître, car tu étais barbouillé de la même teinture et tu es aussi blanc que moi maintenant. Tiens, regarde-toi dans cette glace : tu verras que tu as aussi perdu ta couleur de bohémien.

Le pauvre Pierre était au comble de la joie ; il avait retrouvé sa sœur, il ne doutait plus que ce fût elle. Cependant, après l'avoir embrassée, il parut tout-à-coup rêveur et inquiet ; puis s'éloignant un peu d'elle et la regardant avec une sorte de crainte respectueuse, il lui dit :

— Maintenant que te voilà si belle, veux-tu encore être ma sœur ?

— Oui, toujours, répondit Elise, si tu veux continuer d'être mon frère.

A ce mot, Pierre ne se sentit plus d'aise et de bonheur ; tous ses vœux étaient comblés. Elise le prit par la main et le conduisit auprès de ses parents.

— Voilà, leur dit-elle, mon compagnon d'infortune et mon libérateur ; si j'ai une prière à vous adresser, c'est de permettre que nous ne soyons point séparés ; il me semble que je serais moins heureuse, même auprès de vous, si je ne l'avais plus avec moi.

Les parents de la jeune fille embrassèrent avec tendresse le jeune ami d'Elise.

— Consens-tu, lui dirent-ils, à vivre avec ta sœur et à partager son éducation ? Si ta tante le veut bien, nous ne demandons pas mieux.

— Oh! oui, s'écria Pierre en joignant les mains, dans l'effusion
de sa joie ; c'est tout ce que je désire. Elise dit que je suis son libérateur ; mais, sans elle, je serais mort cent fois avant de le devenir. D'ailleurs je lui dois tant! elle est si sage et si bonne! il
me semble qu'avec elle rien ne me serait impossible, et que je ne
craindrais même pas de me retrouver au milieu des spectres de la
forêt. C'est elle qui m'a appris à prier ; car, avant de la connaître,
je ne le savais pas. Jamais je n'avais invoqué la sainte Vierge dans
mes dangers ni dans mes chagrins ; la moindre chose me faisait
peur, je me conduisais en tout suivant mon caprice et sans réflexion. Oh! je veux rester avec elle, afin de devenir meilleur.

XXII. — TOUT EST BIEN QUI FINIT BIEN.

Après quelques difficultés, la tante de Pierre consentit à le
laisser auprès d'Elise.

Alors la joie du pauvre enfant parut plus vive que jamais ; il se
mit à rire et à pleurer en même temps, à crier, à battre des mains,
à trépigner, à embrasser toutes les personnes qui se trouvaient
dans la salle ; il alla même jusqu'à baiser tendrement la main
dure et sèche de sa vieille tante, cette main qui lui faisait tant de
peur. Sa nouvelle tante n'avait pas la moindre part dans ses caresses ; il la regardait comme la principale cause de son bonheur.

Puis il retournait auprès d'Elise, et la contemplait avec une
sorte de surprise et d'embarras.

— Sais-tu, lui disait-il, que tu es trop belle maintenant, et qu
j'ose à peine te toucher ? Avec tes habits de bohémienne tu étais
moins jolie, mais aussi moins imposante ; si tu ne m'encourages
pas à vivre avec toi comme par le passé, je serai forcé de te dire
que je t'aimais mieux avec ton ancien costume.

Puis il la regardait avec une admiration muette et avec respect,
comme un être d'une nature supérieure. Mais la jeune fille le ras-
surait par son doux sourire, et lui disait de l'aimer toujours comme il avait aimé la petite bohémienne au teint jaune et au vêtement hideux.

Ce ne fut pas sans peine qu'on décida la vieille tante à laisser Pierre auprès de sa petite amie ; il lui en coûtait beaucoup de vivre sans son cher neveu. Cependant elle comprit que, si un changement heureux s'était opéré dans cet enfant, c'était à Elise qu'il en était redevable. Il est peut-être à craindre, lui disait-on, que séparé d'un si bon maître, à qui il a donné toute sa confiance, contrarié d'ailleurs dans l'amitié qu'il a pour sa petite compagne, il ne revienne à ses premières habitudes, à son humeur violente et à sa paresse. Pierre annonce de l'intelligence et un esprit avide d'instruction ; mais qui sait si son désir d'apprendre sera le même quand il n'aura plus auprès de lui celle qui paraît avoir pris sur son âme un si puissant empire ! La bonne dame finit par se rendre à la force de ces raisons.

On se mit ensuite à délibérer sur la manière dont se ferait l'éducation des deux enfants. Les parents d'Elise dirent qu'ils avaient au nombre de leurs amis un professeur qui s'était depuis peu retiré de l'enseignement public pour élever lui-même ses fils et ses filles, dont les plus grands avaient l'âge de Pierre et d'Elise. Il fut convenu qu'on s'adresserait à cet excellent homme.

Le reste de la soirée se passa dans une agréable causerie, dont les enfants retrouvés firent le plus doux charme; puis la compagnie se sépara pour se reposer. Pierre et Elise, qui depuis si longtemps couchaient sur la terre dure et humide au fond des cavernes, remercièrent Dieu, avant de s'endormir dans une jolie chambre et dans un bon lit.

Les deux enfants partirent le lendemain avec les parents d'Elise. La vieille tante accompagna son neveu. Ce fut une grande joie pour la jeune fille de revoir, après cinq ans d'absence, la maison paternelle. Elle parcourut successivement toutes les salles et tous les corridors, examina le jardin dans tous ses détails, reconnut tout ce qui l'avait frappée jadis, et s'étonna d'en avoir conservé dans son esprit des images si vives.

Le vieux professeur consentit sans peine à recevoir Elise et Pierre et à les élever avec ses propres enfants. Leurs progrès furent rapides. Elise, déjà supérieure aux enfants de son âge par la fermeté de son caractère et par le sérieux de son esprit, ne tarda pas à les surpasser encore dans toutes les choses qui faisaient l'objet de ses études.

Pierre, de son côté, donnait déjà de grandes espérances : nos jeunes lecteurs ne seront point surpris si nous leur disons que cet enfant, malgré toutes les extravagances qu'on lui a vu faire, avait les dispositions les plus heureuses. Son esprit était comme les terres vigoureuses qui, abandonnées à elles-mêmes, ne produisent que des herbes stériles et des fruits sauvages, mais qui, fertilisées par une une culture habile, se couvrent des plus riches moissons. Le vieux professeur comprit d'abord ce qu'il y avait à faire avec cet enfant : il était plutôt son ami que son maître ; il cherchait avant tout à lui inspirer l'amour du travail, à exciter en lui le désir d'apprendre et de nourrir sa curiosité. Elise le secondait dans cette tâche, que son exemple et l'empire qu'elle avait pris sur son jeune compagnon rendaient facile. Quand il avait l'air de s'écarter un moment de ses nouvelles habitudes, un mot de sa sœur le rappelait à lui-même : si le goût des plaisirs grossiers qu'il aimait autrefois semblait le reprendre, un regard de sa jeune amie le faisait rougir. Pierre ne tarda pas à devenir un enfant accompli, d'un caractère doux et d'un esprit remarquable.

A dix-huit ans, Pierre était un jeune homme instruit, sage, religieux, modeste, ayant tous les goûts honnêtes, un caractère ferme et une âme élevée. Il passa deux ans à l'université de Goettingue avec les deux fils de son vieux précepteur, et fit ensuite quelques voyages pour compléter son éducation.

Elise, qui semblait avoir deviné les qualités heureuses de ce jeune homme sous l'écorce épaisse qui les recouvrait quand elle le vit pour la première fois, sentait son amitié pour lui s'augmenter avec l'âge. Pierre ne l'aimait pas moins. Quand il eut atteint sa vingt-deuxième année, sa vieille tante le rappela auprès d'elle pour lui confier l'administration de ses biens et l'unir à l'aimable et vertueuse Elise.

LA CROIX DE BOIS.

I. — L'ÉGLISE NOTRE-DAME.

Madame de Linas, jeune encore, resta veuve sans enfants ; elle forma la résolution de demeurer fidèle à la mémoire de son époux qu'elle avait tendrement aimé, et de ne pas contracter une nouvelle union. Vainement sa fortune et ses vertus lui attirèrent les offres les plus brillantes : elle les refusa toutes et se consacra à faire le bonheur de ses proches et à soulager l'infortune des pauvres, ces membres souffrants de la famille de Jésus-Christ.

Malheureusement, les bontés de madame de Linas avaient souvent été répandues sur une terre ingrate ; du moins n'avait-elle aucunement à se louer de ceux de ses parents qu'elle s'était efforcée de rendre heureux. Elle avait voulu se charger de l'éducation de plusieurs de ses neveux et de ses nièces, et par suite avait fait les frais de leur établissement ; elle avait marié les demoiselles ou facilité leur mariage en les dotant ; elle avait, avec son argent et l'appui des amis de son mari, ouvert la carrière militaire à l'aîné de ses neveux, le barreau à un autre, et, chose étonnante, ces bienfaits n'avaient pu lui conquérir l'affection d'un seul d'entre eux ; tous paraissaient les recevoir comme une faible part de ce qui leur était dû. Envieux de ce qu'elle donnait à d'autres, ils semblaient lui reprocher jusqu'à ses aumônes ; enfin, il était évident que les héritiers de cette femme si bonne n'aspiraient qu'à sa succession et verraient arriver sans le moindre regret le jour qui les mettrait en possession de ses biens.

Le cœur aimant de madame de Linas souffrait vivement de cette ingratitude, de cette dureté d'âme ; mais elle offrait son chagrin à Dieu, et elle espérait, à force de bienveillance, inspirer une affection qui eût fait le bonheur de sa vie solitaire.

Des affaires importantes obligèrent madame de Linas à se rendre à Paris ; elle voulut emmener une de ses nièces ; toutes s'y refusèrent sous divers prétextes, non pas qu'elles n'eussent le désir de voir la capitale, mais, selon le mot qui fut adopté entre elles à cette occasion, le plaisir de voir Paris eût été absorbé pas l'ennui d'un tête-à-tête d'un mois avec la tante dévote.

Elle s'en alla donc seule, vint se loger chez une parente de son mari et termina ses affaires plus tôt qu'elle ne l'espérait. Comme ses dispositions étaient prises pour partir à jour fixe, il lui resta près d'une semaine de loisir qu'elle résolut d'employer à visiter les merveilles que Paris renferme.

Les magnificences du Louvre, du palais des Tuileries, de celui du Luxembourg, la touchèrent faiblement. C'étaient des monuments élevés à la vanité humaine. Elle s'intéressa davantage aux établisssement d'une utilité réelle, comme le Jardin des Plantes, le Conservatoire des arts et métiers ; mais bientôt elle cessa de s'en occuper, pour visiter dans tous leurs détails et les nombreux hôpitaux de Paris et surtout ses églises, dont plusieurs, anciennes ou modernes, sont si remarquables.

Tout d'abord elle avait voulu voir *Notre-Dame*, ce miracle de l'architecture gothique ; elle l'avait examinée dans toutes ses parties ; elle s'était promis d'y revenir, car son admiration n'était pas épuisée. Aussi, la veille du jour fixé pour son départ, elle se rendit dans l'île de la Cité, et après s'être fait montrer quelques petites églises qui sont comme perdues dans les rues tortueuses de cette partie de la capitale, telles que *Saint-Pierre-aux-Bœufs*, *Saint-Symphorien-de-la-Chartre* (prison), ainsi nommée parce que jadis il y avait une prison dans le voisinage, elle gémit en voyant que ces bâtiments consacrés, précieux pour l'art et pour l'histoire, étaient devenus des propriétés privées et que, sans respect pour leur caractère, on les employait aux usages les plus vulgaires.

C'est dans cette disposition un peu triste qu'elle arriva au parvis de Notre-Dame. Elle fit d'abord extérieurement le tour de l'église: elle admira la hardiesse de sa construction et ses ornements nombreux et élégants Revenue devant le grand portail, elle jeta encore les yeux sur les sculptures si mutilées, sur les deux galeries, sur la magnifique rosace dont le soleil couchant faisait briller les mille verres coloriés, enfin sur les deux tours, puis elle entra dans l'église.

Déjà l'obscurité commençait à se répandre dans cette vaste basilique, qui n'admet le jour qu'à travers ses vitraux peints; il y régnait un profond silence, et les fidèles qui de temps à autre quittaient l'église semblaient craindre de faire le moindre bruit et passaient sans être entendus.

Peu à peu Notre-Dame devint déserte. Après avoir fait sa prière et ses méditations, madame de Linas put visiter dans le plus grand détail le chœur, la nef, les bas-côtés, la chaire, toutes les chapelles et les pieuses peintures, sans craindre de troubler qui que ce fût dans ses dévotions.

II. — L'ORPHELINE.

Au moment de quitter l'église, madame de Linas s'agenouilla de nouveau. Elle pria pour l'époux qu'elle avait perdu, puis pour sa famille, et ensuite ses pensées suivirent la direction qu'elle venait de leur donner, elle songea combien il est cruel de ne pouvoir compter sur l'affection d'aucun de ses proches.

Elle fut distraite de ses réflexions par un léger bruit; une petite fille de huit ou neuf ans, toute vêtue de deuil, venait se mettre à deux genoux devant l'autel de la chapelle où se trouvait madame de Linas. En entrant, elle n'avait point aperçu celle-ci, parce qu'elle était cachée derrière un confessionnal, et peut-être aussi parce que l'obscurité augmentait.

La petite fille avait les yeux fixés sur l'image de Notre-Dame, placée au-dessus de l'autel, et laissait tomber de grosses larmes sur ses mains jointes; sa figure exprimait la douceur, la résignation et une tristesse pieuse. Elle priait avec une attention si profonde qu'elle semblait être en contemplation. Le cœur de madame de Linas fut ému; la pitié d'autrui ne nous touche jamais plus que quand elle est unie à l'enfance. Elle s'approcha doucement de la petite fille, remarqua seulement alors qu'elle pleurait, ce qui excita sa compassion, et attendit en silence que l'enfant eût fini sa prière.

Dès qu'elle la vit se lever, elle lui adressa la parole. — Qu'avez-vous, ma chère enfant, vous paraissez bien affligée? Comment êtes-vous seule ici, et pourquoi pleurez-vous? — Hélas! répondit la petite fille, je n'en ai que trop sujet : c'est aujourd'hui l'anniversaire de la mort de mon père, et la semaine dernière ma mère a été le rejoindre dans le ciel. — Et c'était pour eux que vous priiez si pieusement tout-à-l'heure ? — Madame, je priais pour eux et je leur demandais aussi d'intercéder pour moi auprès de la sainte Vierge, dont c'est ici la chapelle, demain je n'aurai plus d'asile. — Comment cela, mon enfant? vos vêtements n'indiquent pas la misère? — Mon Dieu! Madame, je n'ai manqué de rien tant que mes parents ont vécu; ils travaillaient, le travail leur procurait de quoi s'entretenir et m'élever chrétiennement. Après la mort de mon père, ma mère, que je pouvais aider un peu, continua à gagner de quoi nous faire vivre ; aujourd'hui je possède encore, comme son héritière, quelques effets et quelque mobilier, mais je ne trouve personne qui veuille s'occuper de moi. J'ai des parents, des oncles, et j'espérais que quelqu'un d'eux me prendrait en pitié et me recueillerait chez lui, ne fût-ce que pour le servir et l'aider dans son travail; il paraît qu'ils ne le peuvent pas, ils ont tous de la famille et disent qu'aucun d'eux n'est assez riche pour se charger d'un enfant de plus. — Pauvre jeune fille! et ne pouvez-vous vous adresser à des amis de votre père ou à des personnes pieuses ? —M. Dubois, un des vicaires de Notre-Dame, qui est venu voir ma mère pendant sa maladie, a dit à mes parents qu'ils ne devaient pas m'abandonner ; cependant rien n'est encore décidé, et demain il faut que je quitte la chambre où nous demeurions, parce que le propriétaire l'a louée à un autre locataire. — Chère petite, il faut qu'ils soient bien pauvres ou bien durs pour refuser de vous secourir. Mais qu'allez-vous faire? — Je suis venue ici pour prier Dieu et la sainte Vierge de m'inspirer une bonne résolution; j'étais bien affligée en arrivant, maintenant je me sens plus tranquille. Je vais aller trouver M. Dubois et je ferai ce qu'il me dira. Je veux travailler, être sage et pieuse, n'importe où l'on me placera, fût-ce dans un hospice; je ne serai pas malheureuse. Madame de Linas sentait succéder à sa pitié une véritable affection pour cette pauvre enfant. — Je crois, lui dit-elle, que Dieu et la sainte Vierge ont entendu votre prière et sont venus à votre secours; conduisez-moi chez M. Dubois et consolez-vous.

La petite fille demanda à madame de Linas pourquoi elle voulait l'accompagner. — Je pourrai peut-être, répondit-elle, donner un moyen prompt de vous rendre une autre mère; en tout cas, soyez sûre que vous ne resterez pas dans l'abandon.

III. — L'ADOPTION.

La dame et la petite fille furent bientôt chez le digne ecclésiastique. C'était un vieillard qui depuis trente ans vivait dans cette paroisse, aimé et respecté de tous, pour le bien qu'il faisait et celui qu'il faisait faire par les personnes pieuses qui se plaçaient sous sa direction. Il salua madame de Linas et lui exprima son étonnement de la voir avec la petite fille, qu'il appela sa chère *Sophie*,

Madame de Linas lui demanda un entretien particulier ; quand elle fut seule avec lui, elle lui raconta ce qui venait de se passer, lui fit connaître aussi sa situation, puis demanda à M. Dubois quels avaient été les parents de Sophie, quelle était la position actuelle du reste de sa famille. Enfin, elle fit mille questions sur le caractère et les qualités de l'enfant.

M. Dubois devinait à peu près sa pieuse intention, il la satisfit sur tous les points; alors elle lui exprima son désir d'adopter Sophie, de l'élever et de se charger de sa fortune à venir. — M. l'abbé, dit-elle en terminant, je vous ai fait connaître ma situation à l'égard de mes parents ; dites-moi sincèrement si je puis, sans leur donner de justes motifs de plainte, placer auprès de moi un enfant étranger.

M. Dubois rassura sa conscience timorée, et répondit que ses parents étant tous à l'aise, adopter Sophie c'était faire une bonne action, dont personne n'aurait droit de se plaindre, et qui attirerait les bénédictions du ciel. Madame de Linas déclara alors qu'elle se chargeait entièrement de la petite fille, et que M. Dubois pouvait l'annoncer à ses oncles.

— Ah! Madame, dit le pieux ecclésiastique, ce que vous faites aujourd'hui est pour moi un motif nouveau d'admirer les voies mystérieuses de la Providence. Sophie, je ne craindrai pas d'en trop dire maintenant, est la plus sage, la plus douce, la plus intéressante des créatures. Ses bonnes qualités, elle les doit à l'excellente éducation que lui donnaient ses parents. Quand j'assistais sa mère mourante, elle semblait regretter de quitter sa fille, mais nulle inquiétude sur l'avenir ne troublait son esprit. « Qui maintiendra Sophie dans la bonne voie? disait-elle ; je l'ignore, mais je suis bien sûre que Dieu ne laissera pas son ouvrage imparfait, et qu'il saura lui rendre la mère dont il la prive aujourd'hui. » Vous voyez, Madame, que la prédiction de la mourante s'accomplit, et que Dieu vous a conduite, comme par la main, pour venir dans son saint temple recueillir l'enfant de la pauvre veuve.

M. Dubois rappela Sophie et lui dit : Rends grâce à Dieu, il signale sa bonté en ta faveur. Voici une dame pieuse, respectable et riche qui veut devenir ta seconde mère. Consens-tu à la suivre et promets-tu de devenir pour elle une fille tendre, soumise et dévouée ? — Oh! oui, répondit Sophie, au comble de la joie.

Elle voulut aussi remercier madame de Linas, mais elle ne put trouver de paroles, elle ne sut que lever vers elle ses yeux pleins de larmes, qui exprimaient une tendre reconnaisance, et saisir sa main qu'elle couvrait de baisers. Madame de Linas la prit dans ses bras en lui disant : — Viens, viens, une mère embrasse sa fille !

M. Dubois, avant de quitter Sophie, lui donna les plus sages conseils ; il lui recommanda surtout d'être humble et charitable dans sa prospérité, de conserver cette piété qui lui avait concilié l'affection de madame de Linas, et de se souvenir chaque jour des bienfaits dont la Providence la comblait en ce moment.

— Peut-être, ajouta-t-il, l'avenir te réserve-t-il d'autres malheurs, nul n'est à l'abri des revers, sois alors telle que tu t'es montrée aujourd'hui, pleine de résignation et de confiance en Dieu, et crois qu'il ne t'abandonnera pas.

Le soir même, le digne vicaire alla trouver les parents de Sophie ; il leur annonça cet heureux événement et leur apprit qu'on leur abandonnait, pour eux et leurs enfants, le mobilier et les autres objets qui appartenaient à leur nièce comme héritière de sa mère, à l'exception de quelques livres de piété, que la petite voulait conserver comme un souvenir. Les parents éprouvèrent la plus grande joie à ces bonnes nouvelles, et donnèrent sans peine leur consentement à ces divers arrangements.

Sophie, dès ce moment, accompagna sa bienfaitrice. Le lendemain, toutes deux montèrent en voiture, et après un voyage qui se fit sans accident, elles arrivèrent chez madame de Linas.

IV. — LA BONNE ÉDUCATION.

Madame de Linas faisait sa résidence habituelle dans une jolie maison de campagne à peu de distance de la ville de Blois ; c'est là que vers le soir du second jour elle arriva avec Sophie. Elle

prit l'enfant par la main, lui fit visiter les appartements, puis la
conduisit dans une pièce petite, mais fort jolie, attenant à sa propre chambre à coucher. Elle l'y installa en lui disant : Ma chère
enfant, voici ta chambre, tâche d'éprouver autant de plaisir à
l'habiter que j'en goûte en t'y installant, et tu seras bien heureuse ; maintenant prie Dieu et couche-toi, je te reverrai demain.

La bonté de sa bienfaitrice touchait le cœur reconnaissant de
Sophie. Elle remercia Dieu de lui avoir donné une seconde mère
et s'endormit en songeant à elle et au bonheur qu'elle goûterait
en vivant à ses côtés.

Dès le matin elle s'éveilla, et sa joie égala sa surprise. La pauvre petite, habituée aux tristes demeures qu'occupent les gens
pauvres dans un quartier tel que la Cité, n'apercevait le soleil et
même le ciel que quand sa mère la menait dans quelque promenade publique. Dans sa chambre nouvelle, l'astre du jour à son
lever frappait sa fenêtre de ses brillants rayons, et c'était cet éclat
inaccoutumé qui avait tiré Sophie de son sommeil.

Elle s'habilla, courut à la croisée et examina avec ravissement
le beau point de vue dont on jouissait de ce côté de la maison.

On était au printemps ; elle apercevait, dans un grand jardin
dessiné à l'anglaise, de belles pelouses, une petite rivière qui ser-
pentait au milieu du gazon, puis des allées bordées d'arbres et
d'arbustes verts, touffus, diaprés de fleurs, des 'ébéniers aux
grappes jaunes, des accacias roses et blancs, de magnifiques
lilas, des marronniers tous couverts de leurs superbes girandoles,
des arbres de Judée dont les fleurs sont bleues, des seringats, des
jasmins, des myrtes, des lauriers-roses. Elle sentait leur parfum
délicieux monter jusqu'à elle sur les ailes du vent du matin. De
l'autre côté elle voyait un beau potager, où les plantes utiles et
les légumes étaient rangés dans un si bel ordre, qu'ils ne semblaient croître là que pour le plaisir des yeux ; plus loin, sur un
petit coteau, s'étendait un beau verger où quelques arbres étaient
encore en fleurs, tandis que d'autres portaient déjà des fruits qui
commençaient à rougir ; à droite et à gauche de ce coteau, des

champs de blé verdoyants, des prairies où paissaient des troupeaux ; des fermes et des villages, aux maisons blanches et aux clochers pointus, formaient un paysage riche et varié.

Sophie, en présence de toutes ces beautés, éleva de nouveau son âme et ses yeux vers le ciel, et se promit de mériter par une conduite irréprochable les bienfaits dont elle était comblée.

Madame de Linas devint pour sa fille adoptive une véritable mère. Elle s'occupait de son éducation, se faisait un plaisir de lui communiquer toutes les connaissances dont elle avait l'esprit orné ; elle veillait avec le plus grand soin à ce que son instruction religieuse ne fût pas négligée ; enfin, elle cultivait les semences de vertu et de piété que l'abbé Dubois et la mère qu'elle avait perdue avaient jetées dans la jeune âme de Sophie.

Entre les heures du travail, la jeune fille s'occupait de tous les détails du ménage ; elle connut bientôt les soins qu'une femme doit prendre pour diriger l'intérieur d'une maison. Elle aidait à la cuisine, à la lingerie, savait comment on devait surveiller la buanderie, le jardin, la basse-cour ; enfin, aucun des détails domestiques ne lui restait étranger. Dans ses instants de repos, madame de Linas la faisait rester auprès d'elle ou entreprenait en sa compagnie de longues promenades. Pendant ce temps, sa conversation instructive et attachante autant que pieuse et solide développait de plus en plus l'esprit et les bonnes qualités de Sophie.

Ah ! cette fois, madame de Linas ne fut pas payée d'ingratitude : elle obtint en amour filial, en respect et en dévouement, tout ce qu'elle donnait en tendresse maternelle, et bientôt dans cette affection mutuelle elle trouva, ainsi que Sophie, le plus grand bonheur dont on puisse jouir sur la terre.

Sophie, en grandissant, devint une fort jolie personne. Sa beauté avait un caractère d'innocence et de simplicité que faisait encore ressortir la modestie de ses vêtements. Sa belle âme se réfléchissait sur son charmant visage, dont les traits exprimaient la candeur et la bonté.

11

Les parents de madame de Linas avaient éprouvé beaucoup de contrariété en apprenant qu'une jeune fille était installée dans sa maison et traitée comme un enfant bien-aimé. Cette contrariété augmenta avec le temps, car les parents avaient espéré que ce ne serait qu'un caprice passager, et le prétendu caprice ne cessait pas. Alors quelques démarches furent faites auprès de madame de Linas pour lui proposer de recevoir auprès d'elle la plus jeune de ses nièces; elle refusa. L'on en vint aux plaintes, même aux menaces; et sans doute elle aurait éprouvé quelques tracasseries, si l'arrivée de l'un de ses cousins n'avait fait cesser ces persécutions; c'était le capitaine *Charles Linville*, qui, après une vie aventureuse passée sur la mer, venait jouir dans sa ville natale d'une fortune qu'il avait bien gagnée par de longs services rendus à la France, et de la considération qu'il s'était justement acquise. Il avait toute la fermeté d'un marin et savait faire accueillir un bon conseil; l'on était d'autant plus disposé à s'y conformer qu'il était homme d'expérience et vieux garçon; il eut bien vite jugé madame de Linas ainsi que ses autres parents, et déclara que si l'on tourmentait celle-ci ou sa fille adoptive, il *se mettrait de leur bord.*

V. — LE LEGS D'UNE PIEUSE MÈRE.

Plusieurs années s'écoulèrent ainsi, et Sophie atteignit l'âge de dix-huit ans. Déjà madame de Linas songeait à lui procurer un établissement avantageux; elle voulait lui trouver un mari honnête et qui, par sa position, ne fût pas placé beaucoup au-dessus de la classe dans laquelle étaient les parents de la jeune fille : — Car, disait-elle, ce ne sont ni les titres ni les richesses qui font le bonheur, on ne le doit qu'à la pratique des vertus religieuses, et c'est dans la médiocrité que cette pratique devient facile.

Madame de Linas, parmi les demandes qui lui avaient été adressées, semblait disposée à accueillir celle de *Guillaume Rancourt,* jeune homme d'une famille honnête, qui se destinait au commerce. Il ne possédait aucune fortune, mais il avait ce qui vaut mieux, un cœur plein de probité et de véritable piété.

Cependant, depuis quelque temps la santé de madame de Linas s'altérait. Un jour elle éprouva un malaise encore plus grand que de coutume et fut obligée de se mettre au lit. Le médecin appelé déclara que des soins très attentifs étaient nécessaires, qu'il fallait suivre un traitement minutieux, compliqué, et qu'encore le résultat en était douteux.

Sophie, à cette nouvelle, fut plongée dans une vive inquiétude; elle voulut soigner seule sa seconde mère, elle se fixa au chevet de son lit, et lui prodigua jour et nuit les soins les plus tendres. Sa surveillance s'étendait jusqu'aux plus petits détails : elle parlait toujours à voix basse, marchait d'un pas si léger qu'on ne l'entendait pas, et se conformait avec scrupule aux ordonnances du médecin. Elle dormait dans un fauteuil près du lit de douleur de sa mère adoptive; au plus léger mouvement, au moindre appel elle était près d'elle, prête à remplir et souvent même à deviner ses désirs.

La maladie dura près de deux mois. Sophie aussi voyait sa santé s'altérer, son courage et son affection seuls la soutenaient; elle était pâle, défaite, mais infatigable.

Une certaine nuit madame de Linas eut le désir de prendre du thé (les malades ont des caprices). Sophie, qui avait reçu du docteur la triste permission de faire tout ce qui lui serait demandé par elle, se hâta d'aller à la cuisine; pour ne déranger personne et ne point apporter de retard, elle alluma le feu et prépara elle-même la boisson. Elle revint auprès de madame de Linas en grelottant de froid, l'on était dans l'hiver; néanmoins elle lui présenta la tasse, le sourire sur les lèvres et en s'excusant d'avoir été si longtemps. — Ma chère Sophie, lui dit la malade, quoi! pas un mot de plainte! pas une parole pour me faire remarquer que tu souffres en te dévouant à me soigner! Ah! je suis trop récompensée du bien que j'ai voulu te faire avant de te connaître; je ne te parle pas de ce que j'ai fait depuis, c'était un plaisir! Dieu te le rendra, ma fille ; quant à moi, je serai toujours ta débitrice, car je ne vivrai pas assez pour m'acquitter. Ne t'afflige pas, tu rends mes derniers instants bien doux, et maintenant que j'ai osé te parler avec franchise, écoute ce que je souhaitais te dire depuis longtemps. Je sens que mes jours sont comptés ; j'ai fait mes dispositions, tu n'y as pas été oubliée ; peut-être n'ai-je pas fait pour toi tout ce que j'eusse désiré, mais j'ai voulu te rendre heureuse plutôt que riche; et puis j'ai craint de t'exposer à l'animadversion de ma famille. Il est une disposition que je n'ai pas consignée dans mon testament, parce qu'il s'agit d'un objet qui semble être d'une bien mince valeur. Je veux parler de cette petite croix qui se trouve au-dessus du chevet de mon lit. Pour moi, c'est de tout ce que je possède, ou plutôt, je puis déjà le dire, de tout ce que je possédais, l'objet le plus précieux. Ma mère me l'a remise à son lit de mort, elle la tenait elle-même de son père, qui lui avait dit en mourant de ne jamais s'en défaire. Mes neveux et mes nièces ne sauraient pas apprécier un tel don; mais toi, ma chère fille, tu connais tout le prix de cette pieuse relique de famille : je te la donne donc, je veux que tu ne t'en sépares jamais, et j'exige ta promesse d'exécuter cette dernière recommandation. Il m'en coûterait trop, en mourant, de croire que ce symbole sacré, devant lequel s'humilia tant de fois ma pieuse mère, devant lequel pria mon aïeul, pût être négligé, vendu et peut-être profané.

Sophie ne répondit que par des larmes, elle saisit la croix, qui était en simple bois, la baisa dévotement et la remit à la malade.

Madame de Linas ajouta de sages avis sur la conduite que Sophie devait tenir après sa mort, elle lui conseilla d'épouser Guillaume Rancourt, et, si quelques discussions s'élevaient avec la famille, de réclamer l'appui du capitaine Linville, auquel elle l'avait recommandée.

Après s'être ainsi occupée de l'objet de son affection, madame de Linas ne songea plus qu'à se préparer à bien mourir. Elle se confessa, communia, et quelques heures après expira en exprimant le bonheur d'aller rejoindre son époux dans le sein de leur père commun.

VI. — LES HÉRITIERS.

A peine madame de Linas eut-elle rendu les derniers soupirs, que Sophie envoya à la ville un domestique pour donner à la famille avis de ce cruel événement. Les parents ne tardèrent pas à arriver et s'installèrent en maîtres dans la maison. La jeune fille se retira dans sa chambre, pour se livrer à sa douleur.

Le lendemain, un magnifique convoi conduisait la défunte à sa dernière demeure. Ce convoi avait été ainsi ordonné par les parents pour satisfaire leur orgueil ; mais ce qui en fit le plus bel ornement et ce qu'ils n'avaient pu commander, ce fut le concours de toute la population des environs. Riches et pauvres, tous s'y trouvaient : les premiers pour rendre hommage à la vertu de madame de Linas ; les autres pour dire un dernier adieu à celle qui pendant sa vie les avait secourus.

Après l'accomplissement de ce devoir, la famille se réunit pour assister à l'ouverture du testament, qui avait été trouvé cacheté. Monsieur Linville, désigné comme exécuteur testamentaire, présidait. Malgré les réclamations de quelques parents, il exigea que Sophie fût présente.

Les dernières volontés de la défunte étaient bien simples. Outre quelques legs pieux, elle donnait à Sophie une somme de vingt mille francs, et l'autorisait à choisir dans toute la succession l'objet qui lui semblerait le plus précieux. Le reste de la fortune devait appartenir aux héritiers du sang. Madame de Linas eût pu disposer de tous ses biens au profit de Sophie ; elle n'en détachait pour elle qu'une faible partie, néanmoins cette disposition fut accueillie par les murmures de toute la famille.

Après la lecture du testament, Sophie déclara que, pendant les derniers jours de sa maladie, madame de Linas lui avait fait don d'un autre objet, et elle montra à la famille la petite croix de bois que sa bienfaitrice avait souhaité voir passer dans ses mains. Aux premiers mots de Sophie, plusieurs des héritiers avaient paru disposés à contester, mais après avoir vu ce dont il s'agissait, ils ne répondirent même pas et haussèrent les épaules. M. Linville dit que le lendemain l'on s'assemblerait de nouveau, et que Sophie pourrait faire le choix auquel lui donnaient droit les termes du testament.

De bon matin tous les intéressés se trouvaient réunis dans le grand salon, le capitaine Linville y avait fait apporter les diamants de madame de Linas, quelques ajustements de prix dont elle s'était parée pendant la vie de son mari, deux tableaux de haute valeur et divers autres effets mobiliers précieux.

Sophie, les yeux baignés de pleurs, se tenait modestement dans un coin. Deux nièces de madame de Linas vinrent s'asseoir près d'elle et s'efforcèrent indirectement, par leur discours, de la diriger dans son choix.

— En vérité, disait l'une d'elles, si j'avais le précieux avantage de pouvoir choisir comme Sophie, je n'hésiterais pas : voici un châle de cachemire de l'Inde qui a bien coûté cinq mille francs à ma tante, et l'on n'en trouve plus de pareil. Le jour où Sophie se mariera, cela lui ferait une bien belle toilette, et ensuite elle le vendrait tout ce qu'elle voudrait.

La jeune fille oubliait de dire que depuis dix ans ces châles étaient passés de mode, et que c'était pour cela qu'on n'en voyait plus de pareils.

— Moi, répondait sa cousine, à laquelle le châle semblait encore assez mettable, je choisirais mieux que cela : tiens, vois-tu ce tableau? et elle désignait une vieille peinture sans valeur qui de tout temps avait été accrochée à la muraille du salon, j'ai entendu dire à notre tante que c'est un morceau de grand prix. Cela vaut peut-être vingt mille francs, je le prendrais et je saurais bien le vendre avantageusement.

Le capitaine avait entendu cette conversation, il regarda ses cousines avec des yeux pleins d'indignation et laissa échapper ces mots : — Mesdemoiselles, croyez-vous qu'il soit loyal de chercher à abuser de l'ignorance des gens pour s'enrichir à leurs dépens? c'est ce que vous faites, je crois, dans ce moment. — Puis se tournant vers Sophie : — On ne pourra pas vous tromper, ma chère enfant, j'ai eu soin de faire estimer dès hier au soir tous les objets de quelque importance, en voici la liste ; il y en a trois ou quatre d'égale valeur, vous pourrez choisir dans le nombre. Alors il prit Sophie par la main, lui fit examiner chaque chose, lui en indiqua le prix, et dit que le moment était venu de faire connaître sa détermination.

Celui des neveux qui, par les soins de madame de Linas était devenu avocat, avait réfléchi depuis la veille sur le vif désir exprimé par Sophie de posséder la *croix de bois,* qui lui avait été léguée verbalement ; il espérait tirer parti de cette circonstance pour rendre sans effet la faculté accordée à cette jeune fille de choisir un objet de prix ; il la pria donc, avant de déférer à l'invitation de M. Linville, d'écouter une observation qu'il croyait devoir lui faire.

— Mademoiselle, lui dit-il, avant que vous choisissiez, ma loyauté m'oblige de vous déclarer que je vous conteste la propriété de la croix de bois qu'hier vous avez réclamée comme un don de ma tante ; je sais qu'elle tenait beaucoup à cette croix, qu'elle lui venait de sa famille : ce sont des motifs suffisants pour que nous souhaitions en hériter, et que nous ne croyons pas facilement que notre parente ait voulu en disposer au profit d'une étrangère.

Le capitaine Linville objecta que pour un objet d'aussi mince valeur, on pouvait bien s'en rapporter à la déclaration de Sophie. Le neveu tint bon et cita la loi. Plusieurs autres parents qui avaient le mot l'appuyèrent, et l'on allait se quereller lorsque Sophie élevant la voix, dit :

— Messieurs, je respecte les dernières volontés de ma bienfaitrice, mais je ne veux pas jeter de trouble dans sa famille, pour user du droit que me donne le testament, je choisis *la croix de bois :* c'est, selon moi, l'objet le plus précieux de la succession.

L'avocat se frotta les mains comme un homme qui est parvenu à son but, les cousines se détournèrent pour rire, et le capitaine Linville demeura ébahi de la déloyauté de son jeune parent. Après avoir dit à celui-ci quelques mots à voix basse, il alla vers Sophie.

— Ma fille, Dieu te bénira, ta pieuse reconnaissance envers ta bienfaitrice sera récompensée. Cette croix sera pour toi, j'en suis sûr, une source de bonheur; du moins tu ne pourras la voir sans éprouver une bien douce émotion, celle que l'on ressent quand on a accompli un devoir difficile; en tout cas, si le malheur venait à t'atteindre, n'oublie pas le capitaine Linville.

VII. — L'ÉPREUVE.

Selon le désir que madame de Linas en avait exprimé de vive voix et dans son testament, Sophie épousa M. Rancourt. Depuis quelque temps ce jeune homme s'était établi dans un bourg voisin. La moitié de la somme que possédait Sophie fut suffisante pour le mettre au large dans le commerce qu'il avait entrepris; le surplus fut placé chez un banquier, pour l'employer, plus tard, à agrandir les opérations du commerce ou de toute autre manière utile.

Les époux vécurent très heureux ensemble; ils eurent plusieurs enfants, et la maison où ils demeuraient se trouva bientôt trop petite pour leurs besoins. Comme les affaires de leur commerce marchaient d'ailleurs très bien, que leur politesse et leur extrême probité, la bonne qualité de leurs marchandises et leur prix modéré leur avaient acquis un grand achalandage, ils désiraient agrandir leur magasin. Quelqu'un vint leur proposer d'acheter une maison qui pouvait leur convenir parfaitement, elle n'était que du prix de cinq mille francs, mais depuis longtemps le propriétaire n'en prenait aucun soin, et pour la rendre habitable il fallait y faire des réparations considérables.

Les deux époux calculèrent que les dix mille francs qu'ils

avaient chez le banquier suffiraient à peu près pour l'acquisition, les frais et les travaux de toute espèce. Une difficulté les arrêtait : ils étaient convenus de prévenir six mois d'avance quand ils voudraient retirer leur argent, et il leur était impossible de faire attendre jusque-là celui qui voulait vendre.

Un de leurs voisins, qui était fort riche, leur offrit, moyennant un bénéfice, de prendre avec leur garantie la reconnaisance du banquier, et de leur avancer les dix mille francs. M. Rancourt et Sophie achetèrent la maison; trois mois après, les réparations étant terminées, les deux époux allèrent s'établir avec leurs enfants dans leur nouveau domicile.

Au bout de quelque temps Sophie s'aperçut que la situation de sa boutique se trouvait moins avantageuse qu'elle ne l'avait espéré. N'étant plus aussi bien à portée de ses anciens chalands, son mari en perdit quelques-uns, il fallait beaucoup de temps, de soins et de persévérance pour réparer ce désavantage; d'autre part, tandis que les bénéfices du commerce diminuaient, les besoins des enfants, qui grandissaient, devenaient plus coûteux à satisfaire; Sophie avait des inquiétudes pour l'avenir.

A ce chagrin les deux époux opposèrent un redoublement de travail et la résignation. Bientôt ils furent mis à une plus rude épreuve : avant l'expiration des six mois au bout desquels le banquier devait payer les dix mille francs de Sophie, cet homme fit faillite et se sauva du pays, ne laissant rien à ses créanciers.

Celui qui avait avancé la somme n'eut pas plus tôt appris cette triste nouvelle qu'il se rendit chez M. Rancourt; il l'accabla de reproches, prétendit qu'il connaissait la position du banquier, et qu'il s'était entendu avec lui pour voler les dix mille francs.

Vainement Sophie chercha à le calmer en lui disant que, puisque la maison avait été achetée avec son argent, il pouvait s'en considérer comme le propriétaire, qu'on lui en paierait le loyer jusqu'à ce qu'on la vendît, et qu'alors on lui en remettrait le prix. Le créancier impitoyable lui dit avec d'affreux jurements qu'il comptait bien avoir la masure, mais qu'avant cela il ferait vendre leurs marchandises, leurs meubles, leur lit, et qu'il enverrait le mari en prison ; dès le soir même Sophie et son mari reçurent une assignation pour paraître trois jours après devant les juges.

Ces trois jours furent pour les malheureux époux trois siècles d'angoisse. L'avenir leur apparaissait bien triste ; cependant leur confiance dans la bonté de Dieu ne s'affaiblissait pas ; Sophie surtout priait sans cesse, elle se rappelait comme sa jeunesse avait été miraculeusement protégée.

VIII. — DIEU PROTÉGE SES ENFANTS SOUMIS.

La veille du jour où il fallait se présenter en justice, la pauvre mère sentit sa douleur redoubler et sa confiance chanceler. Elle monta dans sa chambre, et, repentante déjà d'un moment de doute, elle chercha la *croix de bois,* qui toujours était son refuge dans ses chagrins. Elle la saisit et la pressant avec ardeur contre sa poitrine :

— O Jésus, fils de Dieu ! dit-elle en se jetant à genoux, et vous, Vierge très sainte, sa mère immaculée, prenez pitié de mon époux et de mes enfants ! Les maux que nous éprouvons nous-mêmes ne sont rien en comparaison de ceux que l'on voit souffrir à ces objets chéris ! O mon Sauveur ! permettez-moi donc de dire comme vous dans le jardin des Olives : Mon père , faites que cette coupe amère s'éloigne de moi ; cependant que votre sainte volonté soit accomplie. Et vous, femme incomparable , qui maintenant sans doute recevez dans le ciel la récompense de vos vertus, ô ma seconde mère, intercédez pour moi auprès du Tout-Puissant et sauvez encore une fois la fille de votre affection !

Alors elle versa d'abondantes larmes, pressa de nouveau la croix sur sa poitrine, et ajouta :

— Non, quoi qu'il arrive, je ne puis regretter de posséder cette croix. O mes enfants ! je devais obéir à la dernière volonté de ma bienfaitrice et préférer la reconnaissance à des biens périssables. Oui, mes enfants ! un jour vous comprendrez ma conduite.

Cette idée du devoir accompli, au prix peut-être de son existence et de celle de sa famille, éleva l'âme de Sophie. Elle pria encore quelque temps, puis se releva pleine de confiance dans la bonté divine, et telle qu'elle était le jour où dans la chapelle de la Vierge elle rencontra madame de Linas.

Au moment où Sophie allait remettre la petite croix de bois à sa place ordinaire, elle entendit une voiture s'arrêter à la porte de la maison. Sa première idée fut que déjà l'on venait pour prendre son mari et le conduire en prison ; la réflexion la rassura. Elle approcha de la fenêtre pour voir qui descendait de cette voiture ; au moment même l'on ouvrait la porte de la chambre, et le capitaine Linville entrait avec M. Rancourt.

— Comment ! s'écria le capitaine, vous êtes dans un si cruel embarras et vous ne venez pas me voir ! Vous, M. Rancourt, je conçois votre réserve ; mais votre femme, dont madame de Linas m'a légué la protection ! votre femme, qui a reçu ma promesse de lui venir en aide si le malheur l'atteignait, comment n'a-t-elle pas tout d'abord réclamé mon appui?

M. Linville était fort animé en prononçant ces paroles ; il s'approcha de Sophie qui tenait encore dans ses mains la petite croix ; à cette vue, il se radoucit.

— Eh bien ! je vous l'avais dit, ma fille, dans le malheur voilà votre consolation ; ce sera aussi la cause de votre pospérité. J'ai appris hier la faillite de ce fripon de banquier chez lequel vous aviez mis votre argent ; l'on m'a dit que vous perdiez par cet événement la moitié de ce que vous possédiez, je venais vous voir pour apprendre de vous ce qu'il en était, et voilà qu'à l'auberge du village l'on me conte que ce malheur va vous ruiner ! Il n'en sera rien, mes chers enfants, la belle action qu'a faite Sophie en préférant la croix de bois, que madame de Linas voulut laisser dans ses mains, aux plus précieux diamants de sa succession, ne restera pas sans récompense. Oui, cette croix-là vaudra plus pour vous que si elle était d'or et de pierreries ; tranquillisez-vous, je me charge, moi, de payer votre créancier et de vous donner ce qui peut vous être nécessaire jusqu'à ce que votre commerce soit devenu ce qu'il était il y a six mois.

IX. — CONCLUSION.

Dès le jour même, M. Linville exécuta sa promesse; il fit appeler l'homme qui s'était montré si impitoyable envers ses honnêtes débiteurs, lui reprocha publiquement sa dureté et lui paya ce qui lui était dû.

Sophie et son mari, qui croyaient passer le reste de cette journée dans la douleur et l'inquiétude, éprouvaient la plus douce joie; d'abord leurs voix reconnaissantes s'élevèrent à Dieu.

O notre Père tout-puissant! disait Sophie, et vous, Jésus, fils de Dieu, plein de douceur et de bonté! que vous avez été prompts à exaucer ma prière! vous avez sauvé mon époux de la prison et mes enfants de la misère : soyez à jamais glorifiés!

Le capitaine Linville revint bientôt et voulut prendre le repas du soir avec ses protégés. Sophie lui présenta ses enfants en lui disant que ces pauvres innocents lui devaient la vie, et qu'il avait été pour eux une Providence sur la terre.

Après le repas, le capitaine retourna à la ville; il fit promettre aux deux époux de venir le voir deux jours après, à une heure qu'il leur indiqua. En arrivant, Sophie et son mari trouvèrent toute la famille de madame de Linas réunie auprès de lui; le capitaine s'empressa d'aller au-devant de ses protégés et les fit asseoir à ses côtés, puis, s'adressant aux parents, il leur dit :

— Mes chers amis, j'éprouve un vif plaisir à vous présenter Sophie; vous vous rappelez sans doute avec quelle générosité elle a, pour exécuter la volonté dernière de notre parente, préféré une croix de bois qui ne valait qu'un écu à des diamants qu'elle eût pu vendre deux mille fois davantage. Eh bien! elle a reçu la récompense de sa pieuse générosité. Sa croix lui a produit dix mille francs. Pour ajouter à la joie que cette nouvelle vous donne, sachez que c'est de ma bourse que la somme est sortie;

qu'en dites-vous, mon cousin l'avocat? cela fait perdre à ma succession plus que n'eût perdu celle de votre tante, si vous n'aviez
pas abusé des vertueux sentiments de Sophie.

La leçon était rude, mais elle fut reçue avec douceur; on connaissait la fermeté et la loyauté du capitaine. Quelques excuses
furent balbutiées, et l'on resta le moins de temps possible en
présence de Sophie, qu'on avait voulu spolier.

Quant à elle, grâce à l'appui de M. Linville, et surtout à l'éclat
que fit cette aventure, elle vit tous les gens du bourg arriver à sa
boutique; son commerce devint très prospère, et elle coula de
longs jours que sa véritable piété, l'affection de son mari et de ses
enfants rendirent heureux.

LA POUDRE A CANON.

I. — LA PROMENADE.

Par une belle matinée de printemps, les deux jeunes fils du
comte de Saint-Remy, Paul et Gustave, sortirent avec leur précepteur pour faire une excursion dans les montagnes qui s'élevaient en amphithéâtre à peu de distance du château. Ces enfants
étaient vifs et avides de s'instruire; leur maître était un
homme plein de science et de jugement qui savait donner un but
utile à leurs promenades et faire tourner leurs plaisirs mêmes à
leur instruction.

Après s'être arrêtés un moment sur le sommet d'une colline

d'où l'œil s'étendait au loin sur la plaine, ils prirent un étroit sentier creusé dans le roc pour se rendre à un petit village qu'ils apercevaient au fond d'une fraîche vallée. Mais à peine avaient-ils fait quelques pas pour y descendre, qu'ils virent à leur droite quelques ouvriers s'éloigner tout-à-coup d'une carrière autour de laquelle ils travaillaient. Ces hommes couraient à grands pas, en s'appelant et en se faisant signe les uns aux autres comme s'ils eussent voulu fuir la poursuite de quelque ennemi ou la menace de quelque danger.

M. Baude, c'est le nom du précepteur, ne comprit pas d'abord ce qui causait la fuite soudaine de ces ouvriers. Il continua de marcher tranquillement avec ses deux élèves, sans penser le moins du monde à éviter la carrière qui se trouvait sur le chemin. Mais à peine eurent-ils fait cinquante pas dans cette direction, que ces bonnes gens les appelèrent de toutes leurs forces en leur criant de ne pas aller plus loin et d'accourir sur la colline où s'ils s'étaient réfugiés. M. Baude jugea qu'il était prudent de suivre ce conseil, quoiqu'il n'eût aucune idée du danger qui le menaçait lui et ses élèves.

Au moment même où ils achevaient de gravir la colline, une détonation terrible se fit entendre; frappés comme d'un coup de foudre, ils chancelèrent un instant; puis, en tournant les yeux vers l'endroit d'où venait ce grand bruit, ils virent parmi des nuages de fumée des masses énormes qui retombaient avec fracas sur les flancs de la montagne. Alors un des ouvriers s'approcha d'eux et leur expliqua ce qui venait de se passer. C'étaient d'immenses blocs de pierre qu'il avait fallu tirer de la carrière profonde où on les avait taillés. Pour abréger cette opération, qui eût été fort difficile avec les moyens ordinaires, on avait employé la mine, c'est-à-dire qu'on avait mis sous ces masses des sacs de poudre qui, en prenant feu, les avaient lancées à la surface du sol.

La curiosité des enfants fut vivement excitée par ce qu'ils venaient de voir; ils prièrent M. Baude de les conduire au bord de la carrière où les ouvriers se rendaient en foule pour juger du succès de l'opération : le précepteur y consentit bien volontiers. Quand ils virent de près les masses prodigieuses que l'explosion de la mine avait fait jaillir du sein de la montagne, ils furent frappés de surprise et d'admiration. Les mineurs qui se trouvaient présents leur expliquèrent avec beaucoup de complaisance la manière dont on s'y était pris pour opérer ce résultat, la disposition de la mine, la quantité de poudre qu'on avait mise, et les précautions infinies avec lesquelles on l'avait allumée pour prévenir les accidents. Ces détails intéressèrent vivement les deux jeunes garçons : mais ils se demandaient toujours quelle était cette puissance cachée dans la poudre à canon qui pouvait produire de pareils effets.

— La poudre à canon, leur dit un vieux mineur, m'a toujours semblé un des plus forts instruments que l'homme ait reçus de Dieu pour gouverner le monde soumis à sa puissance. Ses effets ne m'étonnent plus parce que j'y suis accoutumé depuis long-temps ; mais lorsque, après une opération comme celle que vous venez de voir, je m'assieds pour me reposer de la fatigue et de l'émotion qu'elle m'a causées, je ne puis m'empêcher de réfléchir avec une espèce de terreur sur cette force terrible dont je dispose.

Je vois le bien et le mal que ce redoutable agent peut produire ; moi, par exemple, je l'emploie à tirer du sein de la terre ces blocs qui servent à bâtir des villes ; mais employé par d'autres mains, il fait sauter des villes tout entières et les arrache de leurs fondements. Je vous avoue que ces réflexions me troublent. La poudre à canon met à la disposition d'un seul homme une puissance incalculable ; elle abrège ses travaux et lui fait exécuter des choses qui, autrement, seraient impossibles : mais à côté du bien je vois le mal et je me demande si, tout compté, c'est pour son bonheur ou pour son malheur que l'homme a fait cette découverte.

— En effet, brave homme, reprit M. Baude, cette question s'offre naturellement à l'esprit, quand on considère les divers usa-

ges de la poudre. Mais je crois qu'il suffit d'une réflexion bien
simple pour dissiper toute espèce de doute à cet égard : ce qui
ne produit que du mal ne saurait être bon. De même une chose
qui est susceptible de produire du bien ne saurait être condamnée
comme mauvaise en elle-même, quoique souvent la folie ou
le crime s'en servent pour le malheur des hommes ; la poudre est
dans ce dernier cas; on ne peut nier qu'elle n'ait rendu et ne
rende tous les jours d'importants services : voilà son usage naturel
et son emploi légitime ; il est incontestable aussi qu'elle a causé
des malheurs, et voilà ses abus, mais de quoi l'homme n'abuse-t-il
pas ? il faudrait condamner les meilleures choses du monde si l'on
voulait ne considérer que certaines applications qui en ont été
faites par des mains coupables. La poudre en elle-même est
une force, c'est-à-dire un moyen d'action sur la nature matérielle,
un instrument, une puissance dont l'homme dispose à son gré,
pour le bien ou pour le mal, sauf à répondre de l'usage qu'il en
fait. Si nous étions tous honnêtes et vertueux, la poudre, ne
servant qu'à des œuvres justes, serait une des meilleures choses
qu'il y eût au monde ; mais puisqu'on l'emploie aussi quelquefois
pour le malheur des hommes, il faut dire simplement que c'est une
très bonne chose dont nous avons malheureusement le pouvoir
d'abuser. Le fer et le feu sont aussi deux choses infiniment utiles
et nécessaires à la vie humaine ; cependant le feu dévore souvent
des villes entières, et le poignard qui tue l'homme est fait de la
même matière que le soc de la charrue qui le nourrit en fécon-
dant les campagnes. L'essentiel est que chacun demande à Dieu la
grâce de n'user jamais que pour le bien de ses semblables des
forces qu'il a entre les mains.

— Sait-on au juste, Monsieur, reprit le vieux mineur, à qui le
monde est redevable de cette invention ? Je crois qu'on a fait là-
dessus bien des contes ; on m'a parlé d'un moine allemand.

— De Berthold Schwartz, dit M. Baude ; mais c'est une histoire
peu certaine : d'abord on n'est pas d'accord sur la personne même
de ce Berthold, ni sur l'endroit de sa naissance, ni sur le lieu, ni

sur le temps de sa découverte. Suivant quelques-uns, Berthold était un moine de Fribourg en Brisgau ; suivant d'autres auteurs, c'était un franciscain de Mayence ou de Nuremberg. Quant à la ville où il fit sa fameuse expérience, les habiles sont incertains entre Gosslar dans la Basse-Saxe, et Cologne sur le Rhin. Même incertitude pour le temps ; les dates varient de 1318 à 1400. Du reste, voici comme on s'accorde généralement à raconter le fait même de la découverte : ce Berthold Schwartz, grand amateur de chimie, se livrait alors, comme beaucoup d'autres, à la recherche de la pierre philosophale, c'est-à-dire qu'il voulait trouver le secret de faire de l'or par la transmutation des métaux. Un jour il avait pilé dans un mortier de fonte les diverses substances qui servent à composer la poudre, du soufre, du charbon, du salpêtre, puis il avait recouvert le tout d'une pierre, sans s'en inquiéter autrement. Une étincelle ayant jailli d'un fourneau voisin, tomba dans le mortier ; le mélange s'enflamma, et la pierre qui servait de couvercle fut lancée au plancher avec tant de force qu'elle se brisa en mille pièces. C'est à ce hasard heureux qu'on doit, dit-on, l'invention de la poudre.

Cependant, comme je vous l'ai dit, cette origine est contestée : on attribue la même découverte à un autre moine appelé Roger Bacon ; quelques auteurs vont jusqu'à prétendre que l'inventeur, quel qu'il soit, de la poudre à canon, paya de sa vie ce fatal honneur. Ce sont des choses sur lesquelles il est difficile d'acquérir une entière certitude.

Il paraît même probable que ni Roger Bacon, ni Berthold Schwartz, ni aucun autre chimiste ou alchimiste du même temps, ne fut le véritable inventeur de la poudre. Longtemps avant cette époque on parle d'une composition qui servait à l'exploitation des carrières. Il est possible seulement que le mortier de Berthold Schwartz et la pierre qui fut lancée en l'air par l'explosion du mélange aient donné l'idée d'appliquer la poudre à l'art de la guerre ; car on sait que les premières armes à feu étaient des mortiers qu'on chargeait avec des boulets de pierre, et qui se

nommaient aussi, pour cette raison, des pierriers. Les canons,
les fusils, les carabines, les boulets de fonte et les balles de plomb
ne furent employés que longtemps après. Mais pour ce qui est
de l'invention de la poudre, il est difficile d'en assigner l'auteur
et le temps; peut-être même est-il permis de croire que cette
découverte n'appartient pas à l'Europe; car on sait que l'usage
de la poudre était commun à la Chine plusieurs siècles avant qu'il
en fût question dans la partie du monde où nous vivons.

Ces détails et d'autres que M. Baude ajouta furent écoutés avec
un vif intérêt. Les ouvriers retournèrent à leurs travaux et le
précepteur continua sa promenade avec ses élèves.

II. — DÉTAILS SUR LA POUDRE.

Quand un objet nouveau avait éveillé la curiosité des deux enfants que M. Baude était chargé d'instruire, ils ne cessaient de le
questionner à cet égard, qu'après en avoir acquis une parfaite
connaissance; c'était le précepteur lui-même qui avait fait prendre cette excellente habitude. Il ne faut donc pas s'étonner si la
poudre à canon fut le sujet de leur entretien pendant toute la
promenade.

— La poudre, leur disait-il, ne sert pas seulement à tirer du
sein des montagnes d'énormes blocs de pierre que toutes les forces humaines et toutes les combinaisons de la mécanique ne pourraient soulever qu'avec beaucoup de temps et de peine; elle est
utile aussi dans les mines, pour ouvrir un passage aux ouvriers
qui vont chercher les métaux profondément enfouis sous des masses de rochers.

Je n'ai pas besoin de vous parler de l'emploi qu'on en fait à la
chasse, soit qu'elle nous aide à détruire les bêtes féroces et mal-
faisantes, soit qu'elle serve à couvrir nos tables d'aliments délicieux et salutaires. Sous ces rapports, les avantages de la poudre
sont incontestables, mais il y a un triste revers à ce brillant tableau.

— Oui, s'écria Paul, on frémit en pensant à l'emploi de la poudre dans les batailles, et à la destruction des hommes qui en est la suite.

— Sans compter, ajouta Gustave, les accidents et les crimes qu'elle amène ou sert à commettre.

— Vous avez raison, mes amis, continua M. Baude ; à la guerre c'est une chose terrible de voir des bataillons renversés par l'artillerie et la fusillade tomber comme des épis sous la faux du moissonneur. Qui sait ce que chacun de ces malheureux, si facilement rayés du livre de vie, avait coûté à sa mère de soins, de larmes, de longues nuits sans sommeil! ce qu'il a fallu de temps, de patience et de sacrifices pour en faire un homme ! Le fruit laborieux de tant d'années périt en un moment : une once de plomb, chassée par quelques grains de poudre, suffit pour abattre le soldat le plus robuste. Autrefois la vigueur, l'adresse, le courage, la présence d'esprit assuraient des chances diverses aux combattants : mais dans la guerre moderne, tout dépend d'une balle qui vole, qu'on ne voit pas et qu'on ne peut éviter; cette balle a été lancée au hasard par un ennemi faible, souvent même par un lâche, toujours par une main inconnue ; et l'homme le plus fort, le plus brave, le plus distingué, succombe sans pouvoir faire un seul mouvement pour parer le coup invisible qui renverse.

Les effets de la poudre ne sont pas moins effroyables dans le siége des villes ; les plus solides remparts, les plus fortes tours n'arrêtent point le carnage ; un boulet rouge porte l'incendie et la ruine à d'énormes distances, l'obus décrit dans l'air une courbe savamment calculée, puis éclate en semant la mort de tous côtés à la fois. Mais ce n'est rien encore en comparaison de la mine qui fait sauter en l'air des pans de murailles, de hautes citadelles, et souvent même des villes tout entières.

— Oh ! cela est affreux, s'écria le jeune Gustave.

— Oui, mon ami, continua M. Baude, des villes tout entières avec leurs habitants.

— Et de quelle manière cela se fait-il? demanda Paul.

— D'une manière très simple, reprit le précepteur; ces

rochers que vous avez vus sauter en l'air, il y a peu d'instants, vous en donnent une idée ; on creuse la terre sous les fondements des édifices qu'on veut ruiner ; on y dispose une certaine quantité de barils de poudre ; une longue mèche, c'est-à-dire une corde enduite de soufre et d'huile inflammable, les met pour ainsi dire en contact ; on la dispose de manière à pouvoir opérer l'explosion de la mine sans courir aucun danger. Quand le moment est venu, un mineur allume l'extrémité de cette mèche, elle s'enflamme aussitôt, et le feu, courant le long de la corde, se communique rapidement à la poudre. Une détonation effroyable se fait entendre, la terre s'entrouvre, et tout ce qui se trouve au-dessus de la mine, remparts, maisons, murailles, villes tout entières, sont violemment arrachés de leurs bases et dispersés au loin.

Autrefois ce n'était qu'à force de temps et de patience qu'on prenait une place ; des siéges duraient dix ans, comme celui de Troie, quand la famine ou la ruse ne mettait pas un terme à la résistance des assiégés. Aujourd'hui, grâce à la poudre, les guerres sont moins longues parce qu'il n'y a plus de forteresse imprenable, dès qu'on veut recourir à la mine.

Vous connaissez l'histoire des deux siéges de Vienne par les Turcs, au dix-septième siècle : peu s'en est fallu que cette grande ville, qui était alors la capitale de toute l'Allemagne, n'ait entièrement péri. Le visir Kara-Mustapha l'assiégeait, en 1683, à la tête d'une armée innombrable. Las de ses vains efforts et furieux de l'héroïque résistance des habitants, ce barbare ennemi résolut de miner une partie de la ville et de la faire sauter avec ses défenseurs. Cet affreux dessein était tout près de réussir quand il fut déjoué par un heureux hasard, ou plutôt par un coup du ciel.

— Et comment ? s'écrièrent à la fois Paul et Gustave.

— Un boulanger, continua M. Baude, travaillait à pétrir son pain ; c'était la nuit, et le plus grand silence régnait dans toute la ville. Quand il eut achevé son œuvre, il crut entendre sous la terre un bruit étrange. Il prêta l'oreille et s'assura qu'il ne s'était pas trompé. C'était comme des coups de marteau qui résonnaient sourdement, à des intervalles égaux. Sachant qu'il n'y avait point de caves sous la maison, ce bruit lui parut suspect; il alla sur-le-champ avertir le chef d'un poste voisin. Celui-ci accourut aussitôt, n'écouta qu'un moment et cria : C'est une mine ! Dès qu'on n'entendit plus rien, il fit creuser la terre à l'endroit d'où ce bruit paraissait venir, et découvrit un souterrain dans lequel on avait amassé autant de barils de poudre qu'il en fallait pour faire sauter la moitié de la ville ; il ordonna aussitôt de les retirer et de couper la mèche qui devait y mettre le feu. Par ce moyen Vienne échappa au plus pressant danger qu'elle eût jamais couru. Peu de temps après elle fut délivrée du siége par l'arrivée du fameux Jean Sobieski, roi de Pologne. Kara-Mustapha perdit presque toute son armée dans une grande bataille livrée sous les murs de la ville : il se retira vaincu, et le Grand-Seigneur le fit étrangler pour le punir de sa défaite.

— Au commencement du même siècle, le roi d'Angleterre et les principaux personnages de son royaume échappèrent à un danger semblable. Mais vous connaissez déjà la célèbre *conspiration des poudres.*

— Oui, répondirent à la fois les deux enfants, nous savons qu'il a existé une conspiration de ce nom ; mais nous aimerions à les apprendre de votre bouche.

— C'était en 1605, reprit M. Baude, sous le règne de Jacques Ier, fils de Marie Stuart, l'infortunée reine d'Ecosse. Les troubles et les guerres cruelles qui amenèrent en 1649 la sanglante révolution d'Angleterre, avaient commencé depuis longtemps. L'Angleterre était divisée en une foule de partis et de sectes religieuses. Cependant, comme l'a dit un historien, l'avénement de Jacques Ier fut salué par tous avec une égale joie.

Mais cette joie ne devait point durer, car elle n'était fondée que sur l'espérance qu'avait chaque parti de voir le nouveau roi gouverner selon ses vues et humilier ses ennemis. L'impartialité de Jacques fit donc beaucoup de mécontents. Quelques hommes qui s'appelaient eux-mêmes catholiques, mais qui ne portaient ce nom que pour le déshonorer, formèrent alors le projet abominable de détruire d'un seul coup le roi, sa famille et tout le parlement d'Angleterre.

Le premier auteur de cette idée atroce fut un certain Catesby, homme de mérite, à ce que dit l'histoire, et d'une noblesse ancienne. Il était intimement lié avec Thomas Percy, descendant d'une famille illustre du Northumberland. Un jour, dans une conversation qu'ils eurent ensemble sur le triste état du royaume, Percy, emporté par un mouvement de colère, alla jusqu'à dire qu'il fallait se défaire du roi. Catesby saisit aussitôt cette occasion pour lui communiquer le projet qu'il avait conçu.

— Nous défaire du roi, disait-il, ce serait un meurtre inutile. Il a des enfants qui hériteraient de sa couronne et de ses maximes. La destruction même de toute la famille royale ne suffirait pas pour assurer le bien du pays ; il faut frapper du même coup les barons et les communes, c'est-à-dire les membres des deux Chambres. Ils se réunissent tous une fois l'année pour l'ouverture du parlement, l'occasion est belle si nous savons en profiter. Voici ce que je propose à cet égard ; c'est un projet simple, d'une exécution facile et d'un résultat infaillible. Avec un petit nombre d'amis dévoués nous ouvrirons une mine sous la salle de Westminster, et au moment où le roi fera aux deux Chambres le discours d'usage, nous y mettrons le feu. La salle sautera, sans danger pour nous-mêmes et sans que nous soyons soupçonnés.

Il expliqua ensuite son projet avec plus de détails. Percy approuva tout et convint avec son ami de ne communiquer leur plan qu'à un petit nombre d'hommes fermes, résolus et dévoués. Ils jetèrent d'abord les yeux sur Thomas Winter et l'envoyèrent en Flandre pour y chercher Fawkes, officier au service d'Espagne, dont le zèle et l'intrépidité leur étaient bien connus.

Dans le cours de l'année 1604, les conspirateurs louèrent, au nom de Percy, une maison voisine du palais de Westminster. Le 11 décembre de la même année, ils commencèrent leurs préparatifs. Dans la crainte d'être interrompus ou d'éveiller la défiance, ils firent d'abord un grand amas de provisions qui les mit en état de travailler sans relâche. Après de longs et pénibles efforts, ils avaient percé le premier mur des fondations du palais, quand, au milieu de leur travail, ils furent alarmés par un bruit dont ils ne comprenaient pas la cause et qu'ils entendaient au-dessous d'eux. Ils allèrent aux informations et apprirent que ce bruit partait d'une cave creusée sous la salle du parlement, où l'on avait établi un magasin de charbon. Ils surent aussi que cette marchandise une fois vendue, ce qui ne pouvait plus tarder beau-coup, la cave serait à louer. Percy n'eut rien de plus pressé que de la retenir pour en faire, disait-il, un magasin de bois. Dès qu'elle fut vide, les conspirateurs y déposèrent tente-six barils de poudre cachés avec soin sous des tas de fagots et de bûches, et la cave resta ensuite ouverte comme elle l'avait été jusque-là.

Assurés du succès, ils s'occupèrent d'organiser toutes les par-ties de leur complot. Le roi, la reine et le prince de Galles de-vaient assister à l'ouverture du parlement; mais le second fils du roi étant encore trop jeune pour se trouver à cette cérémonie, Percy fut chargé de le saisir et de le mettre à mort. La princesse Elisabeth, qui n'était aussi qu'un enfant, était élevée chez mi-lord Karrington dans le comté de Warwick; le chevalier Eve-nard Digby, Kookwood et Grant, qui faisaient partie des conjurés, promirent d'assembler leurs amis sous le prétexte d'une partie de chasse et de s'emparer de cette princesse, afin de la proclamer reine. Le mois d'octobre approchait, et rien n'avait transpiré, tant le secret quoique répandu entre plus de vingt personnes, avait été religieusement gardé pendant l'espace de dix-huit mois. Nul remords, nul sentiment d'humanité n'avaient pu engager aucun des conjurés à renoncer à l'entreprise ou à la révéler. Tout était prêt, et les assassins se croyaient déjà au terme de leurs vœux, quand un avis, dont l'auteur est demeuré inconnu, dé-joua leurs projets homicides et sauva l'Angleterre d'un horrible massacre. Dix jours avant l'ouverture du parlement, lord Montea-gle, fils du lord Morley, reçut une lettre anonyme dans laquelle on lui conseillait de ne point se trouver à Westminster pour l'ouverture des deux Chambres, mais de se retirer dans ses terres et d'y attendre les événements. « Quoiqu'il n'y ait aucune apparence de trouble, ni aucun bruit de complot, lui disait-on, gardez-vous, si vous tenez à la vie, de négliger cet avertissement qu'un inconnu vous donne par affection pour vous et pour quelques-uns de vos amis ; un coup terrible et inattendu frappera ce parlement, et son effet sera d'autant plus sûr qu'on ne verra pas d'où il partira ; que Dieu vous fasse la grâce de vous aimer assez vous-même pour profiter de cet avis. »

Lord Monteagle ne fut pas tranquille après avoir lu cette lettre. Quoique assez porté à croire qu'on avait peut-être voulu l'effrayer par une fausse alarme et le rendre ridicule, il jugea que le parti le plus sage était de remettre la lettre au secrétaire d'état, lord Salisbury. Ce ministre ne la jugea point digne d'attention ; mais le roi pensa tout autrement. Le style mystérieux de la lettre lui fit croire qu'elle renfermait quelque avis sérieux ; ces mots de *coup terrible et inattendu qui frappe sans qu'on voie d'où il part* lui donnèrent aussitôt l'idée de la poudre. Il ordonna au comte de Suffolk, lord chambellan, de visiter lui-même les voûtes qui se trouvaient sous les salles du parlement. Lord Suffolk crut qu'il était prudent d'attendre jusqu'à la veille de l'assemblée, pour ne point éveiller les soupçons. Quand il entra dans la cave louée par Thomas Percy, l'immense quantité de bois à brûler qui s'y trouvait lui parut d'abord suspecte, surtout à cause de la brièveté du séjour que le locataire faisait ordinairement à Londres. En continuant les recherches, il aperçut dans le coin le plus obscur de la cave un homme dont le regard terrible et la contenance hardie le frappèrent ; c'était Fawkes, qui, interrogé par lui, se fit passer pour un domestique de Thomas Percy. Ces deux circonstances l'engagèrent à visiter la cave entière avec plus de soin. Il manda le juge de paix de Westminster, sir Tomas Knevet : cet officier commença par ordonner l'arrestation de Fawkes. Puis il fit enlever tous les fagots, sous lesquels on découvrit avec effroi les trente-six barils de poudre. Alors on fouilla Fawkes, et l'on trouva dans ses poches un briquet et des mèches soufrées ; en un mot, tout ce qui était nécessaire pour faire éclater la mine. Se voyant découvert, il exprima le regret de n'avoir pas mis le feu aux poudres, pendant qu'il était libre encore, afin de vendre chèrement sa vie. Traduit devant une commission chargée de l'interroger, il conserva le même courage ou plutôt la même férocité, traita ses juges avec le mépris le plus insultant et refusa de nommer ses complices. Cette obstination se soutint pendant deux ou trois jours. Mais la solitude de son cachot, le désespoir de ne pouvoir se sauver, la torture dont on le menaçait, finirent par abattre ce fier courage ; il avoua toutes les circonstances du crime et nomma ses complices dans une déclaration que l'histoire nous a conservée.

La lettre adressée à lord Monteagle et ses premières conséquences ne parurent point à Catesby, à Percy et aux autres conjurés qui se trouvaient à Londres des raisons suffisantes pour abandonner leur projet. Mais, au premier bruit des perquisitions faites dans la cave de Westminster et de l'arrestation de Fawkes, ils jugèrent le coup manqué et partirent précipitamment pour le Warwickshire. Digby, comptant sur le succès du complot, avait déjà pris les armes pour s'emparer de la princesse Elisabeth ; mais elle avait trompé ses poursuites et s'était réfugiée à Coventry. Les conjurés durent alors changer de rôle et songer à se défendre. Ils s'enfermèrent au nombre de quatre-vingts dans une maison pour vendre chèrement leur vie et y soutenir une espèce de siége contre les habitants du comté qui s'étaient réunis en armes à la voix des shérifs. Cette lutte désespérée ne fut pas longue. Le feu prit aux munitions qu'ils avaient pour se défendre, et, par un singulier hasard ou plutôt par une juste vengeance de Dieu, la plupart d'entre eux périrent du même genre de mort qu'ils avaient destiné à leurs concitoyens. Parmi ceux qui survécurent à l'explosion de la poudre, Catesby et Percy périrent en combattant ; les autres furent pris, jugés et décapités.

— Ils le méritaient bien, s'écrièrent les deux enfants, car c'é-
taient de grands scélérats.

— Assurément, reprit M. Baude; cependant il y a ici une distinction à faire : ces conjurés n'étaient point des hommes naturellement cruels, ni des scélérats vulgaires; ils appartenaient à des
familles honorables, ils avaient reçu une excellente éducation, et
un auteur contemporain dit qu'avant cet infernal complot, on les
citait partout comme des hommes de bien; Catesby et Digby surtout jouissaient de l'estime générale. Mais c'est ici le cas de s'effrayer de la violence des passions politiques et du fanatisme religieux qui égarent les âmes les plus honnêtes et les portent au
crime. Aucun de ces conjurés n'était capable de dérober la plus
petite pièce de monnaie à son voisin, parce que rien ne leur cachait la honte attachée à une pareille action; mais tous étaient
capables, et ils l'ont prouvé, d'attenter à la vie des plus grands
personnages de l'Angleterre. C'est que ce dernier crime s'offrait à
leur conscience et à leur piété mal éclairées comme un acte généreux qui devait assurer le bien de la religion et du pays. Ce
motif sanctifiait pour ainsi dire les moyens les plus atroces; ils se
croyaient les vengeurs et les héros de l'Eglise catholique, alors
qu'ils la déshonoraient dans sa doctrine et dans sa morale, puisqu'elle a dit par la bouche de l'apôtre saint Paul : « Il ne nous est
pas permis de faire du mal pour qu'il en résulte du bien. » C'é-
taient des malheureux qui n'avaient qu'un zèle aveugle; ils mettaient les passions du monde au service d'une religion qui ne doit
rien aux efforts de l'homme et dont Dieu seul se réserve d'étendre
ou de resserrer les limites; ils oubliaient enfin qu'elle ne doit ses
progrès qu'aux miracles faits en sa faveur et au sang de ses mar-
tyrs : ils l'outrageaient en voulant la servir; ils devenaient les
plus scélérats de tous les hommes par un faux principe de vertu.

Après ce récit, les deux enfants remercièrent M. Baude et restèrent quelque temps à réfléchir sur les circonstances de cette fameuse *conspiration des poudres*, puis ils entrèrent dans la maison
d'un paysan pour y prendre un repas champêtre dont ils avaient

besoin; car la marche et l'air vif des montagnes leur avaient donné un grand appétit. Après le déjeuner, la curiosité les reprit : ils demandèrent à leur précepteur de nouveaux détails sur l'objet qui les avait occupés depuis le matin.

— Si les accidents causés par la poudre sont terribles sur terre, dit M. Baude, ils le sont bien davantage sur mer, et surtout plus fréquents. Il n'y a pas de vaisseau de guerre qui ne soit sans cesse exposé à sauter ; il suffit pour cela qu'une étincelle tombe dans cette partie du bâtiment qu'on nomme la Sainte-Barbe. Quelquefois, dans les combats maritimes, un boulet vient s'abattre dans le magasin à poudre, et alors la perte d'un seul vaisseau peut entraîner la dispersion de toute une flotte. Une simple imprudence produit souvent le même résulat ; c'est ainsi qu'en 1800 la *Reine-Charlotte,* superbe frégate anglaise, périt en vue du port de Livourne. Comme elle s'approchait de la côte, on vit tout-à-coup d'épais tourbillons de fumée sortir de la cale : c'était du foin humide qui s'était enflammé de lui-même. Tout ce qu'on put faire pour éteindre le feu ne servit de rien ; il eut bientôt gagné toutes les parties du bâtiment. Les marins de Livourne, voyant de loin ce qui était arrivé, se jetèrent sur des bateaux et firent force de rames pour venir au secours du vaisseau. Ils sauvèrent d'abord quelques personnes de l'équipage qui s'étaient lancées à la mer ; mais bientôt l'incendie, qui gagnait de proche en proche, atteignit les canons et les fit tous partir. Les marins crurent qu'ils étaient chargés, ils s'éloignèrent aussitôt pour sauver leur propre vie. Cette retraite fut l'arrêt de mort de tout ce qui restait de l'équipage. Le feu prit au magasin à poudre, la frégate sauta avec un bruit épouvantable et couvrit la mer de ses débris, horrible mélange de membres déchirés et de planches fumantes.

Cet exemple, pris entre mille, vous donne une idée des malheurs que peut causer la poudre à canon.

— Ils sont affreux, s'écria Paul, et je crois qu'il vaudrait mieux que cette triste découverte fût encore à faire.

— Oui, et qu'on ne la fît jamais, ajouta Gustave.

— C'est parler bien vite, mes amis, reprit M. Baude; s'il fallait condamner tout ce qui peut produire quelque mal, je ne vois pas ce qui pourrait trouver grâce devant vos yeux; direz-vous, par exemple, qu'il serait à désirer que l'usage de la parole fût retiré à l'homme ?

— Non, certes, reprirent les deux enfants; la parole est le plus beau don que Dieu nous ait fait, et sans elle....

— L'homme ne serait plus l'homme, continua M. Baude, il ne faudrait plus l'appeler âme parlante, comme l'Ecriture le nomme, ni articulateur, comme dit Homère; le titre d'animal raisonnable ne lui conviendrait même plus, puisque parole et raison ne sont au fond qu'une même chose. Vous convenez donc, mes amis, qu'il faut lui laisser le privilège sublime qui le fait roi de la création; je crois comme vous : cependant, avec votre manière de raisonner, c'est-à-dire en partant de cette idée que tout ce qui est susceptible de mal devrait ne pas exister, il est évident qu'il faut condamner aussi la parole et souhaiter que Dieu nous la retire. Vous connaissez l'apologue des langues ; vous l'avez expliqué en commençant l'étude du grec. « La langue, dit Esope, est à la fois la meilleure et la pire de toutes les choses. Si je la considère par son mauvais côté, je suis effrayé de tout le mal qu'elle peut produire; et je ne finirais pas si je voulais énumérer tous les exemples que nous en avons : je vois la haine, l'intérêt, la ruse, la flatterie, l'orgueil, toutes les passions, tous les vices abusant à leur profit de ce beau présent du Ciel; la réputation des hommes les plus purs attaquée, l'honneur des femmes les plus vertueuses compromis, les cœurs les plus sensibles cruellement blessés par des discours légers ou perfides, par de faux rapports, des calomnies, des médisances, de froides railleries. » Un moraliste n'a-t-il pas été jusqu'à dire : « La parole n'a été donnée à l'homme que pour déguiser sa pensée ? » S'il en est ainsi vraiment, il faut prier Dieu qu'il nous retire ce don fatal, comme une arme funeste qu'il nous aurait donnée pour nous détruire les uns les autres. Ne le pensez-vous pas comme moi ?

— Oui, répondirent les enfants, si l'on ne voit la chose que de ce côté.

— A la bonne heure, mes amis : vous êtes donc maintenant du sentiment d'Esope? Eh bien ! il faut en dire autant de tout ce qui entre dans le domaine de l'homme; on trouve partout l'abus à côté de l'usage légitime. L'imprimerie, pour prendre un autre exemple, vous paraît une des découvertes les plus utiles et les plus précieuses qu'on ait pu faire, n'est-il pas vrai?

— Oui, certes, reprirent les deux enfants.

— Et cependant, qui n'est pas frappé des inconvénients nombreux qu'elle entraîne avec elle? On a dit déjà qu'elle éternisait les sottises des hommes, qui auraient dû être passagères comme eux; mais c'est le moindre reproche qu'on puisse lui faire; il y en aurait d'autres bien plus sérieux à lui adresser. Tous les maux produits par la parole sont agrandis dans une proportion effrayante par l'imprimerie, quand elle se met au service des passions et de l'ignorance; il n'y a point de vérité qu'elle ne parvienne à obscurcir, point de mensonge qu'elle n'accrédite; elle donne à l'erreur des ailes rapides pour voler d'un bout du monde à l'autre, et une force pour durer toujours.

En concluerons-nous qu'il faut la condamner absolument et souhaiter qu'elle n'existe pas? à Dieu ne plaise ! Nous devons dire seulement que l'imprimerie, comme l'écriture, comme la parole, comme toute chose humaine, a ses inconvénients et ses avantages, parce qu'il est interrompu lui-même; mais tout est pur à celui qui est pur. Au lieu donc de prier Dieu qu'il nous retire ses dons, il faut lui demander la grâce d'en user saintement, selon sa volonté, c'est-à-dire utilement pour nous et pour nos semblables. Car, puisque les choses ne sont mauvaises que par l'abus que nous en faisons, ce n'est pas elle qu'il faut détruire, mais c'est nous qu'il faut changer, afin que le mal disparaisse et que tout serve au bien.

Voilà ce qu'on doit dire de la poudre à canon; je me suis fort étendu tout-à-l'heure sur les tristes effets que produit son usage dans les guerres modernes : mais en cela j'ai cherché à vous faire voir son mauvais côté ; pour être juste, et sans approuver la destruction violente, de quelque manière qu'elle arrive, il faut ajouter à ce que j'ai dit précédemment, que les guerres sont moins longues depuis l'emploi de l'artillerie, et qu'il y a moins de sang versé dans les batailles. Quant à l'application de la poudre aux arts de la paix, les avantages en sont grands et incontestables ; on peut dire qu'elle est sujette à des accidents ; mais si, avec les soins et les précautions nécessaires, on peut les prévenir, il est peu raisonnable de s'en plaindre.

La conversation roula quelque temps encore sur cette matière, puis les trois promeneurs rentrèrent au château pour l'heure du dîner.

III. — VISITE A LA POUDRIÈRE.

Quelques jours après, M. Baude partit avec ses élèves pour se rendre aux Pyrénées, où se trouvait alors la comtesse de Saint-Remy. Toulouse étant sur la route, ils s'y arrêtèrent vingt-quatre heures pour en voir les curiosités. Après qu'ils eurent visité le Capitole, Saint-Etienne et Saint-Sernin, la cour royale et le palais de justice, le musée de peinture, le château d'eau, l'arsenal, le polygone, les moulins et les usines qui sont sur le fleuve, la personne qui les accompagnait leur offrit de les conduire à la poudrière. Cette proposition fut reçue avec enthousiasme par les deux enfants. M. Baude se procura tout de suite l'autorisation nécessaire pour être admis à visiter cet établissement, situé hors de la ville, dans une des belles îles de la Garonne, au-dessus du port Garaud.

A leur arrivée dans l'île, le directeur de la poudrière les reçut avec politesse, et les mena d'abord au moulin à poudre, qui fonctionnait en ce moment ; il était en tout semblable aux moulins ordinaires, à cela près que les meules étaient en marbre très dur, ainsi que la pierre sur laquelle elles étaient posées.

— Autrefois, leur dit le chef des travaux, au lieu de moudre les substances comme on le fait aujourd'hui, on les broyait dans les mortiers; mais cette méthode, indépendamment de ce qu'elle était plus longue, ne donnait point un résultat aussi satisfaisant que le procédé actuel, qui est aussi moins dangereux.

Ces matières que vous voyez entrent dans la composition de la poudre; on les mêle ensemble dans une proportion déterminée; seize parties de salpêtre, trois de charbon, et deux de soufre, ou, pour parler plus clairement, seize livres de la première substance, trois de la seconde, et deux de la troisième, donnent vingt-une livres de poudre ordinaire. Le salpêtre est donc l'élément principal; il contient beaucoup d'air, qui en prenant feu s'échappe avec force et produit l'explosion. Le soufre qu'on y joint rend le salpêtre plus inflammable; quant au charbon pulvérisé, c'est un intermède chimique qui sert à lier les deux autres substances.

Pour opérer le mélange et la combinaison parfaite de ces trois éléments, on les jette ensemble sous la meule, dans la proportion que je vous ai dite pour les broyer et les réduire en une poussière aussi fine que possible; on a bien soin, pendant cette opération, de les tenir sans cesse humectés, de peur qu'ils ne s'enflamment à la chaleur produite par les frottements. Quand le mélange a été bien fait et que toutes les substances sont parfaitement liées et fondues l'une dans l'autre, alors on les passe dans des cribles ou tamis de différentes grosseurs qu'une roue fait tourner, et qui, par un mouvement de rotation mesurée, les réduisent en petites boules semblables à des graines de pavot; c'est la poudre; il ne reste plus qu'à la faire sécher doucement au soleil, et à la mettre au magasin.

La poudre dont je vous parle est la poudre ordinaire, dans ses diverses qualités, c'est-à-dire celle dont on se sert pour la chasse, pour la guerre et pour les travaux des mines. Elle a bien de la force : mais comme le génie de l'homme ne s'arrête jamais, on a trouvé le moyen de lui en donner davantage par des procédés modernes, au moyen desquels on obtient une poudre concentrée, cinquante fois plus forte que la poudre ordinaire.

— Si vous voulez maintenant, ajouta le chef des travaux, je vais vous faire voir le magasin.

Il prit un gros trousseau de clefs, et conduisit les visiteurs à un autre bâtiment situé à quelque distance du premier. Les enfants parurent surpris de trouver une sentinelle qui en gardait l'entrée.

— C'est une mesure de prudence indispensable, reprit l'homme qui les conduisait ; si le premier venu pouvait pénétrer dans le magasin à poudre, il en résulterait infailliblement les plus grands malheurs. C'est pour les prévenir qu'une sentinelle veille nuit et jour à la porte, afin de ne laisser entrer personne sans permission. Il est de plus défendu, et cela sous punition, de fumer à une certaine distance, parce qu'une étincelle pourrait voler dans le magasin et causer une épouvantable catastrophe.

Quand ils furent arrivés devant la porte d'une salle voûtée qui était le magasin à poudre, le chef leur demanda s'ils avaient des clous à leurs chaussures.

— Oui, répondirent-ils, nous avons même des fers aux talons de nos bottes.

— Alors, reprit leur guide, il faut les ôter et mettre à vos pieds ces sabots ; car il y a défense rigoureuse de recevoir dans le magasin à poudre aucune personne ayant du fer à sa chaussure, de peur que son frottement contre le pavé ne fasse jaillir une étincelle qui, en tombant sur la poudre, fait sauter le magasin.

M. Baude et ses gens quittèrent leurs bottes et chaussèrent de légers sabots pour entrer dans la salle voûtée. Là ils virent un nombre considérable de barils de toutes grandeurs contenant diverses qualités de poudre. Dans une salle voisine on faisait les cartouches pour l'armée ; dans une autre on préparait les gargousses, les bombes, les grenades, et tout ce qui tient au service de l'artillerie. Les jeunes visiteurs considérèrent avec attention et avec plaisir tous ces détails ; ce qui les frappa surtout, ce fut l'ordre qu'ils remarquèrent dans toutes les parties du travail, et les précautions minutieuses qu'on prenait pour éviter les accidents.

— On n'en saurait trop prendre, dit un vieux soldat allemand qui travaillait à faire des cartouches ; la moindre imprudence, le moindre oubli, sont chèrement payés quand il s'agit de la poudre; on l'a bien vu à Leipsik, en 1796.

— Qu'est-il donc arrivé? s'écrièrent en même temps Paul et Gustave.

— La poudrière a sauté, reprit le vieil Allemand. Avec la permission de M. le directeur, je vous raconterai cette histoire, et je la connais bien, car j'étais sur les lieux.

Le directeur lui permit sans peine de satisfaire la curiosité des jeunes visiteurs.

— C'était le 3 septembre, dit l'ouvrier ; une détonation terrible répandit tout-à-coup l'épouvante dans la ville de Leipsick, et se fit entendre à plus de dix lieues ; le sol trembla, plusieurs maisons s'écroulèrent dans la partie basse de la ville, les portes et les fenêtres furent brisées. Quand le premier moment de stupeur fut passé, on regarda de tous côtés pour savoir ce que c'était : on aperçut au midi de la ville une immense colonne de feu qui se dressait au milieu d'un océan de fumée, et que le vent du sud poussait impétueusement vers la partie centrale de Leipsik. C'est la poudrière qui a sauté, s'écria-t-on d'abord ; et l'on se mit à courir au secours des malheureux que cette catastrophe avait frappés. A mesure qu'on descendait vers la ville basse on se sentait comme étouffé d'une épaisse vapeur de salpêtre et de soufre qui infectait l'air ; une foule misérable encombrait toutes les rues. Hommes, femmes, enfants, vieillards fuyaient leurs maisons croulantes ou embrasées. Quand on arriva sur le théâtre même de ce grand désastre, il ne restait plus du magasin à poudre que les ruines fumantes ; ce bâtiment si vaste s'était comme évanoui ; il n'en demeurait pas pierres sur pierre, et ses débris avaient été lancés en l'air avec tant de force qu'ils étaient répandus sur un espace de plus de cinq cents toises.

Cinquante quintaux de poudre, une quantité considérable de caissons chargés de cartouches, de bombes et de grenades, des

masses énormes de soufre et de salpêtre s'étaient enflammés à la
fois. Toutes les maisons environnantes avaient eu plus ou moins à
souffrir, soit de la secousse produite par l'explosion, soit de la
chute des débris lancés au loin. Plusieurs ouvriers avaient péri,
ainsi que trois soldats et un sous-officier nommé Haug : il y eut
aussi un grand nombre de blessés. Si l'accident fût arrivé seulement un quart d'heure plus tôt, le nombre des victimes aurait
sans doute été bien plus grand ; car un détachement de soldats
chargés de conduire plusieurs caissons venait de quitter la poudrière, et ceux qui périrent les attendaient pour les aider à faire
un second chargement.

— Savez-vous comment cet affreux malheur était arrivé ? demandèrent ensuite les deux enfants.

— Par opiniâtreté du garde-magasin, reprit le vieux soldat,
et par l'imprudence aveugle de ce même sous-officier, nommé
Haug, qui fut une des victimes. Le garde-magasin n'était pas
assez sévère et semblait ne pas comprendre l'importance de ses
fonctions ; logé tout à côté de la poudrière, il en employait les
bâtiments à toutes sortes d'usages ; il ne craignait pas d'y déposer les produits de ses récoltes et ses instruments de labourage ; il
donnait à ses voisins le même droit, et leur permettait d'étendre
leur linge dans les greniers. La clef du magasin était à la disposition de ceux qui la voulaient prendre, et chacun pouvait y entrer à toutes les heures du jour ; c'était déjà de sa part une grande
négligence, mais il y mit le comble en livrant une des salles de la
poudrière à ce sous-officier dont je vous ai déjà parlé. Cet homme,
naturellement brutal et fort adonné au vin, s'occupait, quand il
ne buvait pas, à faire de petites pièces d'artifice qu'il vendait
aux enfants pour avoir de quoi boire. Comme cette industrie, surtout entre ses mains, était dangereuse pour le voisinage, le propriétaire de la maison qu'il habitait lui fit défense de se livrer
chez lui à ce genre de travail. Profitant alors de la facilité avec
laquelle on entrait dans le magasin à poudre, il choisit une des
salles et en fit son atelier ; le garde ne trouva rien à redire et lui

laissa toute liberté à cet égard. Avec tout autre que lui, cette complaisance eût été sans danger; mais ce Haug était le plus étourdi de tous les hommes; son état continuel d'ivresse l'exposait à commettre mille imprudences; grossier et violent, il lui était impossible de se soumettre à aucune règle, d'écouter aucune représentation. Il allait et venait dans le magasin avec des bottes ferrées, et employait indifféremment le fer et le bois pour fabriquer ses pièces d'artifice.

Le jour même de l'explosion, il travaillait comme à l'ordinaire dans la salle qu'on lui avait abandonnée. Un des artilleurs qui étaient venus pour emmener les caissons remplis de poudre, fut frappé de son peu de précaution et lui fit là-dessus de sages remontrances : il lui représenta surtout qu'il ne devait pas marcher avec des bottes garnies de clous et d'éperons sur un pavé couvert de pulvérin, mais prendre des sabots ou aller pieds nus afin de prévenir les accidents. Haug, qui était ivre, ne fit d'abord que rire au nez de l'artilleur, en lui disant qu'il savait mieux que personne ce qu'il avait à faire; puis, l'autre le menaçant d'aller porter plainte au directeur, il se jeta sur lui avec colère et le fit sortir de la salle. L'artilleur courut aussitôt pour faire ce qu'il avait dit; mais il n'en eut pas le temps, car, au moment où il arrivait à la porte du directeur, le bruit effroyable de l'explosion lui apprit que le malheur qu'il avait craint venait d'arriver.

On ne saurait dire précisément de quelle manière le feu avait pris aux poudres, mais tout porte à croire que l'imprudent sous-officier fut l'auteur de cette catastrophe, comme il en fut aussi la victime.

— Mes amis, reprit le directeur, si ce brave homme ne vous avait raconté ce qu'il a vu dans son pays, je vous raconterais ce que nous avons vu ici, il y a déjà plusieurs années : Toulouse n'a rien à envier à Leipsick, elle a éprouvé le même malheur. Sa poudrière a sauté par une négligence pareille ; mais le nombre des victimes a été bien plus considérable ; car c'était un beau jour de fête et les environs de la ville étaient pleins de promeneurs. Il y avait même beaucoup de monde sur la rivière et dans l'île, au moment de l'explosion. Le souvenir en est encore tout frais dans la mémoire des habitants; ils se feront un plaisir de vous raconter l'histoire touchante de deux jeunes fiancés, dont les deux familles s'étaient donné rendez-vous à la poudrière, la veille du jour fixé pour leur mariage; au moment où la jeune fille traversait la Garonne avec sa mère et regardait son fiancé qui l'attendait sur l'autre rive, au milieu de ses parents, l'explosion terrible se fit entendre. Les deux jeunes fiancés périrent en même temps, du même coup, et leurs corps sanglants furent retrouvés à une grande distance l'un de l'autre.

Malgré l'impression que ces récits faisaient sur l'esprit des deux enfants, le directeur s'aperçut qu'ils jetaient un œil d'envie sur de petits barils fort élégants qui contenaient une livre de poudre de chasse.

— Si vous étiez plus âgés de quelques années, leur dit-il, je vous offrirais d'en emporter quelques-uns, parce que je vois qu'ils vous font plaisir. Mais vous êtes trop jeunes encore pour manier une substance aussi dangereuse, et je ne voudrais pas vous exposer à quelque malheur; il ne faut le confier qu'à des hommes, et encore aux plus sages. Quant au mauvais usage que les enfants peuvent faire de la poudre, nous en avons tous les jours de tristes exemples.

Les enfants remercièrent poliment le directeur de sa complaisance, et continuèrent leur voyage.

L'HERBIER DE PAULINE.

Voici, mes jeunes lecteurs, une histoire intéressante que j'ai recueillie pendant mon séjour en Dauphiné. La scène se passe dans un petit village nommé La Bergère, près de Valence : peut-être visiterez-vous un jour les lieux où naquit mon héroïne, et donnerez-vous quelques larmes au souvenir de sa tendresse fraternelle.

Le père de Pauline était un bon paysan qui tenait à bail quelques pièces de vignes ; son travail suffisait à entretenir sa famille dans une honnête aisance. Sa femme, partageant ses idées d'ordre, entretenait le modeste ménage, et cultivait les germes heureux que Dieu avait mis dans le cœur de ses deux enfants, Adolphe et Pauline : les jours pour eux s'écoulaient purs et calmes, ramenant les mêmes joies et les mêmes devoirs. La famille se réunissait tous les soirs pour remercier Dieu de ses bontés et pour le prier de continuer cette tranquillité heureuse au milieu de laquelle elle vivait.

Adolphe avait cinq ans de plus que sa sœur : il eût été difficile de voir deux enfants plus tendrement unis : lorsque Pauline était encore au berceau, Adolphe s'était établi de son chef le petit gardien de sa sœur. Plein d'attention pour sa faiblesse, il l'entourait des soins les plus vigilants, et cherchait par tous les moyens à lui témoigner son affection. Lorsque sa sœur commença à marcher, il continua ce rôle : ce fut lui qui dirigea les pas de sa sœur : il la menait promener, traînant avec lui un chariot destiné à la recevoir lorsque la marche l'aurait fatiguée : les plus belles fleurs qu'il cueillait pendant la route étaient pour elle : il s'amusait à lui tresser des petits paniers de jonc où elle déposait ses bouquets ; enfin il trouvait son bonheur dans les soins attentifs dont il entourait à chaque instant la faiblesse de Pauline. Plus tard, lorsqu'elle grandit, il devint son premier maître : car, par ses bonnes qualités, il avait gagné le cœur du curé du village, et son intelligence l'avait mis à même de profiter rapidement des leçons de ce vénérable instituteur. A son tour, il fut celui de sa sœur : rien ne le rebutait dans cette tâche difficile à son âge, mais que sa tendresse et la docilité de Pauline rendait agréable. Adolphe était fier d'initier sa sœur aux premiers éléments des connaissances utiles, et celle-ci, assise près de lui, écoutait avec une sorte d'admiration les leçons de son jeune précepteur, qu'elle apprenait à chérir de plus en plus. Ce fut au milieu de ces joies que s'écoula l'enfance de nos deux amis : Pauline atteignit sa treizième année et Adolphe sa dix-huitième.

Tant de bonheur et de tranquillité ne devait pas durer longtemps. A cette époque la France, en guerre avec la moitié de l'Europe, avait besoin de soldats pour conserver la gloire qu'elle s'était acquise dans tant de batailles célèbres; la guerre réclamait chaque mois de nouveaux combattants, la conscription appelait sous les armes tous les jeunes gens de vingt et un ans. Mais le besoin d'hommes se faisant plus vivement sentir, l'empereur rendit un décret qui obligeait tous les Français âgés de dix-huit ans de tirer au sort à qui ferait partie des nouvelles levées. Ce décret arriva jusqu'à La Bergère. Grand émoi parmi la tranquille famille : bien des larmes coulèrent et vinrent attrister ces journées jusqu'alors si pures et si calmes. Adolphe chercha à rassurer ses parents en leur disant que le sort lui serait favorable, et qu'il ne les quitterait pas. Ces consolations prodiguées avec amour ramenèrent un peu de confiance dans le cœur de son père, de sa mère et de Pauline. On se mit en prières pour obtenir de Dieu une heureuse réussite, et Adolphe s'arrachant aux embrassements de sa famille, se rendit au chef-lieu où devait se faire le tirage. Malheureusement son espérance fut trompée : il amena un des numéros destinés pour partir.

Adolphe revint tristement au village : ce n'était pas sur son sort qu'il s'apitoyait : le bruit de nos victoires était arrivé jusqu'à La Bergère, et avait fait bondir de joie le cœur du jeune enthousiaste : la carrrière des armes lui souriait; mais abandonner ses parents dont il était si tendrement aimé, sa sœur habituée à ses caresses et à ses soins : cette idée lui faisait venir les larmes aux yeux et renversait tous ses rêves de gloire. Néanmoins, pendant la route il sentit qu'il fallait arriver la joie sur le visage, et qu'il devait soutenir le courage de sa famille au lieu d'augmenter ses alarmes par un air de tristesse profonde.

D'ailleurs, une fois à l'armée, se disait-il, je me distinguerai; ma bravoure me signalera à l'attention de mes chefs : peut-être aurai-je le bonheur de faire une action d'éclat, de devenir officier, et alors je pourrai contribuer au bien-être de mes parents. Je leur enverrai mes petites économies, je leur écrirai mes aventures, je leur parlerai de mon avancement; et quand j'irai en congé, quelle joie pour eux d'avoir un fils officier, décoré peut-être ! Oh ! comme Pauline sera heureuse et fière !...

Ces réflexions adoucirent un peu ses regrets, et il s'avança d'un pas plus leste vers le village. Il était arrivé au pied de la colline, qu'il faut gravir pour arriver à La Bergère, lorsqu'il aperçut une jeune fille. Son cœur ne le trompa pas : c'était sa sœur, c'était Pauline; pressée de savoir le résultat du tirage, elle était venue là guetter le retour de son frère; et, d'aussi loin qu'elle l'aperçut, elle l'appela en descendant précipitamment la colline. Elle fut bientôt dans les bras d'Adolphe :

— Eh bien! frère, lui demanda-t-elle avec inquiétude et en interrogeant son visage, dis-moi, nous quitteras-tu ?

— Hélas! oui, répondit Adolphe en la serrant de nouveau sur son cœur : pauvre Pauline! mais du courage; va, je reviendrai, et alors...

Il ne put achever : la pâleur répandue sur les traits de sa sœur lui en ôta la force : il l'embrassa à plusieurs reprises, les larmes aux yeux, et lui prodigua mille consolations qui lui rendirent un peu de calme. Ils arrivent auprès de leurs parents : nouvelle scène de douleur.

Un voisin, riche fermier, était alors dans la chaumière : il racontait que son fils avait tiré un mauvais numéro : mais, disait-il, je lui ai déjà trouvé un remplaçant, et pour cinq cents francs j'en serai quitte. Cet homme mit alors en avant auprès de la famille éplorée ces consolations banales à l'usage des gens secs, prodigues de paroles et avares de bonnes actions..... Adolphe reviendrait comme tant d'autres : tout le monde ne mourait pas à la guerre, et autres phrases de la même force; après quoi il se retira.

La famille était plongée dans une stupeur profonde et se laissait aller au plus amer découragement : Pauline seule avait repris courage. Ce fermier venait de parler d'un remplaçant : avec cinq cents francs on pouvait donc acheter un homme qui partirait à la place d'Adolphe. Cette idée la préoccupait vivement. Cinq cents francs, disait-elle, et nous conservons ce cher Adolphe ! Mais où trouver une somme aussi forte ? Cette seconde réflexion chassa de son cœur l'espérance qu'elle avait saisie avec tant d'avidité : avant de se mettre au lit elle pria Dieu de prendre en pitié la douleur de ses parents et la sienne, et toute la nuit elle chercha dans sa tête les moyens de se procurer l'argent nécessaire au rachat de son frère bien-aimé. Le matin elle se leva le cœur plus léger et le visage moins triste.

Quelle était la cause de ce changement ? Avant de vous l'apprendre, mes jeunes lecteurs, parlons un peu d'un talent de notre héroïne dont j'avais jusqu'ici oublié de vous parler. Vous vous représentez peut-être Pauline comme une jeune paysanne bonne, douce, aimante, mais sans instruction, sachant tout au plus lire couramment et à peine écrire : vous vous trompez. Outre les connaissances qu'elle devait à son frère, Pauline s'était fait elle-même un talent gracieux qui jusqu'ici lui avait servi d'amusement. Dans ses excursions sur les montagnes, elle s'occupait à recueillir des fleurs sauvages, et de retour à la chaumière elle les desséchait si habilement qu'elle leur conservait presque toute la fraîcheur et le brillant de leurs couleurs : puis elle les fixait avec art sur des morceaux de soie dont lui faisait cadeau chaque année le marchand possesseur du vignoble que cultivait son père. Elle savait mettre tant de soin dans cette opération délicate, que la grâce, l'élégance des fleurs, la richesse de leurs nuances, le coloris de leurs tons semblaient revivre sur la soie.

Quel procédé employait Pauline ? Je ne saurais, vu mon ignorance, le dire à mes jeunes lecteurs : au reste, je ne veux les intéresser qu'à l'excellent cœur et à la tendresse fraternelle de mon héroïne.

A son lever elle courut cueillir les plus belles fleurs; elle les disposa comme de coutume entre les feuilles du vieux registre qui lui servait à les dessécher : et chaque jour ses parents la virent occupée de ce soin futile en apparence. Ils s'étonnèrent de cette légèreté; Adolphe lui-même en fut désagréablement surpris. Néanmoins il était facile de voir qu'il se passait quelque chose d'extraordinaire dans la tête de Pauline : mais son secret était bien gardé et sa mère seule put le deviner.

— Pauline, ma chère enfant, lui dit-elle un jour en la voyant rentrer après une longue absence, les mains pleines de fleurs, ton père a eu besoin de toi pour l'aider à attacher la vigne, et tu es allée courir dans les champs... Pourquoi rester si peu de temps près d'Adolphe, qui est à la veille de nous quitter? Tu n'aimes donc pas ton frère?

Un pareil reproche d'indifférence pour celui qui occupait toutes ses pensées froissa douloureusement le cœur de Pauline; elle fondit en larmes et cacha sa tête sur les genoux de sa mère : celle-ci, touchée de son chagrin, la releva avec douceur et l'embrassa en lui disant qu'elle ne doutait pas de sa tendresse pour Adolphe. Pauline essuya ses yeux et confia son secret à sa mère.

— Mon herbier, dit-elle, doit avoir une certaine valeur : car j'ai vu, il y a quelques années, des hommes venir dans les environs pour recueillir les mêmes plantes : et ils semblaient fort contents d'en trouver en si grande quantité. Adolphe m'a dit que ces plantes servaient à l'étude d'une science dont j'ignore le nom. J'ai donc le projet de porter à Valence ma collection de plantes que j'ai amassées pour mon seul plaisir, et peut-être aurai-je le bonheur de la vendre à quelque amateur. C'est dans ce but, chère mère, que depuis quelques jours je parcours tous les environs : je veux réunir les plantes les plus rares et les plus belles, afin que ma collection soit complète et que sa valeur soit plus grande : vous voyez que, loin d'oublier mon frère, je ne pense qu'au moyen de le conserver parmi nous.

Pauline termina cette explication en suppliant sa mère de ne point s'opposer à son départ pour la ville. Celle-ci, indécise, gardait le silence, et son père, qui venait d'entrer, détournait la tête d'un air de doute. Il régna un moment de silence pendant lequel les parents échangèrent un regard, et sentirent leurs yeux se remplir de larmes, tant cette marque d'amitié fraternelle les avait émus. Tous deux doutaient du résultat du voyage ; néanmoins, quand Pauline leur eut représenté sa riche collection, son projet perdit quelque chose à leurs yeux de sa première étrangeté. La permission fut donc accordée. Valence n'est qu'à trois lieues, disait Pauline en embrassant tour à tour son père et sa mère, j'ai fait souvent des courses plus longues dans les champs à la recherche de mes fleurs ; si j'ai le malheur de ne pas réussir, j'en serai quitte pour un peu de fatigue que, grâce à Dieu, ma santé me permet de supporter. Au surplus, je pourrai passer la nuit chez la parente de ma mère, qui demeure tout près de Valence, et m'y reposer avant de revenir.

Pauline ayant ainsi répondu d'avance à toutes les objections qu'on aurait pu lui faire sur les embarras de ce voyage, ses parents le fixèrent au jour suivant. La jeune fille se coucha de bonne heure afin de se préparer aux fatigues du lendemain.

Le lever du soleil la trouva prête à partir : elle prit son herbier dans lequel elle avait arrangé ses plus belles fleurs, le mit dans un panier, et, se recommandant à Dieu, elle descendit légèrement, pour n'éveiller personne, l'escalier de bois qui conduisait à sa chambre. Mais sa mère l'avait entendue : elle l'appela, Pauline vint l'embrasser ; elle reçut aussi la bénédiction de son père, et partit. Au bout de la vigne, elle rencontra son frère qui travaillait dès le point du jour, attendant le départ de sa sœur : il la pressa sur son cœur, fit des vœux pour le succès de sa généreuse entreprise, lui adressa d'utiles recommandations pour son voyage, et la suivit des yeux jusqu'au moment où elle disparut au détour du chemin.

Pauline pressa le pas et fut bientôt sur la route de Valence.

C'était par une belle matinée du mois de mai : le ciel était

pur, l'air tiède et le riant spectacle de la nature donnait de nouvelles forces à notre jeune voyageuse : le souvenir de son frère
animait son courage pendant le trajet, et lui faisait presser le pas.
Elle s'arrêta une fois ou deux pour admirer quelques fleurs qui
croissaient sur les bords de la route, elle en cueillit même quelques-unes qu'elle ajouta à sa collection : et en considérant
son herbier, elle se persuada de plus en plus qu'il valait beaucoup.
Elle arriva enfin à Valence ; c'était le jour du marché ; sur la place
on voyait se presser un grand nombre de jeunes paysannes des
environs avec des paniers pleins de légumes, de beurre, d'œufs
et d'autres produits. Pauline en aperçut quelques-unes qui ne vendaient que des fleurs : elle alla se ranger parmi ces dernières.

La timide enfant devint bientôt, comme on le pense, l'objet de
la curiosité générale ; mais elle surmonta son embarras, tira son
herbier de son panier et l'étala devant elle. Une dame, qui mar-
chandait des fleurs à sa voisine, s'approcha d'elle, et lui demanda
ce qu'elle avait à vendre. Pour toute réponse Pauline lui présenta l'herbier, en faisant une révérence : la dame en tourna
quelques feuilles, puis le lui rendit en souriant, et passa outre.
Le pauvre herbier, sur lequel la sœur d'Adolphe avait tant
compté, attira encore l'attention de quelques personnes : il fut
trouvé tour à tour *joli, gentil, superbe,* mais aucune d'elles ne
s'informa de son prix. Quelques-unes même se moquèrent de la
naïveté de la jeune fille, qui avait apporté une semblable marchandise. Enfin un vieux monsieur examina l'herbier plus attentivement, en détacha deux ou trois feuilles dont il offrit cinq
francs : Pauline, toute déconcertée, n'eut pas la force de lui répondre, et l'acheteur continua son chemin.

La journée s'avançait ; le marché devenait désert : les jeunes
compagnes de Pauline quittaient une à une leur place : elle resta
bientôt seule. En voyant son espoir déçu, la pauvre enfant tomba
dans l'abattement : elle remit tristement son herbier dans son panier et chercha à s'orienter vers la demeure de la parente chez
laquelle elle se proposait de passer la nuit. Mais elle ne tarda pas

à s'égarer : elle ne connaissait pas Valence ; dans l'agitation bien
naturelle de son esprit, elle confondait les indications qui lui
avaient été données à La Bergère. En sortant de la ville, elle prit
le premier chemin qui s'offrit, et alla droit devant elle, rêveuse
et troublée. La fatigue se fit bientôt sentir ; ses pieds étaient
gonflés et meurtris, la pauvre enfant se traînait plutôt qu'elle
marchait. La nuit commençait à devenir sombre et il n'y avait
personne sur le chemin pour rassurer la jeune voyageuse qui,
d'ailleurs, ressentait les atteintes de la faim. La frayeur la prit :
incapable d'aller plus loin, elle s'arrêta devant la porte d'un beau
château situé au bord de la route, et s'assit sur un banc de pierre;
elle était dans cette triste position depuis quelque temps lorsque le
bruit d'un cheval attira son attention ; celui qui le montait s'arrêta
à la porte, et Pauline reconnut alors en lui l'étranger qui, le matin, lui avait offert cinq francs de quelques feuilles de son herbier.
Le vieux monsieur reconnut également la petite marchande si habile à conserver les fleurs ; il fut frappé de son abattement et de la
tristesse répandue sur son visage ; il la questionna sur la cause
de son chagrin ; voyant que la timidité l'empêchait de répondre, il
descendit de cheval et engagea Pauline à entrer au château. Le baron
de Lanoy, c'était le nom de l'étranger, était un de ces hommes
dont le cœur sensible s'intéresse vivement au malheur des autres :
son air de bonté rassura Pauline, qui lui raconta naïvement son
histoire. Le baron la fit entrer dans le salon où se trouvaient ses
quatre jeunes demoiselles ; leur père leur fit part du récit de la
pauvre marchande, et leur recommanda sa protégée. La connaissance fut bientôt faite, comme il est facile d'imaginer. Toutes quatre voulurent savoir par quel art secret la jeune paysanne
conservait si habilement ses fleurs. Pauline s'empressa de satisfaire leur curiosité. Les jeunes demoiselles se montrèrent si at-
tentives à l'écouter, qu'au bout d'une heure elles se trouvèrent
en état de conserver les fleurs aussi bien que la jeune paysanne.
Le baron de Lanoy, qui aimait passionnément la botanique, fut

enchanté de leur voir acquérir ce talent agréable et précieux pour ses études.

— Ce n'est pas tout, mes enfants, dit-il en les prenant à part, nous devons trop à la jeune étrangère pour nous contenter de simples compliments : elle vous a initiées à un talent que sans elle vous n'auriez jamais possédé et qui vous procurera d'agréables distractions : que ferez-vous, mes filles, pour votre institutrice ?

— Mon cher père, dit avec timidité une des plus jeunes, celle dont l'âge se rapprochait le plus de celui de Pauline, je crois que la meilleure manière de nous acquitter envers elle serait de remplir le but que cette bonne sœur s'était proposé : elle voulait vendre ses fleurs pour conserver son frère. Il faut les lui acheter. Nos petites économies pourraient peut-être fournir la somme nécessaire....

Les trois autres demoiselles adoptèrent vivement cet avis.

— Eh bien ! voyons, dit le baron d'un air assez incrédule.

Cette parole à peine prononcée, les jeunes filles quittèrent le salon : elles reparurent bientôt avec une jolie bourse pleine de pièces d'or et d'argent. Elles l'offrirent à Pauline en lui disant :

— Tenez, bonne jeune fille, peut-être cette somme vous aidera-t-elle à racheter votre frère chéri : nous vous donnons avec plaisir tout ce que nous possédons, c'est trop peu sans doute pour vous payer de votre intéressante leçon.

Pauline fut vivement émue ; elle voulut parler ; mais la joie, l'émotion, la surprise ne le permirent pas ; ses yeux se remplirent de larmes, et exprimèrent mieux que des paroles toute sa reconnaissance. Elle se jeta au cou de ses jeunes bienfaitrices et les pressa vivement contre son cœur.

Pendant cette scène attendrissante, M. de Lanoy s'était approché de la table sur laquelle Pauline avait déposé la bourse ; il la prit, et en examina le contenu.

— Certes, dit-il, je ne laisserai pas la bonne action de mes chers enfants imparfaite : voici cinq napoléons pour l'herbier et cinq autres pour la leçon que vous avez bien voulu donner ce soir à mes filles.

En voyant cette preuve nouvelle de la bonté de leur père, les quatre jeunes demoiselles se jetèrent avec émotion dans ses bras et le remercièrent de sa générosité.

— Maintenant, mon enfant, dit-il en se tournant vers Pauline, vous devez avoir besoin de sommeil, allez vous reposer. Demain je vous reconduirai moi-même chez vos parents, et je les féliciterai de posséder une aussi bonne fille ; puis nous chercherons un remplaçant pour ce frère que vous aimez tant.

Les nouvelles amies de Pauline la conduisirent dans une jolie petite chambre préparée pour elle. De si douces émotions, après un grand désespoir, ne permirent pas à Pauline de goûter les douceurs du repos : les événements de la soirée lui semblaient un rêve ; elle pensait au bonheur de ses parents à son retour ; elle pensait à son frère chéri, et ces images de bonheur prolongèrent longtemps sa veille. Mais enfin la fatigue l'emporta : elle s'abandonna au sommeil.

Le lendemain, bien remise de ses fatigues et après avoir fait honneur au déjeuner qui lui fut offert, elle adressa ses adieux aux jeunes demoiselles dont elle avait reçu un accueil si gracieux, et partit montée sur une bonne ânesse. Le baron l'accompagnait à cheval : ils arrivèrent en peu d'heures à la chaumière. A la vue de Pauline, Adolphe s'élança vers elle en jetant un cri de joie : sa mère et son père accoururent et la serrèrent dans leurs bras. Mes jeunes lecteurs se figureront facilement cette scène attendrissante : les larmes de reconnaissance et les expressions de dévouement de toute la famille payèrent dignement M. de Lannoy de sa généreuse action. Vous devinez le dénoûment de cette histoire. On acheta un remplaçant pour Adolphe : le baron afferma un vignoble considérable à ses parents, qui vécurent heureux, remerciant Dieu chaque jour de leur avoir donné une fille aussi bonne et aussi dévouée.

LES DEUX COUSINES.

Au commencement de mai de l'année 1822, il y avait grand remue-ménage à Bigran, dans une petite auberge intitulée pompeusement *Hôtel royal de France.* Là venaient de s'arrêter deux voitures traînées chacune par trois chevaux de poste ; il en était descendu deux jeunes dames, un vieux monsieur et plusieurs domestiques. L'hôtesse se multipliait pour s'occuper à la fois des voitures, des paquets, des maîtres et des gens ; du haut de la galerie extérieure qui régnait sur la cour tout le long de son unique corps de logis, elle donnait ses ordres au garçon d'écurie, à sa servante, et même à son mari ; puis, en se retournant, elle adressait la parole aux dames qui venaient de s'établir dans deux chambres donnant sur la galerie ; et bien qu'il fût à peine sept heures du soir et qu'on se trouvât vers le milieu du printemps, elle demandait si l'on ne voulait pas du feu, de la lumière, etc. ; tout-à-coup elle s'interrompit pour crier :

— Hélène ! Hélène ! ayez soin de faire rafraîchir les gens de ces dames !

Comme il faut que tout cesse dans le monde, ce mouvement continuel cessa dès que les voyageurs furent renfermés dans leurs appartements, et les domestiques retirés dans les chambres où ils devaient passer la nuit.

Nous profiterons de ce moment de repos pour apprendre à nos lecteurs quels étaient les auteurs de ce tumulte qui avait soudainement troublé le silence habituel de l'*Hôtel royal de France*.

C'étaient, d'abord, deux demoiselles toutes deux fort jeunes, orphelines toutes deux, qui, sous la conduite de leur tuteur commun, allaient s'établir dans un château au fond du Nivernais pour y passer la belle saison.

Elles étaient cousines, mais d'un peu loin ; la plus âgée avait seize ans, elle était fille unique de M. de Cérizy, ancien général de l'empire, mort l'année précédente, se nommait Olympe, et possédait une immense fortune consistant principalement en bois.

La plus jeune comptait environ deux ans de moins, elle avait une figure agréable et qui plaisait surtout par son air de bonté et de douceur, avantages que ne possédait pas mademoiselle Olympe, quoiqu'elle fût jolie. Cette seconde voyageuse s'appelait Virginie de Laroche ; elle n'avait jamais connu ni son père ni sa mère. Celui-ci, diplomate distingué, qui semblait devoir parcourir une brillante carrière, était mort fort jeune, et son épouse l'avait suivi de près, laissant Virginie aux soins d'un vieux chevalier de Saint-Louis, son oncle, qu'elle lui avait désigné pour tuteur, et qui était notre troisième voyageur de l'auberge.

Ce choix avait été fait avec sagesse ; le vieillard, en dirigeant l'éducation de sa petite-nièce, employa tous les soins et toute l'habileté désirables ; aidé par une bonne gouvernante et des maîtres expérimentés, il avait fait une élève dont il était fier à juste titre. Virginie à quatorze ans était grande, posée et raisonnable comme si elle en avait eu dix-huit, elle possédait les talents qui conviennent à une jeune fille de bonne famille, et, ce qui vaut mieux, on voyait déjà briller en elle le germe des plus précieuses vertus.

C'est ce beau succès qui sans doute avait déterminé la famille de Cérizy à charger le chevalier d'une seconde pupille ; mais il faut dire qu'on la lui avait donnée toute grande, toute formée, et que le tuteur avait eu beaucoup de peine à prendre sur elle une autorité du reste fort précaire.

Vainement tentait-il de réformer les défauts que le naturel un peu âpre d'Olympe lui avait fait contracter sous la direction d'un père qui l'idolâtrait ; vainement lui répétait-il que la douceur, la bonté du cœur, l'indulgence pour les fautes d'autrui sont le plus bel apanage d'une femme ; mademoiselle de Cérizy était parfois dure et hautaine, toujours exigeante et moqueuse ; on voyait bien que les conseils de sa mère, qu'elle avait perdue dès son enfance, lui avaient manqué.

Sans pousser plus loin les détails de ces portraits, laissons agir nos personnages, ils révèleront eux-mêmes aux lecteurs leur propre caractère.

Le lendemain, à neuf heures du matin, Virginie était sortie depuis longtemps pour faire une promenade avec son tuteur, qui avait manifesté le désir de parcourir les environs.

Avant son départ, elle avait vu les domestiques, s'était inquiétée de la santé de l'un d'eux que la voiture avait indisposé. Elle avait aussi donné un coup d'œil aux bagages, aux voitures.

Quant à mademoiselle Olympe, elle dormait encore, car ce voyage la *martyrisait*. Deux fois Zoé, sa femme de chambre, était venue sur la pointe du pied ; elle n'avait osé réveiller sa maîtresse ; au moment où elle se retirait pour la seconde fois, avant qu'elle eût refermé la porte entr'ouverte sur elle avec précaution, de bruyantes clameurs s'élevèrent dans la cour, et arrivèrent jusqu'à l'oreille de la dormeuse ; elle entendit l'hôte, et surtout l'hôtesse, qui donnaient les épithètes les plus injurieuses à quelqu'un qui leur répondait tantôt par des prières, tantôt par des menaces, et d'aller se plaindre à M. le maire.

— Zoé ! Zoé ! s'écria Olympe, quels sont donc les mal-appris qui m'éveillent aussi brutalement ? Voyez cela, et dites à l'hôtesse que je suis fort mécontente de ce que mon sommeil n'a pas

14

été respecté. Mais allez donc vite! on croirait que ces gens vont s'égorger, je veux savoir ce que c'est.

Zoé descendit et s'avança vers le groupe disputant; sa présence et ses questions ramenèrent le calme; elle vit que l'objet de la colère des aubergistes était un jeune paysan auquel on demandait le paiement de six livres sept sous, et dont on retenait le bagage pour servir de nantissement, attendu qu'il s'était laissé aller à boire avec deux mauvais sujets qui l'avaient grisé et lui avaient volé tout son argent.

Les explications recommençaient lorsque Virginie entra dans la cour. Elle entendit le jeune paysan dire :

— O mon Dieu! je ne demeure qu'à quinze lieues d'ici. Je suis du village de Saint-Remy, en Nivernais, je puis y être ce soir et vous envoyer votre argent demain; je vous en prie, ne faites pas que j'arrive dans ma famille sans effets, comme un vagabond.

Mademoiselle de Laroche demanda à son tour ce qu'on voulait à ce garçon; et dès que Zoé lui eut expliqué le sujet de la querelle, elle se rendit, accompagnée de son oncle, dans la chambre occupée par ce dernier, après avoir dit au jeune paysan de la suivre.

Quand ils furent seuls, elle s'informa de nouveau s'il était réellement de Saint-Remy.

— Prenez garde, dit-elle, à ce que vous allez me répondre, car moi-même je suis née dans ce pays, j'y possède des propriétés, et je me rends en ce moment chez mademoiselle de Cérizy, dont le château est à une lieue de la maison que m'a laissée mon père.

— Comment, Mademoiselle, s'écria le jeune paysan, vous seriez la fille de M. de Laroche! Alors je suis bien sûr de ne pas rester dans l'embarras, car on vous dit bien bonne, et le mal que j'ai fait n'est pas grand'chose. Voici le fait : Je suis réellement de Saint-Remy; mon père est maréchal-ferrant et fait en outre un petit commerce de bois; il m'a fait apprendre le premier de ces deux états, quand j'ai eu vingt ans il m'a envoyé faire mon tour de France.

Voilà deux ans que je voyage de ville en ville, et je me suis perfectionné dans le métier, outre que j'ai appris un peu de serrurerie. On m'a écrit du pays de revenir, parce qu'on va marier ma sœur et que mon père veut me céder sa forge. J'étais en chemin pour retourner, et suis arrivé hier dans ce village à deux heures. Je suis entré dans l'auberge pour y dîner. J'y ai trouvé deux hommes qui se sont dits serruriers, et avec lesquels j'ai fait connaissance, un peu trop vite peut-être. Nous avons dîné ensemble ; ces deux fripons m'ont fait boire assez pour m'étourdir, moi qui d'ordinaire suis très sobre ; je me suis endormi la tête sur la table, et ils ont profité de mon sommeil pour me voler ma ceinture, où j'avais mis l'argent nécessaire à mon voyage, et cent vingt francs d'épargnes. Quand la nuit est venue, l'aubergiste m'a éveillé pour me faire coucher ; c'est ce matin seulement qu'on m'a demandé le paiement de mon écot, et même de celui des deux voleurs ; j'ai vu alors qu'ils m'avaient laissé sans le sou. J'ai conté l'affaire à l'aubergiste, je lui ai montré mes papiers, et l'ai prié de me faire crédit jusqu'à ce que je fusse arrivé chez mon père, à Saint-Remy, mais il m'a refusé ; je lui ai alors offert en gage une partie de mes effets : il ne s'en est pas contenté, il s'est emparé de mon chapeau, de mon havresac, et il dit qu'il veut tout garder jusqu'à ce que je lui aie payé six francs et sept sous, dont, pour mon compte, je lui dois à peine le tiers !

Pendant ce long discours, que le paysan débita d'une manière fort intelligente, Olympe était entrée. Elle semblait être de fort mauvaise humeur et se hâta de répondre :

— Et c'est à cause de cette sotte affaire que vous êtes venu jeter les hauts cris à la porte de ma chambre, que vous m'avez causé une migraine affreuse ! Vous espérez qu'après cette belle équipée nous allons payer vos dettes de cabaret ? n'en croyez rien ; si vous vous trouvez dans l'embarras, vous l'avez bien mérité ; je réserve mes aumônes pour des gens qui en sont plus dignes.

Le jeune paysan rougit jusqu'aux yeux.

— Ceci est bien sévère, Mademoiselle, dit le chevalier; le mieux que nous puissions faire, c'est de mettre cette dureté sur le compte de votre migraine.

— Je ne suis pas dure, Monsieur, répondit-elle, je suis juste; il faut que ceux qui font mal soient punis.

Et aussitôt elle se leva et passa dans sa chambre, pour achever de s'habiller. Le chevalier la regarda sortir d'un air triste, puis il fit quelques questions au jeune paysan, qui lui présenta la dernière lettre de son père. Il était réellement Louis Mathieu, fils d'André Mathieu, le maréchal de Saint-Remy.

— Mon cher tuteur, dit Virginie, vous me permettrez bien de tirer d'embarras M. Louis, qui est mon compatriote.

— Certainement, mon enfant, dit le chevalier. Louis me paraît être un bon garçon qui a commis une petite faute dont il est grandement puni. Faites ce que votre bon cœur vous suggère.

— Mademoiselle, interrompit Louis, je ne désire qu'un prêt. La dame qui vient de sortir a eu tort de parler d'aumône, car jamais, depuis deux ans que j'ai quitté mon père, je n'ai été à la charge de personne.

— Eh bien ! M. Louis, je deviendrai votre créancière. Voici quinze francs ; ils vous suffiront pour payer votre dette et subvenir à vos besoins jusqu'au bout de votre voyage.

— C'est plus qu'il ne me faut, dit Louis, mais j'accepte le tout. Maintenant, ce que je souhaite, c'est de trouver l'occasion de vous témoigner ma reconnaissance.

Une heure après cette petite scène, les voitures de nos voyageuses roulaient sur la route; elles rencontrèrent Louis cheminant d'un bon pas, et portant avec une certaine fierté son havre-sac sur le dos.

Il est inutile de dire qu'arrivé chez lui, il s'empressa de raconter dans sa famille et dans tout le village la bonté de Virginie et la dureté d'Olympe ; qu'il se hâta d'aller avec son père témoigner sa reconnaissance à celle qui l'avait tiré d'un si mauvais pas ; il profita pour cela d'un moment où Olympe était absente, car Virginie était logée chez sa cousine, et cette visite faite en présence de mademoiselle de Cérizy eût été considérée comme un affront ; néanmoins elle ne l'ignora pas.

Louis n'avait pas parlé de l'argent. Quelques jours après, c'était la fête patronale de Saint-Remy, on invita mademoiselle de Laroche à se rendre dans l'ancienne demeure de son père, qui était un petit château à deux pas du village, afin d'y recevoir les hommages des habitants du lieu et les bouquets des jeunes filles ; elle accepta et vint avec son tuteur ; elle fut fêtée comme une dame châtelaine et comme une bienfaitrice. Le premier hommage qu'elle reçut fut une magnifique corbeille de fleurs, au milieu de laquelle se trouvait une belle bourse brodée d'or, qui contenait le montant de la dette de Louis, et exprimait sa reconnaissance par cette simple devise : *Je serai toujours votre débiteur.*

Virginie fut vivement touchée de ces preuves d'affection et de gratitude, et par suite il s'établit entre elle et les habitants de son pays natal un échange des sentiments les plus doux ; toute jeune qu'elle était, elle se regardait comme la protectrice, comme la mère de tous ceux qui avaient besoin d'elle ; elle soulageait les pauvres de ses économies, donnait de bons conseils à ceux qui lui en demandaient, enfin rendait service de toute manière chaque fois que cela lui était possible ; de leur côté, les habitants de Saint-Remy lui étaient tout dévoués ; ses propriétés n'avaient pas besoin de garde, tout le village eût lapidé celui qui eût osé lui causer le moindre tort ; son nom était béni et respecté.

Olympe aussi persistait dans la voie où elle était entrée ; son superbe château avait été autrefois la résidence des seigneurs de Saint-Remy ; bien que ce titre n'existât plus depuis longtemps, la propriété de la terre de Cérizy avait toujours assuré à ses possesseurs la prépondérance dans le canton ; Olympe voyait donc avec jalousie que les anciens vassaux de sa famille la négligeaient pour sa cousine Virginie ; elle n'en devint que plus hautaine dans ses rapports avec eux. Elle était dure envers ses fermiers et ses inférieurs, exigeait toujours tout ce qu'elle avait rigoureusement droit de demander, ne s'inquiétait aucunement des souffrances des autres ; aussi peü à peu l'on redouta d'avoir avec elle le moindre rapport.

Quelques années se passèrent, les deux cousines se marièrent, et alors les bonnes qualités de l'une et les défauts de l'autre purent se voir dans tout leur jour; l'opinion publique leur rendit constamment justice.

Pendant ce temps-là Louis était devenu un personnage ; son père mort, il avait recueilli un bel héritage, et comme il était fort intelligent, il avait profité de circonstances favorables et gagné beaucoup d'argent dans le commerce des bois. Il n'était pas le seul à qui profitassent son expérience et son habileté; fallait-il se hâter de vendre ses bois, ou bien convenait-il de n'en rien faire, il allait trouver M. de Vigncy (c'était le nom du mari de Virginie) et l'en prévenait; toujours celui-ci se trouvait bien des conseils de Louis, et comme il était propriétaire de forêts très étendues, il ne tarda pas à améliorer sa fortune.

Olympe, après deux ans de mariage, était devenue veuve, elle se nommait madame de Faugas. Elle administrait elle-même ses biens et s'était fixée à Cérizy. On conçoit bien qu'elle ne consultait pas Louis, qui de son côté ne lui offrait pas ses conseils : aussi se trouvait-elle, pour la vente de ses bois, en rapport avec quelques intrigants qui la volaient à qui mieux mieux.

Ce désagrément n'était pas le seul qu'elle éprouvât : M. Louis avait été élu maire de son village, et grâce à lui autant qu'à l'affection des habitants, M. et madame de Vigney étaient devenus les personnages importants du pays ; leur influence et leur pouvoir dans le canton étaient sans bornes ; il est vrai qu'ils ne voulaient que ce qui était bon, juste et utile à tous.

Madame de Faugas, au contraire, restait en butte aux mille petits ennuis qu'éprouvent les riches propriétaires qui ne sont pas aimés de leurs voisins.

Vous voyez, mes chers lecteurs, combien le caractère d'Olympe et de Virginie avait contribué à rendre agréable ou à troubler leur existence de tous les jours. Vous avez vu quelles heureuses conséquences avaient découlé pour Virginie de la bonté qu'elle avait jadis témoignée à un inconnu. Mais un événement bien grave vint rendre encore plus évidente cette vérité : que la pratique des vertus est le meilleur de tous les moyens pour assurer son bonheur personnel et se défendre contre l'adversité.

Tout le monde a entendu parler de ces incendies si fréquents qui désolèrent, il y a quelques années, plusieurs provinces de France. Le Nivernais ne fut pas épargné. Là, ce n'était point aux granges, aux fermes, aux maisons que s'attaquaient les incendiaires ; ils commettaient leurs crimes avec beaucoup plus de facilité, car c'était aux bois qu'ils mettaient le feu.

La principale richesse de toute la contrée se trouvant ainsi menacée, on veillait la nuit, on faisait des rondes, des battues de tous côtés ; plusieurs fois on prévint les ravages du feu qu'évidemment des mains criminelles avaient allumé au milieu des bois.

En janvier 1830, ces tentatives avaient cessé, et la surveillance s'était ralentie, lorsqu'au milieu de la nuit des cris : *au feu!* vinrent arracher à leur sommeil les habitants de Saint-Remy.

Une flamme dévorante s'élevait de trois côtés d'une magnifique futaie d'une vaste étendue, appartenant à madame de Faugas ! Olympe arriva elle-même dans le village, et pressa les autorités, c'est-à-dire le maire et son adjoint, de diriger promptement les secours sur le lieu de l'incendie. Malgré sa hauteur habituelle, elle descendit jusqu'à prier : sa fortune tout entière était menacée.

Dans de tels périls l'homme secourt ses ennemis mêmes; aussi se hâtait-on de diriger et les pompes et les travailleurs vers la futaie embrasée, lorsque tout-à-coup une voix s'éleva et s'écria :

— Voyez! voyez! le bois de madame de Vigney brûle aussi!

— Allons-y! allons-y! s'écrièrent tous ceux qui étaient sur pied; que quelqu'un coure annoncer cela par les rues, il faut que tout le monde vienne!

Aussitôt, d'un mouvement spontané, les habitants qui étaient déjà en marche rebroussèrent chemin et coururent à toutes jambes vers le lieu du nouvel incendie; madame de Faugas les vit passer! Elle s'adressa, en pleurant, au maire pour lui demander aide; il venait de s'atteler lui-même à une pompe, et lui répondit dans son empressement :

— Eh quoi! n'avez-vous pas entendu que c'est madame de Vigney qui brûle?

Et il partit d'un bon train.

Enfin, pour comble de douleur, elle vit son propre garde-forestier se mettre à la tête des nouveau-venus pour les diriger par un chemin rude, dangereux, mais le plus court de beaucoup; elle lui reprocha de l'abandonner, lui qui mangeait son pain.

— Je ne puis rien seul, répliqua le garde, et tant que madame de Vigney brûlera vous n'aurez personne d'ici; le plus sûr est donc d'aller les aider pour revenir ensuite chez vous.

Les secours portés aux bois de Virginie furent si prompts, qu'elle perdit à peine quelques arpents de taillis. Il n'en fut pas de même de ceux de madame de Faugas : l'incendie s'y étendit sans obstacle, et quand enfin l'on arriva pour le combattre, un vent violent du midi le favorisait; on ne s'en rendit maître que le surlendemain. Madame de Faugas perdit par cet événement une partie de sa fortune; elle n'en devint ni plus douce ni plus humaine, tant il est difficile d'étouffer les mauvaises qualités quand nous les avons laissées grandir avec nous.

LES CERISES.

Henri Muller était greffier de la justice de paix d'une petite
ville non loin de Saint-Quentin. Il s'était marié de bonne heure,
et à l'âge de trente-cinq ans il se trouvait être l'époux d'une
femme jeune encore, et père d'une fille de douze ans, nommée
Caroline. Le revenu que lui procurait son emploi était très borné,
mais, grâce à l'économie de madame Muller, il se trouvait suffire
à tous les besoins de la famille.

Les époux habitaient une petite maison près des portes de la
ville ; là, ils étaient vraiment à la campagne. Derrière la maison
il y avait un petit jardin rempli de fleurs et un grand clos où
l'on cultivait des légumes, des arbres fruitiers, et qui fournissait
l'herbe nécessaire pour la nourriture d'une vache et de deux
chèvres.

Le jour même de la naissance de sa fille, Henri Muller planta
dans le clos un cerisier nain, qui devait donner d'excellentes
cerises et rester toujours assez peu élevé pour qu'un enfant de
quelques années pût y atteindre. Il destinait l'arbre à sa fille, et
voulait qu'il devînt sa propriété.

Au printemps suivant, alors que la petite fille commençait à
sourire à son père et à sa mère, l'arbre, par une touchante coïn-
cidence, se para pour la première fois de ses beaux bouquets

blancs et parfumés qui précèdent l'apparition des fruits, de même que chez l'enfant les grâces naïves et touchantes précèdent les vertus.

On apporta la petite Caroline ; elle se réjouit à l'aspect des belles fleurs et tendit vers elles ses petites mains.

L'année suivante, quand l'arbre fleurit de nouveau, Caroline pouvait se tenir sur ses pieds mignons, et elle ne se trouvait jamais mieux que quand elle jouait et s'ébattait à l'ombre de son cerisier. Dès lors toute la récolte de cet arbre lui appartint ; elle n'était pas, il est vrai, bien considérable.

L'arbre et l'enfant crûrent ensemble ; le père prenait soin de l'un et de l'autre. De même qu'il écartait tout ce qui pouvait être nuisible au cerisier, qu'il en arrachait toutes les mauvaises herbes, qu'il y apportait de l'eau et de la bonne terre, de même il cultivait l'esprit naissant de son enfant, réformait et détruisait tout ce qu'il pouvait y avoir en elle de défectueux ; lui inculquait des idées de morale, de piété et de vertu.

La mère, de son côté, s'occupait sans cesse de sa fille ; dès qu'elle balbutia les premiers mots, elle lui enseigna à prononcer les noms de Jésus et de Marie, en même temps que ceux de son père et de sa mère. Elle lui apprit que de même qu'elle avait un père sur la terre, elle avait dans les cieux un autre père qui était aussi celui de tous les hommes ; que ce bon père avait créé, pour le bonheur de tous, le ciel, la terre, les astres, les fruits, les fleurs et les animaux.

Dès qu'elle parla un peu mieux, la petite fille récita des prières ; puis, quand on lui eut expliqué tout ce qu'a d'auguste et de sacré le saint sacrifice de la messe, on lui permit d'y assister et de joindre ses prières aux prières communes.

L'instruction de Caroline ne fut pas non plus négligée ; son père et sa mère s'attachaient, à l'envi, à lui apprendre à lire et à écrire, et à lui donner les notions qu'une jeune fille bien élevée doit avoir en géographie, en histoire, en arithmétique et dans les autres sciences d'une utilité de chaque jour.

Cette étude ne fit pas oublier les travaux d'aiguille, les soins du ménage ; et lorsque Caroline eut atteint l'âge de douze ans, à l'époque où commence notre récit, c'était une jeune personne douce, pieuse, instruite et capable de bien diriger une maison.

Alors le cerisier était dans toute sa beauté ; à chaque printemps il se couvrait de fleurs innombrables, et bientôt après d'un ample produit de beaux fruits, dont Caroline disposait seule ; elle ne les mangeait pas, comme dans ses premières années, mais à elle seule était réservé le plaisir de les offrir à ses parents et aux amis qui venaient les visiter quelquefois ; aussi Caroline préférait-elle son cerisier aux fleurs les plus magnifiques et aux fruits les plus exquis.

La guerre désolait alors la France ; un corps d'armée arriva jusque dans les environs de la petite ville où demeuraient M. et madame Muller. On se battit, et pendant quelque temps le théâtre de la guerre semblait fixé dans la province. La ville fut prise et reprise plusieurs fois ; beaucoup de maisons furent brûlées ; les provisions étaient enlevées par les soldats des deux partis, de telle sorte qu'il devint très difficile de se procurer les choses les plus nécessaires à la vie. Le pain, la viande, les légumes, les fruits, se vendaient au poids de l'or. Non-seulement les pauvres gens, mais même ceux qui avaient quelques ressources, comme Muller, éprouvèrent de dures privations.

Une grande bataille fut livrée presque aux portes de la ville, et précisément du côté où demeurait le greffier. Les balles venaient briser ses vitres ; plus d'un boulet de canon porta le ravage dans son clos et dans son jardin. On était forcé de se mettre à l'abri dans les caves. Peu à peu le bruit cessa, le gros des troupes s'éloigna. Au moment où Muller voulait aller s'informer de ce qui se passait, des cris *au feu* se firent entendre ; des obus avaient incendié plusieurs maisons ; il s'empressa de dire à sa femme et à sa fille qu'elles pouvaient provisoirement rentrer chez elles, et il se hâta d'aller porter du secours sur le lieu de l'incendie.

Quelques instants après son départ, madame Muller entendit sonner à la porte ; supposant que c'était son mari qui revenait sur ses pas, elle descendit pour lui ouvrir, et elle fut saisie d'effroi en apercevant un militaire à cheval ; celui-ci se hâta de lui dire qu'il la suppliait, au nom du Dieu vivant, de lui donner quelque chose pour apaiser sa faim et sa soif, ne fût-ce qu'une croûte de pain dur et un verre d'eau.

En entendant cette demande et en voyant le visage exténué du militaire, qui était un jeune officier de hussards:

— Venez, lui dit-elle, qui que vous soyez, je ne puis vous refuser la nourriture qui vous est nécessaire et que vous me demandez au nom de Dieu.

Elle le fit entrer dans la maison, referma promptement la porte et s'empressa de lui offrir un peu de pain frais et une bouteille de vin qu'elle alla déterrer dans un coin du jardin.

— Excusez-moi, lui disait-elle en le servant, de vous donner si peu de chose; mais, en vérité, c'est tout ce qu'il y a dans la maison, et je ne saurais m'en procurer davantage. L'officier la comblait d'actions de grâce.

— Je vous devrai la vie, Madame, répondait-il gaîment; car moi qui ai bon appétit, voilà vingt-quatre heures que je meurs de faim, tout en me battant et en galopant dans la plaine.

Au même moment, Caroline arriva ; elle tenait à la main une belle assiette de porcelaine blanche presque pleine de cerises bien mûres et bien rouges ; elle les présenta à l'officier.

— D'où viennent ces cerises? grand Dieu ! s'écria-t-il ; c'est le fruit que j'aime le mieux ; mais je n'aurais pas cru qu'il y en eût aujourd'hui une seule dans le pays ; nos soldats ont si bien fourragé partout ! Pour avoir échappé à leur main rapace, il faut que ces cerises aient poussé dans une cave ; ce n'est pourtant pas ordinairement là qu'on plante les cerisiers.

— Ces cerises ont été cueillies sur un arbre nain qui aura échappé à l'attention des soldats, répondit la mère : quant à nous

nous n'y touchons jamais, parce que cet arbre appartient à ma fille; il a été planté le jour de sa naissance.

— Et vous m'en donnez les fruits, ma jolie demoiselle! dans un moment comme celui-ci, c'est un bien beau présent; mais j'aurais honte de l'accepter. Je ne veux pas vous priver d'une seule de vos cerises.

La mère et la fille se réunirent pour vaincre les scrupules de l'officier, auquel les cerises faisaient évidemment envie.

Tout-à-coup il entendit sonner la trompette, et s'écria :

— Allons! il faut partir; voilà une musique qui m'appelle. Il se hâta de ceindre son sabre, qu'il avait quitté, et de remettre ses gants; madame Muller le força de prendre encore un verre de vin; Caroline enveloppa bien vite les cerises dans une feuille de papier et les lui mit dans la main, en lui disant :

— Monsieur, il fait très chaud, peut-être avant la fin du jour ces cerises seront-elles pour vous un rafraîchissement nécessaire.

— Mais où les mettrai-je? dit l'officier; je n'ai pas une poche vide; un soldat porte tout sur lui.

— Allons! Monsieur, mes cerises trouveront bien une petite place.

Elle insista avec tant de bienveillance et de gentillesse, que l'officier tira de sa poche un portefeuille de maroquin où il y avait d'un côté quelques papiers; l'autre était vide; il y mit les cerises et salua les dames en leur disant :

— Vous m'avez témoigné au milieu du désastre général une bonté et un intérêt qui me touchent d'autant plus que j'y suis moins habitué. On nous craint, nous autres militaires; cependant à peine pouvons-nous obtenir le nécessaire, mais vous, Madame, vous m'avez donné le superflu par pure bienveillance; acceptez tous mes remercîments; un instant vous m'avez fait croire que j'étais au sein de ma famille.

En achevant ces mots, il entendit résonner de nouveau la

trompette; il courut à son cheval et partit comme l'éclair, en faisant aux dames des signes d'adieu.

M. Muller revint dès qu'on eut triomphé de l'incendie. Quelques jours se passèrent assez tranquillement. Bientôt une bataille nouvelle eut lieu. Cette fois, la moitié de la ville fut brûlée ou détruite par les boulets, et la maison de la malheureuse famille se trouva du nombre. Alors le greffier, sa femme et sa fille quittèrent cette ville où ils n'avaient ni pain ni asile, et se réfugièrent à Tours, où ils devaient trouver des parents, peu fortunés il est vrai, mais qui pourraient, dans le premier moment, leur donner les secours indispensables. M. Muller se trouvait ruiné complètement.

Au bout de quelque temps, la paix se fit; les provinces qui avaient été désolées par la guerre s'efforçaient de réparer leurs pertes. Henri Muller retourna dans son pays. De nouveaux malheurs l'y attendaient : il devait encore une partie du prix de sa maison : le créancier, voyant l'objet qui lui servait de garantie détruit de fond en comble, pressa le malheureux greffier pour en être payé. Le moment n'était guère propice; aussi la vente du terrain, des matériaux et même de la charge de greffier suffit à peine pour mettre M. Muller à même de solder ce qu'il devait; il rejoignit sa femme et sa fille, et leur annonça que ce qu'ils avaient possédé était perdu; que maintenant Dieu seul pouvait les consoler et rétablir leur fortune.

Près d'une année s'était écoulée depuis que la guerre avait chassé ces malheureux de leur demeure; jusque-là madame Muller et Caroline avaient vécu chez une vieille cousine; elles avaient toujours pensé qu'elles pourraient l'indemniser des dépenses qu'elles lui occasionnaient; la rigueur du créancier de M. Muller leur enlevait cet espoir, elles se firent scrupule d'ajouter plus longtemps aux obligations qu'elles avaient contractées; elles louèrent deux chambres et s'y retirèrent.

Le mari chercha à se procurer des copies d'écriture; la femme se chargea d'ouvrages de broderie, de couture; Caroline l'aida d'abord; puis, comme elle avait infiniment de goût et d'habileté, elle entreprit de faire quelques bonnets et quelques chapeaux de femme ; elle réussit parfaitement ; ses modes (comme les dames appellent ce genre d'ajustements) plurent à toutes celles qui les virent, et en peu de temps elle parvint, à l'aide d'un travail assidu, à subvenir entièrement aux besoins de ses parents ; il fut même possible de payer quelque chose à la cousine qui s'était montrée si obligeante.

Un après-midi, Caroline sortit pour aller porter un chapeau à madame de Saint-Ferre ; c'était l'épouse de l'homme le plus riche et le plus considéré de la ville.

En arrivant, Caroline rencontra la femme de chambre, qui lui dit que sa maîtresse l'attendait avec impatience, ou plutôt qu'elle attendait son chapeau ; car sa sœur et son beau-frère venaient d'arriver, et elle voulait aller faire avec eux une visite de cérémonie.

— Vous ne pourriez, ajouta-t-elle, lui parler en ce moment, parce qu'elle est au jardin avec ses parents; mais je vais lui porter le chapeau; veuillez m'attendre un instant.

Après quelques minutes, la femme de chambre revint et pria Caroline de la suivre ; elle lui dit que probablement la sœur de madame de Saint-Ferre allait lui commander quelques chapeaux, parce qu'elle avait semblé émerveillée de celui qu'elle venait de voir.

La jeune fille, fort satisfaite de cette nouvelle, se rendit au jardin et y trouva les deux dames ensemble, qui regardaient le chapeau de tous les côtés ; leurs maris se promenaient de long en large dans une allée à côté d'elles.

Caroline reçut mille compliments sur son chapeau, et madame de Tilly (c'était le nom de l'autre dame) la pria de lui faire sans le moindre retard deux chapeaux pour elle.

— Je suis d'autant plus satisfaite, dit alors madame de Saint-Ferre à sa sœur, de te voir t'adresser pour tes modes à Mademoiselle, que je viens d'apprendre qu'elle est digne de tout notre intérêt, non-seulement à cause de son habileté, mais encore par la manière admirable dont elle se conduit à l'égard de son père et de sa mère. J'ai su que sa famille, qui était dans l'aisance, a été ruinée par les désastres de la guerre, et que par son travail de tous les jours Caroline subvient à la plus grande partie des dépenses de ses parents.

Pendant cette conversation, M. de Saint-Ferre et M. de Tilly vinrent rejoindre les dames. Ce dernier était revêtu d'un brillant uniforme de colonel de hussards. A peine se fut-il approché du groupe, qu'il envisagea fixement Caroline ; puis allant vers elle avec vivacité :

— Me reconnaissez-vous, Mademoiselle ? lui dit-il ; votre figure me dit que non. Cependant, moi, je vous reconnais, quoique vous soyez grandie et embellie. Vous êtes bien la fille du greffier qui, il y a deux ans, demeurait à M...

Caroline demeurait stupéfaite et cherchait vainement à se rappeler les traits et le nom de ce beau militaire ; mais lui la prit par la main, la présenta à sa femme en disant :

— Ma chère Amélie, je t'ai plus d'une fois conté qu'il y a deux ans, une jeune fille des environs de Saint-Quentin me sauva la vie ; aujourd'hui je te la présente ; c'est Mademoiselle ! remercie-la ; tu lui dois les jours de ton époux.

— Comment cela se peut-il ? répliqua Caroline, je ne me rappelle pas vous avoir vu.

— Quoi ! vous ne vous rappelez pas cet officier de hussards mourant de faim, qui s'est arrêté devant votre porte il y a deux ans ? à qui votre mère a donné si gracieusement du pain et du vin, et vous, une assiettée de cerises.

— Ah ! c'est vous, Monsieur ! béni soit Dieu de vous avoir conservé la vie ! mais comment vous ai-je arraché à la mort ? vraiment je n'en sais rien.

— Je comprends bien que vous l'ignoriez, mais ma femme le sait fort bien ; je le lui ai conté si souvent !

— Vous ne me l'avez pas conté, à moi, interrompit madame

de Saint-Ferre ; dites donc en détail ce qui vous est arrivé ; je profiterai du récit en même temps que mademoiselle Caroline.

L'officier, sans se le faire dire deux fois, raconta le bienveillant accueil que lui avait fait madame Muller et la bonté avec laquelle elle lui avait donné moitié de sa dernière bouchée de pain ; il dit aussi comment Caroline l'avait forcé à accepter ses cerises, et comment, pour leur donner place, il les avait mises dans son portefeuille ; il ajouta :

— Dès que je fus à la tête de mes hussards et que je mis le sabre à la main, il fallut me débarrasser du portefeuille, et comme il ne pouvait plus tenir dans mes poches, je le mis sur ma poitrine, dans mon dolman ou veste de dessous.

Quelques instants après, dans une charge que je commandai, je me trouvai entouré par de l'infanterie, et un soldat me tira un coup de fusil presque à bout portant. Je devais être tué sur la place ; heureusement la balle vint frapper contre le portefeuille, et j'en fus quitte pour une violente contusion ; car le cuir du portefeuille, les papiers et les cerises qui s'écrasèrent sur ma poitrine arrêtèrent le plomb meurtrier. Vous voyez bien, ma chère enfant, que je vous dois la vie ; sans vous je n'eusse jamais songé à prendre une semblable cuirasse ; ma femme serait aujourd'hui veuve et notre petit garçon orphelin.

Madame de Tilly embrassa tendrement Caroline, en lui prodiguant les remercîments les plus vifs et les paroles les plus affectueuses ; madame de Saint-Ferre en fit autant.

L'officier profita du moment pour s'éloigner avec son beau-frère.

— Ta femme, lui dit-il, n'a-t-elle pas donné à entendre tout-à-l'heure que M. Muller est dans ce pays ?

— Oui, répondit M. de Saint-Ferre, je sais que toute la famille est ici, que ce sont de fort honnêtes gens, et qu'ils se trouvent dans un état voisin de l'indigence.

— Alors tu vas me rendre un service et me mettre à même de m'acquitter envers Caroline. Nous cherchons depuis quelque temps un régisseur pour la terre de Lacernay, que nous avons près de Blois, et qui appartient en commun à nos femmes ; voilà un régisseur tout trouvé.

— Crois-tu prudent de t'acquitter de cette manière, de livrer notre propriété à l'administration d'un homme dont la capacité ne nous est aucunement justifiée, à un homme que je crois probe, mais sans en avoir la preuve irrécusable.

— Ah ! je puis être la caution de M. Muller ; ne suis-je pas allé deux fois dans la petite ville où il demeurait, pour témoigner ma reconnaissance à sa famille ? je ne l'y ai pas trouvé, il est vrai, mais j'ai vu des gens qui le connaissent depuis longtemps, et notamment son juge de paix. On m'a vanté sa science en affaires, son honnêteté. Ainsi donc donne-moi ta promesse de le choisir pour notre régisseur, afin que j'aie le plaisir d'aller le lui annoncer dès aujourd'hui.

M. de Saint-Ferre accorda son consentement.

Lorsque l'officier alla retrouver les dames, Caroline n'était plus près d'elles ; elle avait voulu se dérober le plus tôt possible aux remercîments et aux félicitations des deux dames ; et, d'ailleurs, elle était pressée d'annoncer à sa famille les heureux résultats qu'avaient produits une bonne action de madame Muller.

A peine était-elle arrivée chez elle, que l'on frappa à la porte ; c'était M. de Tilly ; il entra avec sa vivacité, sa gaîté ordinaires, et après avoir renouvelé ses remercîments à Caroline et à sa mère, il se tourna vers M. Muller et lui dit :

— Maintenant, je viens vous demander un nouveau service ; c'est d'accepter la place de régisseur d'une immense propriété que ma femme et sa sœur possèdent près de Blois ; cette charge ne demande qu'un travail fort doux et qui est largement rétribué ; mais il nous faut un fort honnête homme, et nous comptons sur vous.

M. Muller, à ce discours, ne se sentit pas de joie ; il fut plus satisfait encore quand on lui annonça qu'il fallait entrer en fonctions sans retard, et qu'une petite maison toute meublée était disposée pour le recevoir.

— Tenez, dit M. de Tilly, voilà vingt louis d'avance pour les frais de voyage ; dans huit jours j'irai vous demander à dîner, et nous ferons plus ample connaissance ; mademoiselle Caroline, vous n'oublierez pas les cerises ; vous savez combien je les aime.

En disant ces mots, il salua M. Muller, les dames, et se retira pour échapper aux remercîments qu'on lui prodiguait.

A peine fut-il parti, que M. Muller s'écria :

— Oh ! ma fille, qui donc eût pu me dire, quand je plantai ce petit arbre le jour de ta naissance, qu'il me produirait dans le malheur des fruits aussi doux ? C'est à tes cerises, ma chère Caroline, que ce brave officier doit la vie ; c'est aussi à tes cerises que nous devrons d'en couler une heureuse et paisible.

Tout ce qu'espérait M. Muller se réalisa ; il vécut longtemps au service de ses bienfaiteurs, qui, de leur côté, n'eurent qu'à se louer du choix qu'ils avaient fait. Grâce à la protection de M. de Tilly, Caroline, quelques années après, épousa un riche marchand, dont elle fit le bonheur par ses vertus et sa piété.

L'AUVERGNAT.

Avant d'être venu à Paris, au lycée Charlemagne, où j'ai fait mes dernières classes, j'étais resté deux ans à celui de Versailles. Là, un beau jour, descendant dans la cour où mes camarades se livraient à leurs joyeux ébats, j'entendis un des plus pétulants d'entre eux s'adresser à un autre qui ne valait guère mieux et lui crier :

— Dis-moi, Georges, as-tu vu le nouveau qui arrive d'Auvergne ?

— Non vraiment, répondit Georges, je n'ai pas pu trouver un prétexte raisonnable pour entrer chez le proviseur au moment où il causait avec ce ramoneur-là !

— Oh ! mais sais-tu, dit le premier interlocuteur, qui se nommait Eugène, qu'il doit avoir une drôle de mine... un Auvergnat !

Déjà un groupe s'était formé, et chacun demandait des renseignements sur l'écolier nouvellement débarqué.

— Je suis sûr qu'il a des cheveux qui lui tombent au milieu du dos, dit Georges.

— Et qu'il a de gros sabots, reprit un écolier de quatrième.

— Eh bien ! c'est au mieux, dit un élève de rhétorique, nous lui ferons danser la bourrée d'Auvergne.

— Je sais quelque chose de mieux que la bourrée, s'écria Eugène ; c'est, au moment où l'homme des montagnes d'Auvergne arrivera, de lui faire courir la poste une demi-douzaine de fois dans la grande cour ; cela le dégourdira et commencera à lui faire connaître le lycée.

— Chers amis, dit un de nos camarades, du département des Basses-Pyrénées (qui, montagnard lui-même, voulait qu'on respectât les montagnards), ne vous y fiez pas : il est du pays haut, il doit avoir le poignet fort.

Ce propos fut accueilli avec des éclats de rire, mais cependant il fit son effet, et l'on se promit de tâter le nouveau avant d'en venir aux grosses farces.

A peine avait-on pris cette prudente résolution, que le nouvel élève entra dans la cour. Il sortait d'une petite pension de Riom, et s'appelait Etienne Combadour. Il se promena quelques instants. Il avait l'air timide, portait mal son habit d'uniforme, et mettait son chapeau comme le met un invalide ; ses cheveux ne lui tombaient pas au milieu du dos, mais ils étaient un peu longs ; il est vrai qu'on entrait dans l'hiver.

Tout bien examiné, Etienne semblait un peu gauche, un peu lourd, mais non pas complètement ridicule.

On tenta une première épreuve : on envoya auprès d'Etienne un petit bonhomme qui, sur le conseil de Georges, lui demanda s'il était vrai que dans son pays les hommes marchassent à quatre pattes.

Etienne répondit tranquillement :

— Va dire à ceux qui t'envoient que les gens de mon pays marchent précisément comme on marche à Versailles ; mais que quand des étrangers viennent chez eux, ils ne leur donnent pas la bienvenue par une sotte impertinence.

Un rhétoricien qui se trouvait là prit fait et cause pour le bambin. Il lâcha quelques gros mots et finit par saisir les deux mains du nouveau-venu : mais celui-ci, levant les épaules, se dégagea avec si peu d'efforts, qu'on se rappela l'avis prudent de l'écolier basque, et qu'on eut quelque respect pour les poings d'un homme qui se débarrassait si facilement de l'étreinte d'un des plus forts rhétoriciens du collége.

Vers la fin de la récréation, le censeur parut dans la cour. Quelques élèves s'approchèrent de lui et demandèrent dans quelle classe il placerait le ramoneur d'Auvergne qui venait de leur arriver. Le censeur réprima cette saillie et répondit à un de ses élèves favoris que sans doute il le ferait descendre de deux classes, car il devait y avoir au moins cette distance entre les études d'une petite pension de Riom et celles des lycées de la capitale et de Versailles.

— Monsieur, lui répondit un élève, celui précisément qui avait fait l'épreuve de la force d'Etienne, Monsieur, vous pourrez bien le faire descendre de trois classes, car il a l'air pataud comme un ours de ses montagnes.

La foule des mirmidons répéta :

— Ah! oui, pataud! pataud!

— Assez, assez, dit le censeur ; et il appela Etienne, qui, sur sa demande, lui déclara qu'il avait quinze ans passés, qu'il venait de finir sa seconde à Riom, et se préparait à la rhétorique.

— Beau rhétoricien! murmurèrent à demi-voix les élèves qui entendirent sa réponse; il faut le mettre en cinquième, et il sera l'avant-dernier!

Le censeur jugea un peu moins défavorablement de l'Auvergnat, et lui dit que les classes à Versailles étant très fortes, il fallait qu'il s'essayât d'abord en quatrième.

La cloche sonna et l'on se rendit à l'étude. Etienne, la tête basse, s'achemina vers le quartier de quatrième : il s'agissait pour les élèves de cette classe d'apprendre quelques vers d'Ovide et de faire un thème que les forts avaient jugé très difficile. Le maître d'études donna à Etienne le cahier d'un écolier qui venait d'être obligé de monter à l'infirmerie, lui dit de copier le texte français, et lui indiqua aussi la leçon à apprendre.

En quelques minutes, le nouveau-venu eut copié, puis il

prit dans sa poche un Pindare grec et se mit à le lire attentivement.

— Voyez donc ce pataud ! disaient entre eux ses voisins, il fait comme s'il lisait du grec.

— Eh ! laissez donc, c'est qu'il apprend ses lettres, dit un autre ; il ne sait encore que la moitié de l'alphabet..

Etienne ne les entendait pas ou feignait de ne pas les entendre : cependant, un quart d'heure avant la fin de l'étude, quand il reçut la feuille destinée à lui servir de copie, il s'occupa sérieusement à traduire en latin le texte qu'il avait copié, et remit au maître d'études, longtemps avant que la cloche sonnât, son devoir fort bien écrit. Nouvelle preuve qu'il était un sot, remarqua un petit bel-esprit, car il n'y a que les imbéciles qui sachent bien écrire.

— Bon ! bon ! disaient les espiègles qui l'entouraient, il a broché son devoir et il n'a pas regardé sa leçon. Le professeur, qui voudra voir ce qu'il sait, va lui donner une jolie note !

On arrive à la classe. M. L..., qui professait la quatrième, reçoit un mot d'écrit que lui remet Etienne. Le censeur annonçait qu'à l'avenir cet élève ferait partie de sa classe. Le professeur lui fait signe de se placer à la table d'honneur. C'était une politesse qu'il ne manquait jamais d'accorder à celui qui arrivait pendant le cours de l'année ; mais cet encouragement avait rarement de l'effet. Aussi, les camarades de classe d'Etienne se disaient-ils entre eux :

— Allons ! qu'il jouisse de la table d'honneur pour cette fois, le ramoneur, le pataud ! il n'y reviendra pas.

Le professeur fit réciter les leçons.

Il interrompit Eugène, qui ânonnait, et dit à Etienne de continuer.

Etienne ne se fit pas répéter l'ordre ; il commença à débiter les vers avec un accent qui faisait pouffer de rire ses condisciples, mais de manière à montrer qu'il connaissait parfaitement les lois de la prosodie latine et la quantité des mots ; puis, comme la leçon était extraite de la métamorphose de Philémon et Baucis, qu'il savait par cœur, il outrepassa le nombre de vers indiqué; le professeur le laissa continuer pendant quelques minutes, au grand étonnement de toute la classe, qui ne faisait plus attention à son accent, et se disait :

— Comment donc, ce pataud a de la mémoire et il scande bien les vers !

Après que la leçon eut été récitée, M. L.... fit quelques remarques sur la flexibilité du génie d'Ovide, esprit heureux, sachant prendre tous les tons; il voulut aussi comparer au latin l'élégante paraphrase de La Fontaine; malheureusement il n'avait pas le livre.

— Nul de vous, demanda-t-il, ne sait ce morceau de La Fontaine, sans doute ?

— Pardon, Monsieur, reprit Etienne, je puis suppléer au livre qui vous manque.

— Ah! ah! vraiment, eh bien! récitez depuis le premier vers.

Etienne, avec une diction parfaite, sans emphase et sans monotonie, déclama les trente premiers vers dont avait besoin le professeur.

Tous les élèves chuchotaient, et quelques-uns seulement parlaient encore de l'accent ramoneur. Quant à M. L...., il commençait à regarder Etienne entre les deux yeux: c'est ce qu'il faisait toujours lorsqu'il reconnaissait dans un sujet plus de capacité ou de savoir qu'il n'en avait supposé à première vue.

Enfin, il en vint au thème; selon son usage invariable, il fit lire les deux premiers de la composition précédente, puis les deux derniers, car il suivait la méthode du professeur de flûte de l'antiquité, qui voulait que dans son école on entendît tour à tour un habile exécutant et un flûteur malhabile, disant de l'un : « Voilà comme il faut jouer, » et de l'autre : « Voilà comme il ne faut pas jouer. »

Il vint ensuite à Etienne : Lisez, lui dit-il, et depuis le commencement.

Etienne prit le cahier et fit à haute voix sur le texte français une traduction fort élégante. Une ou deux fois le professeur l'interrompit pour lui donner une louange, et lorsque Etienne reprit sa phrase, M. L.... crut s'apercevoir qu'il y avait quelque différence ; il chercha la copie pour s'en assurer, et remarqua avec un vif étonnement que cette copie contenait un autre devoir bien préférable à celui qui venait d'exciter ses éloges ; il demanda le cahier d'Etienne, et reconnut que la première traduction était improvisée... La copie et l'improvisation annonçaient un élève supérieur de beaucoup à la quatrième.

— Monsieur, dit-il à l'Auvergnat, vous ne pouvez rester avec moi ; je vais vous envoyer au professeur de troisième ; je suis certain que votre place est beaucoup plus haut, mais ce n'est pas à moi d'en juger. Les élèves ouvraient de grands yeux et se disaient entre eux, pour se consoler de leur méprise :

— Au fait, il a quinze ans, et il ne sera pas trop jeune pour un troisième.

Etienne resta quatre jours en troisième ; ensuite, on le chassa de nouveau de cette classe, et pour ne pas faire encore d'infructueux essais, on l'envoya à la rhétorique : là, il se trouva le plus jeune, mais les connaissances qu'il avait déjà acquises, sa brillante facilité, son travail opiniâtre, le firent atteindre aux premières places.

Alors, on ne cherchait plus à le tourner en ridicule ; on le respectait, et plus d'un de ces beaux rhétoriciens qui l'avaient accueilli avec le sourire du mépris, portait envie à sa supériorité et à ses succès non interrompus. Etienne sut bientôt se faire des amis de tous ses envieux, car il joignait, à d'heureuses qualités, de l'esprit, un bon caractère et un cœur aimant.

Il a fait depuis sa philosophie au collége Henri IV. Il a obtenu au concours général la plus glorieuse de toutes les couronnes classiques : ses études finies, il s'est voué à la carrière universitaire, sa place y était marquée d'avance. Il occupe aujourd'hui un poste brillant : c'est ce que ne prévoyaient guère Georges, Eugène et moi-même, quand nous vîmes arriver pour la première fois, au lycée de Versailles, le *ramoneur d'Auvergne !*

D'où je conclus qu'il ne faut juger ni des hommes ni des enfants sur l'apparence.

LES BUISSONS.

M. l'abbé Olivier, jeune ecclésiastique, s'était toujours senti une grande propension à s'occuper de l'éducation de la jeunesse; il avait un frère aîné nommé Pierre, qui, après quelques années de mariage, se trouvait chargé d'une nombreuse famille. A l'âge de vingt-huit ans, M. Olivier obtint une cure dans un gros bourg près de Poitiers, et alors il demanda à son frère de lui envoyer ses deux fils aînés, lui proposant de les garder près de lui et de les instruire. Afin de déguiser le service qu'il voulait rendre à sa famille, il ne parlait guère dans sa lettre que du vif plaisir qu'il se promettait dans la société de deux enfants aussi aimables que Philibert et Alexandre, ses deux neveux.

M. Pierre Olivier s'empressa de déférer à la demande de son frère, car il savait ne pouvoir rien faire de plus avantageux pour ses fils que de leur donner un instituteur bon, savant et pieux comme leur oncle.

Les deux enfants arrivèrent au presbytère, et M. Olivier fut charmé de l'air de ses élèves; ils étaient doux, bien élevés et déjà possédaient quelques connaissances. De leur côté, ceux-ci se plurent beaucoup avec un maître qui savait exciter sans cesse leur attention, piquer leur curiosité, et enfin leur rendre l'étude facile et agréable.

Dans toutes les leçons que l'abbé Olivier donnait à ses neveux, il remontait à la cause première; quand il leur faisait admirer les beautés de la nature, le lever du soleil, le ciel, qui pendant la nuit s'illumine de mille feux, il leur rappelait que l'auteur de ces merveilles c'est Dieu. Il leur disait souvent que plus l'homme est savant, plus il trouve de motifs d'admirer la bonté et la puissance du créateur; car la science démontre que dans la nature rien n'existe en vain; que les choses qui nous semblent au premier aspect nuisibles ou inutiles, sont souvent les preuves les plus convaincantes de l'intelligence infinie qui a présidé à la création.

Dans les premiers jours du printemps, l'oncle et les deux neveux étaient, vers le soir, à se promener au milieu des champs. Philibert et Alexandre regardaient défiler devant eux un beau troupeau de moutons. L'oncle leur expliquait quel usage on fait de la laine, et leur apprenait à admirer la prévoyance admirable qui, à l'approche de l'hiver, rend plus épaisse la fourrure ou la toison des animaux, afin de les mieux garantir des frimas.

En causant ainsi, ils vinrent à passer devant un gros buisson d'aubépine, et Philibert, en s'en approchant un peu trop, eut la figure légèrement égratignée par une branche qui avançait sur le chemin; il s'écria avec impatience :

— Ah! mon Dieu, pourquoi y a-t-il des buissons pleins d'épines, qui viennent ainsi déchirer la figure des passants?

— Comment! Philibert, répondit son oncle, tu voudrais que les buissons se dérangeassent pour te faire place?

— Je ne suis pas si exigeant, mais je voudrais que l'on me dît à quoi sont bonnes les épines qui m'égratignent! Et voyez, ce n'est pas à moi seul qu'elles font du mal! Toutes leurs branches du bas sont chargées de flocons de laine, que les pauvres moutons se sont laissé enlever, en passant, par ces méchantes pointes.

— Vraiment, Philibert, je crois que tu as raison, dit à son tour Alexandre, les buissons sont des brigands qui attendent les gens sur les chemins pour verser leur sang ou les voler; ce serait, je crois, faire une bonne œuvre que de les détruire.

— Une bonne œuvre, mon cher neveu! le croyez-vous? Alors je suis des vôtres; il est trop tard ce soir pour la commencer; mais demain matin nous nous lèverons au point du jour pour nous mettre à détruire ces méchants buissons. Nous ferons bien de ne pas perdre notre temps, car il me semble qu'il y en a beaucoup et partout.

Les deux enfants furent étonnés de cet assentiment; toutefois leur attention fut bientôt détournée, et ils ne pensèrent plus aux épines.

Le lendemain matin, leur oncle les fit lever dès l'aurore.

— Partons, disait-il, prenez chacun une serpe et allons abattre tous les buissons épineux, qui ne sont bons à rien.

Alexandre et Philibert se hâtèrent, quoiqu'un peu surpris, et suivirent leur oncle. En arrivant en haut d'une colline, ils aperçurent les buissons qui avaient excité la mauvaise humeur de Philibert; c'était une partie de la clôture d'un vaste champ de blé, dont la tendre verdure ressemblait à un tapis de couleur d'émeraude. L'aubépine qui formait les haies en grande partie, était alors tout en fleurs, et formait d'immenses bouquets, embaumant au loin la campagne.

— Eh bien! Philibert, dit M. Olivier, voilà ton ennemi : en avant! marche!

— Mon oncle, j'ai scrupule de détruire des arbustes aussi jolis.

— Puisqu'ils te sont nuisibles, à toi, aux moutons, à tout le monde.

— Quant à moi, j'aurais dû me déranger, je ne me plains plus.

— Au fait, je crois, comme toi, que tu as crié sans motif sérieux; tu pouvais te détourner d'un buisson, comme de tout autre objet inanimé; mais les moutons, les pauvres moutons, dont les buissons volent la laine! il faut songer à eux, ils n'ont pas l'instinct de se défendre contre de telles attaques! Avançons donc, et préparez vos serpes.

En approchant de la haie, les enfants y virent un grand nombre d'oiseaux. Les uns prenaient dans leur bec un brin de la laine restée aux buissons, et s'envolaient; les autres se disputaient un petit flocon, chacun en attrapait sa part et suivait les premiers, puis revenait; enfin les oiseaux faisaient si bien qu'il ne restait presque plus de laine aux buissons.

— Ah! mon frère, vois donc, disait Alexandre; les oiseaux mangent-ils donc de la laine?

— Je crois que c'est pour leur nid qu'ils viennent la recueillir.

— C'est donc à présent que les oiseaux construisent leur nid, Philibert?

— Oui, vraiment, et cela me fait naître une idée; dites-moi, mon oncle, les moutons laissent-ils ainsi, en tout temps, de la laine aux buissons?

— Non, mon ami, c'est seulement après le temps froid, lorsque leur toison est près de se dégarnir.

— Oh! mon oncle, maintenant je reconnais ma faute; hier j'oubliais vos leçons quand je supposais que Dieu pouvait avoir fait quelque chose sans but et sans utilité! Oui, les buissons sont une œuvre bien touchante! s'ils recueillent cette laine qui devient inutile aux brebis, c'est pour la donner aux oiseaux, afin que leurs nouveau-nés aient chaud et soient mollement couchés dans leur nid.

En ce moment arriva le fermier auquel appartenait le champ de blé que les buissons entouraient; il salua son curé respectueusement, lui souhaita le bonjour, puis il demanda ce qui l'amenait de si bon matin dans les champs. M. Olivier lui conta, en souriant, l'aventure, et termina en lui disant pour quelle raison ses neveux avaient renoncé à leur projet.

— Vos motifs sont très bons, mes petits messieurs, dit le fermier, cependant permettez-moi de vous dire qu'il y en a de meilleurs à y ajouter.

— Non-seulement, ajouta M. Olivier, les buissons sont agréables à voir et généreux pour les oiseaux, mais encore ils sont pour les hommes de la plus grande utilité. Voyez la haie qui entoure ce champ de blé, il ne pourrait y passer un lapin, aussi le blé n'est mangé ni par les bêtes fauves, ni par les bestiaux. Ah! les buissons d'épines sont un grand bienfait de la Providence pour les gens de la campagne; ils forment des clôtures excellentes qui ne coûtent presque rien, qui s'améliorent chaque année, et qui donnent même un peu de bois.

Cette leçon s'est gravée pour toujours dans le cœur d'Alexandre et de Philibert; jamais ils n'ont oublié que toute œuvre de Dieu a son utilité évidente ou cachée.

FIN.

LA CROIX DE BOIS

LA POUDRE A CANON.

FIN DE LA TABLE.

Limoges. — Imp. E. Ardant et Cie

www.ingramcontent.com/pod-product-compliance
Lightning Source LLC
Chambersburg PA
CBHW070506030726
47503CB00004B/1183